独秀学术文库

抵抗死亡

菲利普·拉金诗歌研究

刘巨文/著

社会科学文献出版社
SOCIAL SCIENCES ACADEMIC PRESS (CHINA)

对于我来说，死亡是生活中最核心的（因为死亡会终结生命并且进一步灭绝恢复或补偿的希望，对于经验也是如此），所以对死亡和死亡影响的表达是文学的最顶点……死后一无所有。

——菲利普·拉金致莫妮卡·琼斯

"广西一流学科·中国语言文学"经费资助成果

"广西高校人文社科重点研究基地·桂学研究院"经费资助成果

2019 年度广西高校中青年教师科研基础能力提升项目"菲利普·拉金物质性诗学研究"阶段性成果（项目编号：2019KY0065）

目 录
Contents

引　言

研究对象

菲利普·拉金① （Philip Larkin，1922—1985），20 世纪 50 年代后英国最优秀的诗人之一，"运动派"杰出代表。W. H. 奥登（W. H. Auden）曾称其为"英语语言大师"（a master of the English language）。② 罗伯特·洛威尔（Robert Lowell）也对其在诗歌形式方面的成就赞赏有加。③ 安德鲁·桑德斯（Andrew Sanders）认为拉金以冷嘲热讽的洞察力勾画出英国社会和文化的变动，是二战后的核心诗人，并指出拉金"回避现代主义实验和夸张的语

---

① 菲利普·拉金生前只正式出版过四本诗集，分别为《北方船》（*The North Ship*，1945）、《少受欺骗者》（*The Less Deceived*，1955）、《降灵节婚礼》（*The Whitsun Weddings*，1964）和《高窗》（*High Windows*，1974），共计收诗 117 首。这个数字似乎把拉金归入了写得比较少的诗人行列，但自其逝世后，随着一系列对他作品的搜集整理，学界发现事实并非如此。安东尼·史威特（Anthony Thwaite）1988 年编辑出版了《诗集》（*Collected Poems*），该诗集将拉金的创作分为两个部分：第一部分为 1946~1983 年成熟时期诗歌，第二部分为1938~1945 年早期诗歌，均按创作时间排列，共计收诗 242 首。2003 年，史威特编辑出版了《诗集》新版。该版本以诗集为单位重新进行了编排，最大限度地保证了拉金本人编辑组织作品的原貌，并以附录形式收集了 1940~1972 年和 1974~1984 年的作品，共计收诗153 首。阿尔奇·博内特（Archie Burnett）2012 年编辑出版了《诗全集》（*The Complete Poems*）。该版本诗歌编排共分七个部分，前四个部分为拉金生前正式出版的四本诗集，后三部分分别为"生前发表的诗歌"、"生前未发表的诗歌"和"日期未署和不明的诗歌"，另外还增加了大量注解，对之前版本中出现的错误疏漏做了修正，收录诗歌数目达到了空前的 552 首，在完备性和参考价值上获得了长足进步，可以说是目前最好的拉金诗歌版本。
② 转引自 Osborne, John. *Larkin*, *Ideology and Critical Violence*：*A Case of Wrongful Conviction*. Basingstoke：Palgrave Macmillan，2008. p. 13。
③ 洛威尔对拉金评价很高，认为拉金是奥登之后最令他激动的诗人，其写作所使用的传统形式和直言不讳的态度都让他深深着迷，详情请见 Lowell, Robert. *The Letters of Robert Lowell*. London：Macmillan，2007. p. 297。

言，赞成传统的韵律形式和严谨朴实的用语……不仅表明了拉金对他那一时代旋律听觉的敏锐，而且也表明了一种新的、在当时有点激惹人的坦率"①。1992 年诺贝尔文学奖获得者德里克·沃尔科特（Derek Walcott）认为日常生活"直到拉金的出现……在英诗中才获得了非常精确的定义"②。中国学者王佐良则指出拉金"以回到以哈代为代表的英国传统的方式写出了一种新的英国诗……结束了从 20 年代起就开始树立于英国诗坛的现代主义统治"③。简而言之，学界大部分学者认为拉金是二战后英国最重要的诗人之一，其主要成就在于对日常生活清晰具体的书写和对现代主义诗歌的反拨。但是，如果我们回顾自 20 世纪中叶拉金登上诗坛以来对他的研究，就会发现，围绕拉金及其写作的争议是一直存在的。詹姆斯·布斯（James Booth）在其编纂的论文集《拉金新说》④（*New Larkins for Old*）的序言中曾慨叹，在他编纂的这本论文集中，还很难"发现共同的批评或理论线索"⑤，这恰恰反映了我们的判断。简而言之，这些争议主要集中在拉金的诗歌取向与现代主义诗歌之间的争论、诗歌的地方性、拉金与读者的关系以及拉金对待死亡、女性和帝国主义的态度等方面。

一 成就

学界对拉金成就的肯定往往会涉及他对日常生活的书写，具体来讲就是拉金在诗歌书写中注重普通人每天都要经历的各种平凡的行为事件，而不是超验世界或高高在上的人所专注的宏大功业；书写的形式相较于现代主义诗歌更注重结构的清晰易懂，语言也更接近日常语言，使普通读者更容易进入；对于诗人的身份，拉金不认为诗人是超出普通人的特殊角色，而是和普通人无异的平凡人，他的职责就是诚实地书写包围自己的日常生

---

① 安德鲁·桑德斯：《牛津简明英国文学史》，谷启楠等译，人民文学出版社，2000，第897 页。

② 引自德里克·沃尔科特《写平凡的大师：菲利普·拉金》，详情请参阅哈罗德·布鲁姆等《读诗的艺术》，王敖译，南京大学出版社，2010，第 159 页。

③ 王佐良：《英国诗史》，译林出版社，1997，第 472~473 页。

④ 该书汇集了来自英国、美国、加拿大、比利时和匈牙利拉金研究学者的 15 篇文章。这些文章主要是从精神分析、后现代和后殖民等理论角度展开的。

⑤ Booth, James. *New Larkins For Old*: *Critical Essays*. Basingstoke: Palgrave Macmillan, 1999, p. 1.

活经验，让更多的人理解到日常生活的本质和价值。这一点和以叶芝和艾略特为代表的现代主义诗歌构成鲜明的对比——对于叶芝和艾略特来说，日常生活往往是一个需要逃离的领域，即诗歌最终要从破败不堪的日常生活指向超验存在，他们所持的是一种精英主义的态度，所使用的诗歌形式和语言往往是高度实验性的。

　　拉金对日常生活经验的注意与欧洲 19 世纪以来的思想演变有关。首先是宗教。欧洲基督教信仰在这一时期发生了重大的变化，尽管不同地区的演变细节有差异，但总体来看，是一个逐渐世俗化的趋势。① 世俗化从本质上来讲是基督教在人类生活领域的大规模撤退，无论是上帝还是天堂，其真实性都受到广泛的质疑，难以再赋予人类生活意义和价值。这激发了欧洲人不再从超验的上帝，而是转向具体的人间追求意义和价值。其次，与基督教在欧洲的演变相类似，欧洲人的思想也渐趋向日常生活世界靠近。这主要表现在传统哲学到现代哲学的演变中。传统哲学主要关注外在于日常生活的超验或先验的秩序和系统，并且有强烈的贵族倾向，这些哲学身处高位，往往自认为可以代普通人立法或者阐释整个世界，建构出绝对意识、绝对精神、绝对理性和绝对物质等形而上学体系，并覆盖到整个世界。但是，自 19 世纪以来，西方哲学发生了重大的转变，传统哲学受到质疑，哲学日趋远离绝对形而上学体系，向着日常生活世界靠近。赵敦华称"19 世纪后期是西方哲学的危机时期，黑格尔哲学体系的崩溃，自然科学的挑战以及这一时期的哲学家对哲学传统的激烈批评，都使哲学面临着深刻的危机，于是才有了本世纪初的'哲学革命'时期，产生出两大新的哲学运动：分析哲学和现象学"②。但是，赵敦华认为这两大哲学运动均未完成自己的革命目标，在之后的哲学发展阶段，这些哲学日益"走出纯理论、纯思辨的象牙塔，面向生活，面向日常语言，对传统的思维方式和生活方式进行了猛烈的冲击"③。我们可以以胡塞尔晚期的哲学著作《欧洲科学的危

---

① 西方国家世俗化的程度差异比较大，比如，在美国，直至今日，教会人数一直很多，新的教派或宗派仍在出现。另外，在宗教冲突曾比较激烈的地区，诸如波兰和西班牙，世俗化程度也远较英国和法国等国家要低。但是，总体来说，西方宗教的影响已经大大减弱了。

② 赵敦华：《现代西方哲学新编》，北京大学出版社，2001，第 4 页。

③ 同上。

机与超验现象学》来说明这一点。胡塞尔针对欧洲科学的危机——"自然主义的科学把价值规范与自然规律等量齐观，不能面对人生价值与意义的问题"① ——提出了回归"生活世界"，"生活世界是永远事先给予的、永远事先存在的世界……一切目标以它为前提，即使在科学真理中被认知的普遍目标也以它为前提"②。"生活世界"是一个和本文引用的"日常生活世界"相类似的概念。"最为重要的值得重视的世界，是……作为唯一实在的，通过知觉实际地被给予的、被经验到并能被经验到的世界，即我们的日常生活世界。"③ 胡塞尔对"生活世界"和"日常生活世界"的换用显然印证了两者的相似性。对于和日常生活世界相类似的生活世界，胡塞尔赋予了极高的价值和意义，是弥合他所面对危机的基石。在这一思想转变过程中，人对天堂以及超验或先验秩序和系统的关注弱化了，更加关注此在的日常生活。

　　二战后，英国也处于这一大的演变之中。基督教的进一步衰退和诸种宏大理论的幻灭促使人更加倾向于从日常生活中寻找价值和意义。二战后，英国基督教的衰落在理性和科学精神以及两次世界大战的冲击下不可避免地加速了。人们越来越不相信基督教对世界的解释和救赎。深受理性和科学精神熏陶的英国人已经难以接受上帝创世说，而感受过世界大战的惨烈，内心绝望的受害者以及同情者们更难再有救赎的信心了。另外，经济的发展刺激了物质主义和消费主义的兴起，使人们更加乐于追求花样翻新的现世享乐，而不关心上帝为何物了。社会的进一步自由化和平等化也起到了推动作用，人们拥有了更多宽松的表达空间，于是反对包括宗教在内的各种权威渐成流行趋势。在这种情况下，英国的信众急剧下降，仅英格兰和威尔士两地"教会成员在……20 世纪 80 年代……比 20 世纪初低了一半"④。教堂也大规模出现了关停现象，甚至出租给商店、体育场、舞厅和夜总会等行业，接受商业文明的"洗礼"。这些无疑都是日常生活凸显的表现。至于诸多宏大理论，回顾二战前后英国的历史，我们可以发现源于苏联的

① 赵敦华：《现代西方哲学新编》，北京大学出版社，2001，第 115 页。
② 同上。
③ 胡塞尔：《欧洲科学的危机和超验现象学》，张庆熊译，上海译文出版社，1988，第 6 页。
④ 孙艳燕：《世俗化与当代英国基督宗教》，社会科学文献出版社，2013，第 71 页。

社会主义思潮的影响。社会主义思潮作为一种强劲有力的意识形态当然展现出非凡的勇气，其对资本主义社会的批判，对未来社会（没有阶级、没有压迫、没有剥削、建立公有制）的和谐想象，当然吸引了不少英国人的目光。然而事与愿违，这种勇气在欧洲却变得矛盾重重。国家社会主义的秩序效率同样对二战前的英国人产生了吸引力。然而，二战的爆发以及战争带来的灾难性后果让英国人对这种狂热的极权主义丧失了信任。这些宏大理论的失效无疑促使英国人更加趋向于日常生活。乔治·奥威尔（George Orwell）的思想转变就是一个非常有力的证据。二战后，奥威尔一改 1930 年代对社会主义的认同，表现出对社会主义意识形态强烈的恐惧，希望退回到具体个人经验当中去，不以抽象的主义代替现实，压迫现实。发端于 20 世纪 50 年代的"运动派诗歌"延续了奥威尔的思路。傅浩曾指出，运动派诗人特别注重对日常生活的书写，自认为是"非浪漫时代的普通人"①，不是特殊生灵，只是有工作责任的普通公民，他们的作品总透露着一股平凡的味道，认为平淡即美，崇尚写日常生活中的真人真事，反对现代主义诗歌的超验写作和自我膨胀。运动派中最重要的诗人之一罗伯特·康奎斯特②（Robert Conquest）在其编纂的《新诗行》（*New Lines*）序言中鲜明反映了这一倾向。他指出，运动派诗歌的观念"最重要的共同点是既不服从理论建构的宏大体系，也不服从无意识命令的混乱。这就避免了神秘和逻辑的压迫，并且，就像现代哲学，对所碰到的一切采取经验主义的态度"③。这段文字很好地说明了包括拉金在内的运动派转向日常生活的原因以及关注日常生活的哲学基础，即现代主义、新浪漫主义和天启文学各自的超验性追求对运动派诗人已经无效了，它们是虚假的、高蹈的和教条的，必须转向并采用经验主义的态度来观察分析日常生活。

尽管拉金本人不承认自己是运动派的一员，但很明显受到了这一发展趋势的影响。拉金对基督教和超验秩序持强烈的怀疑态度，甚至可以说是

---

① 傅浩：《英国运动派诗学》，译林出版社，1998，第 33 页。
② 罗伯特·康奎斯特（1917—2015），英国诗人，主要作品包括《诗》、《火星与金星之间》、《临时看护》和《侵袭》等。
③ Conquest, Robert. *New Lines*. London：Macmillan & Co. Ltd. LTD, 1956, p. xv.

一个无神论者。拉金的父亲曾告诉他"永远不要相信上帝"①，他本人似乎也是这样做的，比如，在写给萨顿的信中就曾直言不讳地说："现在人已经不可能成为基督徒了……上帝搞得我很抑郁，这卑鄙的家伙在哪里?"②另外，他热衷于从日常生活中提取诗歌题材，不遗余力地对日常生活展开具体书写。拉金喜爱日常生活，视自己为普通人，声称"无意超越平凡，我喜欢平凡，我过着一种非常平凡的生活。日常事物对我来说是可爱的"③。拉金本人的诗歌转向也证明了他对宏大理论的拒绝。1946 年，在阅读了《哈代诗选》中《听到菲娜的死讯，想起她》（Thoughts of Phena at News of Her Death）后，拉金的诗歌写作发生了重大变化，他的诗歌楷模从叶芝转向了哈代，进入了诗歌写作的成熟期。对于这一转变，他是这样说的：

> 我认为哈代作为一个诗人，并不适合年轻人。当然，说我二十五六岁时已不年轻，听起来可笑得很，不过，至少我已开始明白生活是怎么回事，而这正是我在哈代的诗里发现的东西。换言之，我是在说，我喜欢的首先是他的气质和他看生活的方式。他不是一个超验作家，他不是一个叶芝，他不是一个艾略特；他的主题是人，人的生命，时间和时间的流逝，爱和爱的枯萎……我读哈代时，有一种如释重负的感觉，就是我本来不需要努力硬撑着自己，按外在于自己生活的诗歌观念去创作——也许这正是我感到叶芝在怂恿我做的事。一个人只需回到自己的生活，从那里写开去。④

从这段材料来看，拉金对叶芝的批评焦点是他们的写作是超验的，是远离他的生活的。注重超验意味着注重超出人经验的抽象存在，而反其道

① Motion, Andrew. *Philip Larkin: A Writer's Life*. London: Faber & Faber Limited, 1993, p.485.
② Brennan, Maeve. *The Philip Larkin I Knew*. Manchester: Manchester University Press, 2002, p.70.
③ Larkin, Philip. *Further Requirements: Interviews, Broadcasts, Statements and Book Reviews*, London: Faber & Faber Limited, 2001, p.57.
④ 菲利普·拉金：《菲利普·拉金诗论小辑》，周伟驰、黄灿然译，《书城》2001 年第 12 期。

而行则意味着注重和人具体相关的日常生活世界。拉金反对超验这一概念就是为了与现代主义诗歌拉开距离。他批评叶芝和艾略特在写作中试图为读者提供一个比现实经验世界更为真实的世界——这个世界蕴含着真理和秩序，可以赋予人的存在以意义。对于叶芝来说，这个超验的世界主要是他借助凯尔特文化传统发明的个人神话体系，对于艾略特来说，则主要是基于基督教的宗教体系。这些超验追求，对于拉金来说，无疑是虚假的，不诚实的，是需要硬撑的诗歌概念，已经丧失了真实性，只有回到日常生活才能真正确立自己的写作。

二 争议

围绕拉金展开的争议主要包括如下三个方面。

首先，对拉金的评论最早是在运动派与现代主义和新浪漫主义等不同诗歌流派之间的辩驳中展开的。最早对拉金的诗歌展开评论的是罗伯特·康奎斯特。康奎斯特1956年编辑出版了标志着运动派诞生的《新诗行》。该书收录了拉金的9首诗。在该书序言中，康奎斯特认为他所选择的诗人都反对现代主义和新浪漫主义文学的超验性追求，他们专注于日常生活，基本的哲学观念则是经验主义。而此时，查尔斯·托姆林森① （Charles Tomlinson）对运动派和拉金提出了批评。托姆林森在1957年为《新诗行》所撰写的书评《平庸的缪斯》（The Middlebrow Muse）中指出《新诗行》所选的诗人被"日常陈腐的情感"折磨，"对于外在于他们的连续统一体至关重要的意识，对于受造宇宙中体现出的和他们对立的神秘，他们表现出异常的匮乏，无论何种程度的清晰，他们也无法感受到"②。托姆林森的这段话一方面认识到了运动派诗人对日常生活的关注；另一方面也表现出对运动派日常诗歌写作的批评态度。从根本上来讲，这是两种精神取向的对立，托姆林森认为从"受造"的宇宙中是能获得肯定的超验性回应的，而以拉

---

① 查尔斯·托姆林森（1927—2015），英国诗人、批评家、学者。主要作品包括《世界之道》、《写在水上》和《返回》等。

② Tomlinson, Charles. "The Middlebrow Muse," *Review of New Lines*, ed. Conquest, Essays in Criticism 7 (Apr. 1957), p. 215.

金为代表的运动派诗人则在这一点上充满了怀疑。另外，戴维·洛奇①
（David Lodge）对运动派和拉金也持批评态度。洛奇认为现代主义与反现代
主义两种文学倾向的相互辩驳始终贯穿于当代，呈现出一种钟摆式的运动
方式：二战后的年轻诗人迪伦·托马斯（Dylan Thomas）继承了现代主义诗
歌的传统，而 20 世纪 50 年代中期兴起的运动派则是钟摆朝相反的方向摆
动。在洛奇看来，金斯利·艾米斯②（Kingsley Amis）、菲利普·拉金以及
约翰·韦恩③（John Wain）等人是反现代主义的，他们"对文艺创作中表
现形式方面的探索实验即使称不上是反对至少也是持怀疑态度。从写作技
巧上他们满足于使用稍经改变的 20 世纪三十年代和爱德华王朝时期的现实
主义的传统手法，他们自己的独创性主要表现在语气、态度和主题上。对
于诗人们来说，迪伦·托马斯集中代表了他们蔑视的东西：词义的晦涩、
矫揉造作、写作时的浪漫狂热。他们的目标是清晰而简洁地把他们对现实
的感受如实的表达出来，使用不加渲染的、克制而稍稍压抑的文体"④。洛
奇本人更倾心于现代主义和后现代主义文学的实验性，因此对运动派和拉
金多有贬低，认为拉金的形式过于保守，过于散文化，"可能被误认为是麦
克尼斯或奥登在某种情绪上写的作品——甚至也可能被误认为是某位乔治
王朝诗人的大作"⑤。

其次，随着运动派的式微以及拉金获得越来越多的关注，针对拉金的
争议就更为具体深入了，争论的焦点主要集中于拉金的地方性和对死亡的
态度。比如，阿尔瓦雷兹（A. Alvarez）⑥就认为菲利普·拉金不能承担伟大

---

① 戴维·洛奇（1935—），英国小说家、批评家，主要作品包括《电影迷》、《小世界》、《现
代写作方式》和《小说的艺术》等。
② 金斯利·艾米斯（1922—1995），英国小说家、诗人，主要作品包括小说《幸运的吉姆》，
诗歌《明亮的十一月》、《一盒标本》和《庄园巡视》等。金斯利·艾米斯一般也被视为
运动派的一员，但他否认这一点。
③ 约翰·韦恩（1925—1994），英国诗人、小说家，主要作品包括《混合的情感》、《窗台上
刻的字》、《在上帝面前哭泣》、《关于伊瑟里少校的歌》、《画外音》、《獠牙》和《双重者》
等，一般被视为运动派诗人。
④ 戴维·洛奇：《现代派、反现代派与后现代派》，王家湘译，《外国文学》1986 年第 4 期。
⑤ 同上。
⑥ 阿尔·阿尔瓦雷兹（1929—），英国诗人、小说家、批评家。主要作品包括《残暴的上帝》
和《婚后生活》等。

诗人的称号，这个称号对于他来说过于沉重，如果拉金是伟大诗人，"那将是一个遗憾"。① 阿尔瓦雷兹给出的理由是拉金是一个杰出诗人，他的杰出之处是"他了解自己的限度，正如他精确地了解自己的力量一样，并且他对两者都不做高估……（拉金的主要成就）可能是为那个特殊的，地方化的时刻创造出一种特殊语调"。② 唐纳德·戴维③（Donald Davie）在其《托马斯·哈代和英国诗歌》（*Thomas Hardy and English Poetry*）中讨论了拉金的诗歌。戴维阐释了哈代和拉金诗歌的关系，他们的相似性和相异性，在讨论过程中，他认为指责拉金诗歌过于褊狭和地方性的流行论调是不成立的。戴维的辩护侧重于拉金书写内容的英国性和其建立在英国性基础上的普遍性，在他看来，拉金写出了最先实现工业化的英国的经验，是具备普遍性的，因为这种工业化已经开始在全球蔓延。④ 理查德·罗蒂（Richard Rorty）在《偶然、反讽与团结》（*Contingency，Irony，and Solidarity*）中为说明"自我的偶然"，引证了拉金的《继续活着》（Continuing to live）。罗蒂指出，在这首诗中"拉金讨论的是对死亡和消失的恐惧"⑤，而对抗这种恐惧的是如"装载单"般记录下来的个体的独特感受，因此，罗蒂认为拉金是一个如布鲁姆所言的强健诗人，即不是一个复制品和仿造品的诗人，而是一个发现自己的独特性，某种意义上通过自己的诗歌战胜死亡的诗人。但是，希尼对拉金的死亡态度则提出了批评。在《欢乐或黑夜：W. B. 叶芝与菲利浦·拉金诗歌的最终之物》（Joy or Night：Last Things in the Poetry of W. B. Yeats and Philip Larkin）中，希尼指出，尽管拉金诗艺精湛，但拉金的诗对于死亡造成的空场过于消极暗淡，他"坚持顾及全部的消极现实"，"不能希冀以由爱和艺术所激发的巨大的'是'字来回应"⑥ 死亡，其晚年的《晨曲》，则完全聚焦于死亡，认为"哀叹与抗争对于死亡并无分别"⑦，这种态度和叶芝的勇气相比无疑是丧失了人类精神伟大劳役的责任感。拉

---

① Alvarez, A. . *Beyond All This Fiddle*：*Essays* 1955—1967. New York：Random House, 1969, p. 85.
② Ibid. , pp. 85-86.
③ 唐纳德·戴维（1922—1995），英国诗人，主要作品包括《诗选》和《埃兹拉·庞德》等。
④ 傅浩：《英国运动派诗学》，译林出版社，1998，第 156 页。
⑤ 理查德·罗蒂：《偶然、反讽与团结》，徐文瑞译，商务印书馆，2003，第 38 页。
⑥ 西莫斯·希尼：《希尼诗文集》，吴德安译，作家出版社，2000，第 332 页。
⑦ 同上书，第 335 页。

金的诗对于希尼来说当然是独特的，但对于希尼来说，这种独特性是不够的，唯有对死亡吼出的"不"字才能产生真正的抵抗力。切·米沃什（Czesław Miłosz）对拉金的诗艺也表示赞叹，但是面对拉金对于死亡的态度，和希尼一样，也持强烈的批评态度。在其晚年的《反对菲利普·拉金的诗歌》（Against the Poetry of Philip Larkin）中，米沃什拒绝了拉金"生活都是可憎的"说法，认为虽然"死亡不会错过任何人"①，但对于诗歌来说，这不是一个得体的主题。詹姆斯·布斯（James Booth）则对希尼的批评做出了反驳，"西莫斯·希尼对拉金面对死亡时的畏缩感到不快。他谴责《晨曲》在诗人需要做出的确实的精神纠正方面的失败。埃德娜·朗利更喜欢爱德华·托马斯对'探索未知积极的好奇心'，而不是'拉金被动地屈服于必然性'。'人宁可和托马斯一起沿着"通往森林深处的绿色道路"漫步'，她写道，'也不愿"沿着墓地之路"和拉金跛行'，好吧，某些读者可能确实偏爱托马斯阴郁冷静的斯多葛主义，但其他读者更喜欢拉金黑色幽默和戏剧性的倒霉困境"②。布斯在这里把围绕诗歌的争论演变成一个权利问题，即读者有权按照自己的兴趣选择自己喜欢的诗人。

最后，围绕拉金展开的权力批评引发的争议。这些争论涉及拉金是否为一个保守主义分子和厌恶女性的人，以及因此引发的对他诗歌的判断。1990 年代初，随着安东尼·史威特编辑的《菲利普·拉金书信选》（Selected Letters of Philip Larkin）和安德鲁·莫辛撰写的拉金传记《菲利普·拉金：一个作家的一生》（Philip Larkin：A Writer's Life）的出版，大量拉金的私人信息得到发现。这些信息为拉金诗歌研究提供了大量可信的材料，极大地促进了拉金诗歌研究。然而，诸如种族主义的、蔑视女人的和咒骂工人阶级的言论也颠覆了拉金一直以来呈现给公众的谦逊有礼、勤奋公正、幽默嘲讽，略带古怪色彩的诗人形象，引发了对拉金铺天盖地的批评。彼得·阿克罗伊德（Peter Ackroyd）在其 1993 年发表在《泰晤士报》上的《诗人向人传递不幸》（Poet Hands on Misery to Man）中认为"拉金本质上

---

① Miłosz，Czesław. *New and Collected Poems* （1931-2001）. New York：Harper Collins Publisher，2005，p.718.
② Booth，James. *Philip Larkin：The Poet's Plight.* Basingstoke：Palgrave Macmillan，2005，pp.199-200.

是一个小诗人，仅仅靠些局部和临时的原因才得享盛名"①。汤姆·波林（Tom Paulin）则依据拉金的书信集对拉金展开了批评，他认为这些信件"揭示了……拉金这座国家纪念碑下的阴沟"②。丽莎·贾丁（Lisa Jardine）则批评了拉金保守的民族主义意识，提出针对拉金书信的争议应该启发当代英国多元文化共存合理性的思考，另外她还希望读者要注意拉金源源不断的污言秽语和对女性的蔑视。由此，贾丁进一步提出，应该在课堂上少讲拉金的诗歌，而且她本人也是这样做的——"在英语系，我们已经不太讲拉金了。他为之欢呼的英格兰本土主义在我们修订的课程表上坐不稳了。"③ 除此之外，据约翰·奥斯本（John Osborne）在其专著《拉金，意识形态和批评暴力：不合法定罪案例》（*Larkin，Ideology and Critical Violence：A Case of Wrongful Conviction*）中的介绍，1990 年代中期针对拉金已经发明了很多指责性的标签，诸如"同性色情诗人纳粹菲利普·拉金"、"野蛮的怪物"、"虐待狂"、"压抑"、"乏味"、"毫无写诗天赋" 和 "从没想过写首好诗"等。针对上述对拉金的一系列批评，詹姆斯·布斯和约翰·奥斯本为拉金做出了辩护。布斯在其 2005 年出版的《菲利普·拉金：诗人的困境》（*Philip Larkin：The Poet's Plight*）中辩护的主要立足点是拉金和他诗中的叙述主体并不是一回事，即 "拉金的作品经常折射出在伪装的形式中的诗人常见的原型或老一套的困境"④。布斯以此为依据把自己的研究"集中于诗歌本身，而不是诗歌中的其他因素，尽管这些可能有趣或重要"⑤。奥斯本在《拉金，意识形态和批评暴力：不合法定罪案例》中回击了围绕拉金因传记和书信集引发的 "意识形态" 式的批评。奥斯本的回击主要从两个方面展开。首先，他批评了用传记资料分析拉金诗歌的缺陷。奥斯本首先回顾了 "包德勒式删改"（bowdlerism）的历史，他引用汉丽埃塔·包德

①　Ackroyd，Peter. "Poet Hands on Misery to Man," *Rev. of Philip Larkin：A Writer's Life.* [London] Times 1 (1993)，pp. 17-28.

②　Paulin，Tom. Letter to *Times Literary Supplement*，6 November 1992，p. 15.

③　Jardine，Lisa. "Saxon Violence." *The Guardian*，1992，pp. 4-5.

④　Booth，James. *Philip Larkin：The Poet's Plight.* Basingstoke：Palgrave Macmillan，2005，p. 2.

⑤　Ibid.，p. 2.

勒（Henrietta Bowdler）① 和其弟托马斯·包德勒（Thomas Bowdler）对莎士比亚文本的净化等例证，说明了把文本中的叙事者和作者等同起来会严重影响对文本文学价值的判断，遮蔽对文本的真实理解。奥斯本认为拉金在 1990 年代初所受到的批评和莎士比亚文本所遭受的命运本质上是相同的，"当'包德勒式删改'在 20 世纪后半期再度出现时……拉金是一个主要受害者"。② 除了上述批评之外，布雷克·莫里森（Blake Morrison）曾指出拉金有操控读者的嫌疑③，傅浩也曾指出拉金有精英主义倾向，这与拉金对普通读者的偏爱似乎矛盾。这些批评本质上也可列入权力批评的范畴，毕竟涉及的是文本阐释权问题。

为什么围绕拉金及其诗歌出现如此多的争议呢？主要原因包括如下两点。

首先，拉金本人及其诗歌写作是极为矛盾和复杂的。在生前，拉金展现给大众的是一个孤独避世、机智有趣的形象，而当他去世，随着《菲利普·拉金书信选》和传记《菲利普·拉金：一个作家的一生》的出版，私人信息得以暴露，人们却发现他是一个脏话连篇，颇有歧视女性、黑人、工人阶级之嫌的帝国主义分子，可以说他的公共形象和私人形象之间存在着巨大的反差。毫无疑问，这反映了拉金的复杂性。具体到他的诗歌，我们可以发现在他的诗歌中也存在着众多矛盾。这些矛盾往往处于一种"既……又"和"既不……又不"交织的临界状态，任何一方都无法战胜对方，并不是黑白分明的绝对对立关系。这种矛盾关系特征决定了拉金的诗歌中总是充满了怀疑和否定，判断与判断之间总是在进行持续不断的辩驳，因此，他的诗歌中的态度或者说判断总是摇摆的，令人难以确定。莫里森曾指出，"在他（拉金）自言自语的时候，邀请读者来聆听，大胆地做推测性的解释，然后用另外一种解释推翻它，他讲的话里充满结结巴巴和自我

---

① 汉丽埃塔·包德勒（1750—1830），英国人，以其弟托马斯·包德勒之名编辑出版了《家庭版莎士比亚》。该版本对莎士比亚文本中"有伤风化"的内容做了删改。

② Osborne, John. *Larkin, Ideology and Critical Violence: A Case of Wrongful Conviction*. Basingstoke: Palgrave Macmillan, 2008, p. 2.

③ Morrison, Blake. *The Movement: English Poetry and Fiction of the 1950s*, New York: Oxford University Press, 1980, p. 144.

修正（'是，真实；不过……''没，没什么不同；相反，多么……'）似乎为代言人的诚实做担保"。[1] 这无疑是一个精准的描述。另外，莫辛在《菲利普·拉金》（*Philip Larkin*）中指出拉金的诗歌虽然是反现代主义的，但"事实上，拉金吸收和改进了许多来源于现代主义和象征主义的策略……拉金在其早期并不是简单地把叶芝替换成了哈代……他的大部分作品是在他的两位导师的态度和品质之间选取了辩证的形式"。[2] 莫辛在这里强调了拉金和现代主义的关系不是简单的反对关系，无疑从诗歌谱系角度验证了拉金诗歌的复杂性。如果我们承认拉金及其诗歌的矛盾和复杂，那么围绕拉金出现如此多的争议也就顺理成章了，毕竟在众多摇摆的认识中找出相对确定的立足点并不是一件容易的事。

其次，以拉金传记为基础的女性主义和后殖民主义的权力批评的兴盛。这些批评的产生实际上是 20 世纪文学理论围绕话语权力以及意识形态为核心的文化批评的组成部分。这类批评的代表主要是上文提到的汤姆·波林和丽莎·贾丁。两位学者分别基于后殖民主义和女权主义，对拉金展开了尖锐的批评，无疑让我们了解到一个更为复杂的拉金。但是，把文学批评化约为话语权力和意识形态分析无疑忽视了文学本身的存在价值，也是对拉金与其诗歌复杂性的过度简化，甚至可以说偏离了拉金诗歌的核心特征。上文我们提到的布斯和奥斯本正是基于拉金及其诗歌深受上述女性主义和后殖民主义批评的威胁，刻意把研究的主要对象集中于诗歌文本，并把诗歌文本中的叙述者和拉金本人区分开来，主张拉金的诗歌成就应该以他的诗歌写作为主，不能因为他私人生活中不堪的一面而使他的诗歌受到损害。两位学者中最为典型的是奥斯本，他把波林和贾丁对拉金的批评视为一种极端的意识形态式的粗暴简化，甚至试图把传记批评彻底从自己的研究中驱逐出去。这种方法当然从某种程度上保卫了拉金的诗歌，恢复了拉金诗歌本身的价值和意义，但是，如此回避拉金的传记材料（事实上也回避不了），也无益于客观有效地理解拉金。

---

[1] 菲利普·拉金：《菲利普·拉金诗选》，桑克译，河北教育出版社，2003，第 5 页。
[2] Motion, Andrew. *Philip Larkin*. London：Methuen，1982，pp. 12–15.

研究目标

回顾上文对拉金成就与争议的梳理，我们就会得出这样的结论，尽管拉金已经是英国诗歌史上不可忽略的人物，但是仍然有不少的争议包围着他。为了对拉金的诗歌展开进一步的研究，本文试图抓住拉金写作的核心动力问题展开讨论。拉金写作的核心动力是抵抗死亡，是对人有限存在必然消逝的反抗。具体来讲，拉金典型的诗歌所关注的是自我及日常生活世界中的经验，日常生活本身在时间的消逝中面临着必死的侵蚀，本身的意义和价值受到威胁，拉金的诗歌写作从根本上来说是为了抵抗这一威胁，保存自我以及自我所经验到的世界，其诗歌的独特性与此关系甚深。另外，在拉金看来，读者也是拉金对抗死亡的关键一环。如果说诗歌保存了必死的经验，那么读者就承担着在阅读中不断精确"复制"这些经验，对诗歌文本做同一性的阐释，完成主客体统一的责任，以构成"保存"的延续和某种程度上永恒不朽的允诺。具体原因如下。

第一，拉金的核心主题是死亡，是有限时间内的必死。这一核心主题纠缠着拉金的心智，激发他记录下自我所经验到的世界——爱情、婚姻、家庭、孤独、选择、衰老、病痛、死亡等。一切笼罩在时间流逝和死亡的阴影之下。这种对有限时间内必死的高度敏感伴随了拉金终生的诗歌表达。从最早期的诗歌写作开始，这一特征就有所显现。尽管他此时还深受叶芝等诗人的影响，但在他的第一本正式出版的《北方船》（*The North Ship*）的《这是首要之事……》（This is the first thing）中，他已经把存在的有限性视为自己对世界最初和重要的理解，"时间是树林中/斧子的回声"① ——明确意识到自我身处的世界是无法逃避时间侵蚀的。而在《倒掉那青春……》（Pour away that youth）中，拉金更为明确地认为应该抛弃心中泛滥的青春激情，改而"站在坟墓一边/说出骨头的真实"，因为他"和死者相随/因为害怕死亡"。这是有限存在的必死对他造成的压迫。

拉金成熟时期的诗歌转向了日常生活，但日常生活在丧失绝对价值庇

---

① Larkin, Philip. *Complete Poems*, New York: Farrar, Straus and Giroux, 2012, p. 19.

护条件下与死亡之间的关系越发紧张了。拉金正是以此为中枢确立了自己
的诗歌面貌。在他 1946 年的《消逝》（Going）① 中，他关注的是时间消逝
对死亡、对自我所造成的冲击。在《需求》（Wants）中，拉金写到"尽管
有日历狡诈的紧张，/人寿保险，列入日程的生育习俗，/尽管眼睛昂贵地
避开死亡——/在这之下，湮没的渴望在奔跑"，② 日常生活中的"人寿保
险"和"生育"被裹挟在死亡之中。在以性为主题的《铜版画》（Dry-
Point）中，他把性与死亡紧密连接起来，认为性是虚无的，对抗死亡是无
力的。在以爱情为主题的《没有路》（No Road）中，时间作为一种侵蚀性
的力量和爱情纠缠在一起。在以宗教为主题的《信仰治疗》（Faith Healing）
中，他则讨论了信仰对抗死亡的无力。在《再访癞蛤蟆》（Toads Revisited）
中，他讨论了工作与死亡的关系。在《大楼》（The Building）中，他讨论了
医学疗救的无力。在《割草机》（The Mower）中，他讨论了人无意间造成
的动物的死亡。可以说，拉金的诗歌总是或直接或间接地涉及死亡。最具
启发意义的是他的《一位年轻女士相册上的诗行》（Lines on a Young Lady's
Photograph Album），这首是为他赢得声誉的第一本成熟之作《少受欺骗者》
（The Less Deceived）的开卷诗。这首诗展示了拉金成熟时期诗歌的关注重点
以及典型特征，可以说是表明他诗歌观念的核心作品。拉金选取相册作为
自己的书写对象，赞美摄影术的诚实，暗示出自己的诗歌取向是诚实准确
地描摹经验事物，最终达到"留存你犹如天堂，你躺在/那里不变的可
爱，/越来越小越清晰，随着岁月的流逝"③ 的效果。这表明拉金非常清楚
地意识到诗歌要承担保卫有限存在的责任。拉金认为，诗歌写作是为了
"保存我所看到、想到和感到的事物（如果我这样可以表明某种混合和复杂
的经验），既为我自己，也为别人，不过我认为我的主要责任是对经验本
身，我努力让它避免湮没……保存的冲动是一切艺术的根本"④。而在写给

① 在 1988 年版的《诗集》（Collected Poems）中，安东尼·史威特把 1946 年的《消逝》
（Going）作为第一首诗列于成熟诗歌部分卷首，尽管没有具体说明，但显然他赋予了这首
诗特别的意味，即拉金从这首诗开始才开始写出真正自己的作品。
② Larkin，Philip，*Complete Poems*. New York：Farrar，Straus and Giroux，2012. p. 15.
③ Ibid.
④ Larkin，Philip. *Required Writing：Miscellaneous Pieces* 1955-1982. New York：Farrar，Straus and
Giroux，1984，p. 79.

莫妮卡·琼斯（Monica Jones）的信中也指出，"我认为对于生活唯一可做的事情就是保存它，如果你是个艺术家，可以经由艺术"①。显然，拉金把诗歌视为人在日常生活世界的有限存在对时间和必死侵蚀力量的抵抗，他诚实、具体、清晰的诗歌书写与此有决定性的联系。

第二，拉金对读者投入了大量关注，试图在诗歌与读者之间架起一座顺畅的理解之桥，这一倾向也与死亡有关。一般对拉金与读者关系的研究往往是从他与现代主义之间对立展开的，比如，以艾略特和庞德为代表的现代主义诗歌，以精英主义、实验性、技巧复杂、用典繁复、艰涩难解为主要特征，但在拉金看来，这样的写作阻碍了读者进入诗歌，是对读者的漠视和侮辱。拉金主张采用传统形式，尤其是乔治王朝诗歌和哈代诗歌清晰具体的表达，这样读者可以更为顺畅地进入诗歌。拉金针对诗歌与读者的讨论不少，比如，拉金曾指出艺术激发出两种张力，而这两种张力分别存在于"艺术家和素材以及艺术家和读者之间"。这两种张力的存在暗示出艺术本身的存在与艺术家和读者是不可分割的，甚至某种程度上具备决定性的作用。拉金在《快乐原则》中阐释了自己写诗的动因，构建出的文字装置（诗歌）和读者三者之间的关系。拉金认为诗歌作为建构出的文字装置，保存了他的经验，并且读者绝不是一个可有可无的角色，而是涉及诗歌的实际存在与否的问题，即如果读者不能通过诗歌复制诗人赋予诗歌的内容，就不能说成功，而这种不成功不仅仅停留在读者层面，而是上述三者之间关系整体的失败。如果我们联系拉金对有限存在必死的关注，他的保存诉求，以及为了应对这一问题所采用的具体清晰诚实的表达方式，那么思考拉金的读者观，就不应该只局限于与现代主义诗歌的对立以及与乔治王朝诗歌和哈代诗歌的接续，而是可以从抵抗死亡角度来谈，即读者也是拉金对抗死亡的关键一环——诗歌保存了诗人的经验，读者在阅读中不断"复制"这些经验，这种"复制"可以视为"保存"的延续，从而得到某种程度上永恒不朽的可能。总的看来，读者是拉金抵抗死亡不可或缺的一部分，因此，必须对拉金的读者观给予足够的关注，如此才能有效理解他的诗歌。

① Larkin, Philip. *Letters to Monica*. London: Faber & Faber Limited, 2010, p. 222.

第三，梳理围绕拉金的争议，我们可以发现有两点非常值得注意，其一是拉金在政治上的保守倾向，有帝国主义和种族主义的嫌疑；其二是拉金的厌女倾向，有歧视女性的嫌疑。如果考虑他有关黑人和社会底层的一些出格言论，一生情人众多，且不婚无子的事实，这两点似乎都可以坐实。但是我们如果从他留下的作品整体来考虑的话，其涉嫌帝国主义和种族主义嫌疑的作品并不占大多数，而且主要集中在其晚年。[①] 另外，如果我们从死亡对日常生活的侵蚀角度来考虑他的不婚无子，也能得到一些新的理解，即他的选择很有可能与他对情爱婚姻本质虚无的认识相关，即情爱婚姻从根本上无法对抗时间的消逝和死亡。更准确地讲，对拉金来说，只有诗歌才能某种程度上承担起对抗死亡的责任，自我及经验世界的有限性需要从诗歌中获得永恒的可能。因此，在研究中过度强调他在政治上的保守和右倾以及他对女性的厌恶，极有可能偏离了拉金诗歌中最重要的部分。我们这样讲，并不是为拉金洗脱，而是为了对拉金获得更为合理的理解。

人生而有限，最终会走向死亡。这一事实不断激发人展开对世界进行思考，从某种程度上说，恰恰是死亡赋予了人思想上的创造性。死亡在文学表达中也是极为重要的主题，之所以这样讲，是因为几乎所有写作都无法摆脱死亡这个大背景。伊丽莎白·朱曾指出，"诗人……受到人生的种种局限，首当其冲的即是时间的严酷和关于浮生不免一死的认识。诗歌是永恒的，人类自身却注定是短暂的。短暂无常是人类存在的规律"。[②] 人生而有限，在有限的时间内，作家施展自己的创造力，动用自己的心智赋予自己所经验到的一切以形式，正是对这种局限的抵抗和拯救。拉金可以说是一个典型例证，因为他对有限存在的必死分外敏感。为了拯救不断被时间侵蚀并最终死亡的日常生活，拉金选择了诗歌，并以自己独特的具体清晰、

---

① 拉金确实有帝国主义倾向，但我们必须注意到拉金也曾对黑人被奴役的命运发出悲悯之声，"有一种充满嘲讽意味的现象，它过于普遍，以致几乎无人注意：非洲裔美国人的文化借助通俗音乐对盎格鲁·撒克逊文明的全面渗透，恰恰是令人发指的奴隶贸易直接的、尽管也是长期以来的一个结果"。另外，拉金对帝国主义也发出严厉的批评，比如他在《想到1917年的法国某地》就曾写出这样的诗句，"历史上最大的笑话，我想，/是公元1840年的中国战争，/因为我们侵略的理由/是对嗑药的高度道德愤慨"。

② 伊丽莎白·朱：《当代英美诗歌鉴赏指南》，李力、余石屹译，四川人民出版社，1986，第125页。

富有物质性的诗歌保存了他经验到的日常生活世界，而读者，在他看来，通过在阅读中复制他的表达内容，完成主客体的统一，某种程度上延续了他在诗歌中保存的经验。这些正是本文试图论证的问题。

研究综述

一　国外研究

相对于国内，国外对拉金死亡观的研究比较充分。约翰·韦恩（John Wain）早在 1957 年就侧面讨论过拉金诗歌中的死亡问题。韦恩认为时间主题是拉金的主要写作对象，其早期诗集《北方船》中就有表现，比如，拉金曾写到，"这是首要之物/我理解的：/时间是树林中/斧子的回声。"① 时间对于拉金来说是一种侵蚀性的力量，最终会导致树的倒地，死亡来临。在分析《婚前姓》（Maiden Name）一诗时，韦恩指出在这首诗中"时间仍是树林中的回声，但是树林中的居住者已经找到一种防卫方法，不是完全的，而是最好的，即记忆"②。这一评论很深刻，韦恩意识到拉金诗歌抵抗时间流逝导致死亡的倾向。萨勒姆·哈桑（Salem K. Hassan）也曾指出"拉金的主要写作主题是时间、受挫之爱、未满足的欲望和死亡……这些是他在后期诗集中经常返回的主题"③。哈桑把时间和死亡置于四个主要写作主题的首末，包纳着受挫之爱和未满足的欲望，证明了时间和死亡对于拉金诗歌写作的重要性。

拉金直面死亡的书写方式引发了不同的评价。斯蒂芬·伊森伯格（Stephen Isenberg）认为拉金"书写死亡和衰老的方式是直视，召唤永不陈腐枯竭的日常语言，重新编排，毫不退缩……给我一种肯定的抚慰"④。而

---

① Larkin, Philip. *Complete Poems*, ed. Archie Burnett, New York: Farrar, Straus and Giroux, 2012, p. 19.

② Wain, John. "English Poetry: The Immediate Situation," *The Sewanee Review*, Vol. 65, No. 3 (Jul.-Sep., 1957), pp. 361-364.

③ Hasson, Salem K.. *Philip Larkin and his Contemporaries: An Air of Authenticity*, Basngstoke: Macmillan Press, 1988, p. 21.

④ Waterman, Rory. *Belonging and Estrangement in the Poetry of Philip Larkin, RS Thomas and Charles Causley*, London: Routledge, 2016, p. 173.

他的朋友约翰·贝杰曼（John Betjeman）也支持这种说法，认为拉金晚年的绝望的死亡之诗《晨曲》是他"无疑曾读到的最好的诗歌之一。它表达了我全部的恐惧，超越了未知的深度。这首诗是伟大的作品，很荣幸我们生活在同一座岛屿上"①。与伊森伯格和贝杰曼的态度不同，希尼和米沃什，正如前面所提到的，对拉金面对死亡的态度提出了激烈的批评。前者认为拉金过于消极，后者认为拉金缺乏体面。希尼还认为拉金的诗歌"瓦解了灵魂对不朽的传统渴望并否定了神性对无限个体关注的古老眷顾"②，这表明拉金本身不相信传统绝对价值（尤其是上帝）的认识影响了他对死亡的态度。

以上研究因为过于零散，未形成系统深入的研究。目前，做出较为深入研究的学者主要是拉贾穆里（K. Rajamouly）。拉贾穆里在《菲利普·拉金的诗歌：批评性研究》（*The Poetry of Philip Larkin：A Critical Study*）中从时间角度探讨了拉金诗歌中的死亡。他认为，在拉金的诗歌中，时间纠缠着人类世界，统治着日常生活，让日常生活成为从生到死的旅程。这就是日常生活残酷的现实——在时间中，日常生活是易朽和必死的，人只是大地之上寄居者，一旦时间召唤就必须离开。拉贾穆里还指出拉金的时间观和艾略特有本质不同，即"拉金的时间把生活变成短暂和必死的，而艾略特的时间把生活转化成灵性的和永恒的"③，因为对于拉金来说，"时间之流把未来变成现在，把现在变成过去，而过去永不可能成为未来"，但艾略特"认为过去、现在和未来是互相关联的，时间是灵性的，永恒的和循环的。过去、现在和未来，时间运行的模式就像季节的轮转，因此，艾略特认为对过去的了解能够激活现在，改变未来"④。基于以上认识，拉贾穆里指出，在拉金的诗歌中，"人成为某种受害者"⑤，只是大地之上短暂的存在，最终

① Waterman, Rory. *Belonging and Estrangement in the Poetry of Philip Larkin*, *RS Thomas and Charles Causley*, London：Routledge, 2016, p.174.

② 西莫斯·希尼：《希尼诗文集》，吴德安译，作家出版社，2000，第334页。

③ Rajamouly, K.. *The Poetry of Philip Larkin：A Critical Study*. New Delhi：Prestige, 2007, p.197.

④ Rajamouly, K.. *The Poetry of Philip Larkin：A Critical Study*, New Delhi：Prestige, 2007, p.198.

⑤ Ibid., p.200.

必然走向死亡。

国外对拉金诗歌和读者关系研究的主要研究学者是尼尔·科维（Neil Covey）、蒂亚娜·斯托科维奇（Tijana Stojkovic）和吉莉安·斯坦伯格（Gillian Steinberg）。科维在《拉金、哈代和读者》（*Philip Larkin*，*Hardy*，*and Audience*）中指出拉金具有反现代主义诗歌精英主义的倾向，这种倾向尤其表现在他把喜用朴素的语言探究普通人生活的哈代视为自己的文学先驱。科维认为拉金和哈代的写作都需要远距离观察写作对象，而内心的喜悦和怜悯同时又驱动他们去保存普通人的日常生活，这是大众诉求和疏离信条之间的冲突，因此，他们都寻求与读者的沟通，试图写出真正具有沟通功能的诗歌。① 这是一个非常有启发的研究。具体到拉金，他确实常常以普通人自居，书写普通人的日常生活，不喜欢高蹈虚假，似乎有与读者同呼吸共命运的平等意识，但他的写作本身又需要与写作对象拉开一定的距离，这种矛盾无疑激发了他对读者的渴求，以及在诗歌上寻求变革以弥合分裂的愿望。

斯托科维奇在《"在白昼偶然之光中被忽视"：菲利普·拉金和朴素风格》（*Unnoticed in the Casual Light of Day*：*Philip Larkin and Plain Style*）对拉金诗歌和读者关系的研究集中在移情上，主要是通过对拉金诗歌的语调讨论展开的。斯托科维奇认为"语调，是创造移情的基本元素"②，在拉金的诗歌中"讨厌的语调通常会让我们难以从情感上与语调来源产生共鸣……某种来自伴随我们的恐惧、悲伤或者失望的更脆弱的语调（就像在《布里尼先生》的结尾或者《癞蛤蟆》中那样），常常激励我们……参与到叙述者的精神困境"③。斯托科维奇以《老傻瓜们》为例来说明这一问题（这首诗开始的语调带有明显的疏离和攻击性，而到诗歌结尾时则演变成饱含伤痛的理解性的语调），他认为叙述者的思考伴随着语调的变化，而语调的变化发展"则是读者回应诗歌的主要指南"④，而读者正是在这一过程中完成移

---

① Covey，Neil. *Philip Larkin*，*Hardy*，*and Audience*（D）. Indiana University，1991，p. v.

② Stojković，Tijana. *Unnoticed in the casual light of day*：*Philip Larkin and the Plain Style*，New York：Routledge，2006，p. 150.

③ Ibid.，p. 153.

④ Ibid.，p. 150.

情，对诗歌产生有效的理解的。斯托科维奇的研究极富洞察力，因为她从诗艺角度给出了拉金诗歌和读者产生移情作用的具体方法。

斯坦伯格同意斯托科维奇的分析，但她同时认为移情仅仅是拉金和读者建立联系的方法之一。在《菲利普·拉金和他的读者》（*Philip Larkin and His Audiences*）中，斯坦伯格指出了拉金如何"为读者留下阐释空间，鼓励他们参与，强迫他们选边儿和颠覆他们对抒情诗的预期的方式"①。斯坦伯格是从拉金诗歌中的叙述者和读者的关系切入的。她指出"在相当数量的诗歌中，我们发现叙述者的声音听起来非常像拉金……自然叙述者和诗人（拉金）之间的关系就非常重要了，但一次又一次，我们发现叙述者和他的读者之间的关系更重要"②。斯坦伯格之所以这样讲是因为，拉金诗歌中的叙述者和读者之间往往构成一种结盟关系。以拉金《一位年轻女士相册上的诗行》为例，斯坦伯格指出，诗歌开始于"我"，作为叙述者，对相册的浏览观看。这位叙述者被"相册丰富的影像噎住了"，"转动的眼睛饥渴"，很显然，此时"我"只是我自己，吐露着自己的不正当的欲望。但是三节过后，"我"开始分析起自己的窥视癖和摄影术了，于是"读者被带上一段短暂之旅，起先是反感叙述者的观察者……之后变成了摄影术的思考者"③。"随着诗歌推进，在第四节……读者更加靠近叙述者了，因为他们是分析者……读者能利用叙述者对摄影术的概括思考他自己的事例。"④ 拉金在第七节中完全指涉到了读者的存在——"在没有任何预告的情况下，'我'变成了'我们（we 和 us）'"，"我们哭了/不仅仅因为被驱逐，更因为/它让我们自由地哭。/我们知道过去的/不会拜访我们/替我们的悲伤辩护，不管我们怎样狂吼……"⑤，"我"和"我们"的变化非常关键。斯坦伯格认为"在他沉思摄影术的本质时他已经把读者卷入了，之后，叙述者认出了伴随

---

① Steinberg, Gillian. *Philip Larkin and His Audiences*. Basingstoke：Palgrave Macmillan，2010，p. xx.
② Ibid，pp. xx，6.
③ Ibid.，p. 18.
④ Ibid.，p. 18.
⑤ Larkin，Philip. *Complete Poems*. New York：Farrar，Straus and Giroux，2012，pp. 27-28.

他的读者"①，两者结成联盟共同对消逝的过去感到悲伤，从而使拉金的诗更具普遍性。这是相当精彩的诗艺讨论，但更为重要的是通过对叙述者和读者这种联盟关系确认了拉金诗中普遍存在的孤独意识。斯坦伯格认为"他（拉金）报道……观察所得的真实经验。但他又是不孤独的，因为他的读者陪伴着他……一遍一遍地读他的诗……我们所有人都在一起"②。言下之意，拉金对读者的重视是由他本身的孤独意识推动的，并且诗歌因读者的存在而可以抵抗孤独。

二　国内研究

国内对拉金诗歌中的死亡研究也取得了一些成果。③ 吕爱晶在《菲利浦·拉金的"非英雄"思想》中集中讨论了英雄、反英雄以及非英雄的区别，并以"非英雄"思想为主线，对拉金的题材、两性、语言和诗人观等进行了讨论，指出这种"'非英雄'是二战后英国人们的生存状况和特殊情感，体现了鲜明的普通人意识……也折射了后现代文化宏大叙事的消解和对普通人及日常生活艺术的关注的新文化景观"④。吕爱晶认为"'非英雄'的时间是在日常生活中进行的……时间的维度与日常生活紧密相联……时间和死亡成为战后'非英雄'的主题……人的存在是时间性的……一旦被抛入这个世界，他就已被置入有限的、黑暗的生与死的两极之间的无法改变的处境……最终落入死亡的深渊，这是人的不可逃脱的命运"⑤。但吕爱晶还认为拉金的诗歌中蕴含着"死亡与生命相互对应的力量，它们的相互作用产生了积极的因素"。对于拉金具体诗歌构成，吕爱晶的讨论主要集中在"非英雄"语言上，她认为拉金素朴的语言风格之所以存在的原因还是

---

① Steinberg, Gillian. *Philip Larkin and His Audiences.* Basingstoke：Palgrave Macmillan，2010，p. 18.

② Ibid.，p. 30.

③ 本文国内文献综述主要集中于与拉金死亡观相关的研究成果。除此之外，20 世纪八九十年代有王佐良和袁可嘉等人对拉金诗歌的译介研究，21 世纪则有冷霜、舒丹丹、陈晞和肖云华等人更为深入的研究。这些研究都颇具启发，比如，陈晞对拉金"城市漫游者诗人"的论证和肖云华对西方"制造作家和作品的二元对立以撇清……原罪"的揭示等。相关研究论文及专著已列入本文参考文献。

④ 吕爱晶：《菲利浦·拉金的"非英雄"思想》，博士学位论文，中山大学，2010，第 1 页。

⑤ 同上书，第 52~57 页。

在于对现代主义诗歌的反对和对传统诗歌的继承上。

另外，陈凤玲在《论菲利普·拉金诗歌中的时间意识》一文也涉及了拉金的死亡观。陈凤玲认为拉金所持的是线性时间观，时间沿着线性的方向一刻不停地运动，未来很快会成为现在，现在又在瞬间成为过去，过去的就永远无可逆转地逝去了，一切终成空①，时间是掌控一切的腐蚀性力量，人必然要走向死亡。

国内对拉金读者观的讨论相对较少。傅浩对此进行过有效的研究。傅浩对包括拉金在内的运动派的读者观的讨论也是建立在运动派对现代主义诗歌的反对和对英国本土传统的延续的基础上的。傅浩认为现代主义有精英主义倾向，"继承了浪漫派把诗人视为'先知'或'未被承认的立法者'等'远离和高于生活的（特殊）生灵'的恶习……这种自命不凡的姿态导致现代派诗歌孤立于'普通'社会，缺乏与一般读者共同的语言。现代派诗人甚至公开宣称他们的作品只是写给少数同他们一样受过良好教育的读者看的"。② 与这种观念相反，运动派诗人"自认为是普通人，具有与'其他人'一样的情感和经验……力图恢复诗歌与读者交流、给读者乐趣的古老传统"。③ 运动派对现代主义诗歌另一点不满之处是实验主义倾向。傅浩指出"运动派认为现代派企图通过技巧和形式上的革新实验重造英诗传统"④，紧接着引证拉金对现代派诗人过于迷恋技巧而忽视内容的反对，现代派"对与我们所知人类生活相抵触的技巧的不负责任的利用"，"既无助于我们享受快乐也无助于我们忍受痛苦"⑤，碎裂的形式和大规模的引经据典对读者无疑是一种忽视和迷惑，主张继承传统形式以拨乱反正。紧接着傅浩又指出运动派对现代派过于朦胧艰涩的指责。精英主义和实验主义必然导致诗歌朦胧艰涩，这一点是现代主义诗歌刻意追求的。艾略特在其《玄学派诗人》一文中指出，"当代诗人的作品肯定是费解的，我们文化的多样性和复杂性必然会对诗人的敏感性产生作用，'诗人必须要变得越来

---

① 陈凤玲：《论菲利普·拉金诗歌中的时间意识》，硕士学位论文，浙江大学，2010，第39页。

② 傅浩：《英国运动派诗学》，译林出版社，1998，第22~23页。

③ 同上书，第22页。

④ 同上书，第23页。

⑤ 同上。

具涵容性，暗示性和间接性，以便强使——如果需要可以打乱——语言以适合自己的意思"。① 这种倾向无疑是对诗歌和读者之间关系某种程度上的割裂。运动派则为读者辩护，反对这种晦涩，主张清晰明了以重建诗歌和读者之间的关系。但在进一步的讨论中，傅浩认为运动派对 18 世纪以前小读者群以及彼时英国诗人与读者之间完美关系的追求，实际上也是一种精英主义的做法。而为了培养自己的读者群，运动派强调乐趣和教育。这种做法塑造了运动派诗歌平易易懂的风格，比如，"运动派诗中典型的说话方式是（与读者的）'对白'而不是传统的'独白'"②，拉金的"三段式结构，讲述个人所经历的事情、发表由此而生的种种感想、得出普遍性的结论"③ 等。傅浩认为这种做法"通过作品与读者直接对话，诱使读者接受其中的思想……心里确实想着读者"④，但这种做法的缺陷是诗人过分干预反而剥夺了读者的想象，使乐趣降低了，也限制了他们的创作，并且运动派要求读者被动地接受他们所划定的意义也是极为过分的做法。傅浩把拉金的言论和对运动派的读者观相互印证，认为拉金也具备相应的观念。

综合国内外研究现状，我们可以发现，学界对于拉金诗歌中的死亡做了一些阐释，尤其是拉贾穆里的研究，但系统性不足，对于死亡问题与诗歌构建之间的关系讨论也有所欠缺，相当一部分讨论是围绕现代主义和运动派诗歌的对立展开的。对于诗歌和读者的关系，国内外学者也取得了不少有效的研究成果。针对拉金为什么如此重视读者，科维从现代主义和运动派诗歌的对立中，辨识出了拉金试图与读者沟通的渴望。斯托科维奇和斯坦伯格则在诗艺上分别通过"移情"与"叙事者和读者的联盟"角度给出了具体解答。傅浩也从现代主义和运动派的对立这一文学演变的角度给出了自己的判断，强调拉金也是在试图教育读者，有精英主义的倾向。这些都是很精彩的论断，为我们理解拉金奠定了坚实的基础，但我们也发现，围绕拉金的死亡观念、死亡与诗歌、死亡和读者的关系仍有不小的空间供我们研究讨论。本书将主要围绕这几方面展开进一步的研究。

---

① 王恩衷编译《艾略特诗学文集》，国际文化出版公司，1989，第 32 页。
② 傅浩：《英国运动派诗学》，译林出版社，1998，第 61 页。
③ 同上书，第 62 页。
④ 同上书，第 64 页。

本书概述

一 研究意义

从死亡及对抗死亡的角度来讨论拉金的诗歌能够进一步拓宽我们对拉金的认识，简而言之为如下几个方面。

首先，一直以来讨论拉金诗歌往往是从抵抗现代主义和延续本土文学传统的文学流变角度切入的，把拉金真正获得自己声音的时间点确定为1946年——这一年拉金把自己的诗歌学习对象从叶芝转向了哈代。这种看法非常有道理，因为拉金确实从哈代那里学会了从日常生活经验出发组织自己的诗歌。但是，如果我们从抵抗死亡角度来看，就可以发现拉金其实在他的早期诗歌写作中就已经开始打上强烈的个人印记了，具体来讲就是他视死亡为推动自己诗歌写作的核心动力，并以此为起点开始了探索自己独特诗歌声音的努力。这一点主要体现在他对叶芝的模仿上。一般认为，叶芝让拉金某种程度上倾向于对超验世界的追逐，但实际上拉金对叶芝的学习更倾向于形式，而在内在精神上，尤其是对死亡的认识上，拉金与叶芝已显示出重大差异，即拉金更倾向于相信世界是必死的，而不是在超验秩序中获得拯救。这就意味着，尽管有模仿的痕迹，拉金在他的诗歌写作早期就已经做出了某种程度上有效的探索了。

其次，拉金视死亡为自己写作的核心主题，对死亡的认识是一种绝对死亡观。简而言之，就是死亡会造成绝对的虚空，自我和自我经验的世界不可能在死后依靠宗教、医院、自然和情爱等获得复活和延续，进入永恒。拉金之所以如此专注于死亡，恐惧死亡，最终选择诗歌以对抗死亡正是因为他意识到了这一点。拉金对死亡的认识和艾略特形成鲜明的对比，对于艾略特来说，尤其是成为基督徒的艾略特，死中蕴含着生的可能，简单来讲就是，艾略特可以通过基督教有效地对抗死亡。拉金与艾略特在这一点上决然相反。这种根本性的对立造成拉金只能停留在日常生活世界，而艾略特则急于从日常生活世界逃离，指向基督教所承诺的彼岸世界。具体到诗歌上，拉金试图在诗歌中保存日常生活，让自我及经验世界真实地存在于他的诗歌中。在他对济慈的"美和真"的戏谑性改写中，我们可以清晰发现这一点，即相较于济慈对超验世界的渴望，对想象力可以抵达超验世界的信心，拉金更专注于此在日常生活世界，对济慈的看法持怀疑态度。拉金由此发展出"美的诗"和"真的诗"两组概念。对于拉金来说，"美的诗"是和想象有关的诗，但他的想象不指向超验世界，而是被阻抑在日常生活世界之中；"真的诗"则往往是指向日常生活真实状态的诗。拉金的目的是诚实地保存日常生活经验，让日常生活经验进入诗歌之中，以抵抗死亡的侵袭。为了完成这一任务，拉金特别注重从具体的日常生活经验出发，采用具体描摹的方式，把日常生活经验凝固到诗歌中，使诗歌获得了强烈的具体可感的物质性。这无疑使自我及自我经验到的日常生活在诗歌中获得了永恒存在的权利，意味着对死亡胜利。

再次，目前围绕着拉金的读者观的讨论往往集中于其对普通读者的态度展开。比如，科维就认为拉金具有反现代主义诗歌精英主义的倾向，其视哈代为自己的文学先驱正是基于此点。傅浩则指出，以拉金为代表的运动派诗歌其实并没有摆脱精英主义，在读者的选择上过分干预读者的想象，希望读者被动接受他们的思想，本质上也是一种精英主义的做法。布雷克·莫里森也有类似的看法，认为拉金有操控读者的嫌疑。[①] 这种对拉金精英主义的批评背后隐藏的是作者和读者之间的权力博弈，从根本上来讲，是 20 世纪文学批评理论向读者转移的表现。这当然是一个事实，笔者也无意否认读者的该项权利。但是，如果我们从抵抗死亡角度来思考拉金的读者观就会发现，拉金试图让读者被动接受他的"操控"，实际上是有合理的依据的。对于拉金来说，读者对他原义的发现，或者说对他的诗歌做同一性阐释，实现主体和客体的统一，完成读者与作者的融合，就起到了复制和延续他在诗歌中保存下来的经验的作用，本质上是一种对抗死亡的方式。如果承认这一点，考虑到拉金对死亡的敏感与恐惧，那么我们也就能理解为什么拉金呼吁与读者确立畅通的沟通桥梁和潜藏的操控读者精英主义的倾向了。简而言之，读者的同一性阐释本质上是保存的延续，同样

---

① Morrison, Blake. *The Movement: English Poetry and Fiction of the* 1950s. New York: Oxford University Press, 1980, p. 144.

承担着对抗死亡的重任，拉金"操控"读者接近他的诗歌中的原义也是一种自然反应。这一论述与从读者权利角度展开的研究构成了相辅相成的关系。

最后，我们发现，在拉金的信念中，在死亡的笼罩下，作者、诗歌和读者三者构成一个稳固的结构。死亡是拉金的核心写作主题，是推动他诗歌写作和塑造他具体构建清晰具体富有物质性诗歌的决定性因素，而读者在诗歌阅读中精确复制拉金的自我及经验世界，对于拉金来说就是超出时间局限对死亡的胜利。尽管这一结构本身某种程度上是相对的，信念性的，但是，作为拉金个人观念，毫无疑问体现了他抵抗死亡的勇气。今天，他的作品在世界范围内被阅读、讨论和研究，恰恰证明了拉金诗歌本身的价值以及他在抵抗死亡上获得的胜利。

二 研究方法

本书主要研究方法是文本细读。我们将主要立足于诗歌本身，注重对诗歌蕴含的作者的主体意识和诗歌构建方式的揭示，以此来阐明我们的论题，即拉金对死亡的认识以及死亡是如何推动和塑造拉金的诗歌的。这种对诗歌本身的专注可以让我们更加专注于拉金在诗歌中呈现出来的个人意识，毕竟是拉金的个人意识最终构成了作品的内容和形式。因此，我们将特别注重诗歌发展过程的讨论，尽力对诗歌整体进行讨论分析，以期揭示作者的心理过程，意识本身的结构。以此为基础，我们还将在研究中努力探究日常生活世界中作者、诗歌和读者之间的关系。这种研究方法以新批评为基础，结合了赫施和杜夫海纳的批评理念。赫施特别注重文学作品的原义，并且认为原义可以在读者的阐释过程中获取，"所有解释性目标都要求具备这样一个条件，即作者意指的含义不仅是确定的，而且是可复制的"。① 杜夫海纳也坚持批评的主要任务在于说明作品的意义，尽力向作者靠近，并针对这种对作品意义的阐释合理性指出，"（批评家）是不会被驳回的，因为即使不能对作品有所增益，他至少能谈论自己的心得……只要

---

① 赫施：《解释的有效性》，王才勇译，三联书店，1991，第 16~18 页。

批评家说出他的灵感乃得自作品，便对作品十分公平了"。① 当然，这并不意味着我们在讨论中降低对论证客观性的要求，也不意味着放弃对我们认识拉金及其诗歌有启发的其他材料，比如历史、生平和书信等，毕竟文学是一种复杂的存在，是作者在历史语境中与多种因素的复杂互动中产生的。

此外，本书还注重归纳与演绎的并重，并采用了比较研究法。通过归纳和演绎，我们可以对拉金的诗歌展开全面的统计，阐明死亡主题在其诗歌写作中的核心地位，阐明拉金通过诗歌以及读者对他诗歌的阐释对抗死亡的倾向，而后通过死亡主题去理解拉金诗歌的"保存"冲动、物质性和读者的同一性阐释或者说主体和客体的统一，读者与作者的融合等问题。通过比较研究法，我们对研究对象及相关对象进行相似性和相异性的研究与判断，帮助我们更为清晰地认清研究对象本身的特质。比如，本书就利用了拉金诗歌与济慈、叶芝和艾略特等人诗歌之间的对比，对我们的论题展开论证。本书还运用了社会历史批评，并参考了从女性主义等角度展开的研究成果，为本书结构提供了有效支持。

三　论文结构

引言部分主要梳理拉金的成就与关于他的争议，提出围绕死亡对拉金诗歌及其读者观展开研究的研究目标，并对已取得的研究成果展开梳理，指出可进一步挖掘的研究空间，并对研究方法和行文结构做出说明。

第一章主要指出拉金诗歌的核心主题是死亡。这一特征贯穿了拉金一生的写作，在拉金的早期诗歌对叶芝的模仿中就有体现。拉金成熟时期的诗歌对死亡的关注越发强烈，死亡必然性迫使拉金的诗歌呈现出越来越强的幻灭感。这种对死亡的关注从根本上塑造了拉金的诗歌，为拉金的诗歌打上了极为鲜明的个人印记。

第二章主要指出拉金对死亡的认识是一种绝对的死亡观。对于拉金来说，基督教的救赎已经消失，医院对人肉体有限的疗救，自然欺骗性的重生以及虚无的情爱，都无法为拉金提供永恒的保证。简而言之，死亡会导致绝对的虚空，自我及经验世界面临被取消的根本性威胁。正是因为意识

---

① 杜夫海纳:《审美经验现象学》，韩树站译，文化艺术出版社，1996，第39页。

到这一点，拉金才如此专注于死亡，恐惧死亡。

第三章主要讨论死亡对拉金造成巨大的压力，激发他利用诗歌写作保存自己的日常生活经验，塑造出一种充满物质性的诗歌。拉金试图保存的是此在日常生活"混合和复杂"的经验，而不是超验的存在。对于自我在日常生活世界的经验，他要求用一种诚实的态度去面对。拉金与济慈对"美和真"的认识之所以区别巨大就在于此，这也从根本上决定了拉金诗歌中充满了日常生活的具体存在，呈现出强烈的具体可触摸的物质性。拉金在写作中特别注重从包围自己的真实具体的经验细节的描摹，而不是用超验的想象去组织诗歌，由此，自我及经验世界凝固于诗歌之中，获得了永恒存在的权利。

第四章主要指出读者是拉金对抗死亡的另一重要环节。在诗歌保存了自我及经验世界的同时，拉金也特别重视读者的作用。这一倾向也与死亡有关。拉金期望读者能在诗歌阅读中做同一性的阐释，"复制"他所经验到的一切，实现主体和客体的统一，完成读者与作者的融合。这就意味着拉金的自我及经验世界得到了延续，某种程度上获得了永恒性，避开了死亡的侵蚀。由此，我们就可以理解为什么拉金在希望获得普通读者认同的同时还带有强烈的操控意识了。

结语指出拉金意识到自我及经验世界的必死和死亡的绝对，无法通过上帝、医院、自然和情爱等对抗死亡，最终选择诗歌以抵抗死亡。拉金通过诗歌确保了自我在日常生活世界中经验的凝固，并通过读者在诗歌阅读中"精确"复制其经验实现了读者与作者之间的融合，赋予了自我及经验世界永恒延续的可能。由此看来，在拉金的信念中，在死亡笼罩下，作者、诗歌和读者的关系构成一个相对稳固的结构，缺一不可。这是拉金为对抗死亡所做的设想，尽管它某种程度上是一种信念，但对拉金来说是有效的，并最终赋予了拉金诗歌独特性和肯定性的价值，决定了他是一个力图让死亡在日常生活中造成的"缺席"重新"在场"的积极的诗人。

第一章　菲利普·拉金诗歌的
核心主题：死亡

死亡是拉金诗歌的核心主题。对死亡的关注几乎贯穿了他一生的诗歌写作，推动着他寻找自己的声音。这一特征在拉金的早期诗歌中对叶芝的模仿上就有体现。拉金成熟时期的诗歌对死亡的关注越发强烈。随着年龄的增长，死亡的迫近，拉金的诗歌呈现出越来越强的幻灭感。这种对死亡的关注从根本上推动了拉金的诗歌写作，并为其诗歌打上了极为鲜明的个人印记。

第一节　早期诗歌：向死亡学习

死亡是生命在时间中的短暂存在的终结，是人必须面对的现实。许多哲学家视死亡为问题讨论的核心，比如，苏格拉底就声称"真正的追求哲学，无非是学习死，学习处于死的状态"[①]，叔本华则声称"死亡是真正激励哲学、给哲学以灵感的守护神，或者也可以说是为哲学指明路向的引路者"[②]。海德格尔也强调"死亡是此在的最本己的可能性"[③]，是无可逃避的，不可替代的，个体的，即死亡"本质上不可代理地是我的死"[④]。而艺术家也有这样的感受。死亡最终会来临这一残酷现实。因此，死亡常常在艺术表达中占据着核心地位——死亡催逼着艺术家创造自己的形式来对抗死亡带来的一切终将消逝的恐惧。艺术家的最终成就的评判往往也与死亡

---

① 柏拉图：《斐多篇》，杨绛译，辽宁人民出版社，1999，第 12~13 页。
② 叔本华：《叔本华美学随笔》，韦启昌译，上海人民出版社，2004，第 204 页。
③ 海德格尔：《存在与时间》，陈嘉映、王庆节译，三联书店，1987，第 302 页。
④ 同上书，第 303 页。

有关——最伟大的艺术家往往是通过艺术创作对死亡做出最强烈抵抗的人，他们把对人类生存本身的深刻理解和秩序感赋予了我们，使我们能够与死亡共存。赫伯特·曼纽什就曾指出，"一切艺术基本上也是对'死亡'这一现实的否定。事实证明，最伟大的艺术恰恰是那些对'死'之现实说出否定性的'不'字的艺术。埃及国王幽谷墓穴中的种种家具和陈设；西安秦始皇陵墓中埋藏的兵马俑；提香于威尼斯佛拉里教堂绘制的《圣·玛丽升天图》；巴赫的《圣马太受难曲》以及约瑟夫·波依制作的那组奇特的十字架，都是这类伟大艺术的实例"。① 作为艺术家中的一员，拉金也是一个典型例证，他对死亡分外敏感，并深切体会到死亡与自我，与艺术之间紧张的关系。

　　对于我来说，死亡是生活中最核心的（因为死亡会终结生命并且进一步灭绝恢复或补偿的希望，对于经验也是如此），所以对死亡和死亡影响的表达是文学的最顶点……死后一无所有。

　　我不能想象人们说"没有必要为死亡忧虑，死亡是必然的"，这正是我忧虑的原因。

　　生活中的恐怖，我最想努力忘记的就是我所爱的人的死亡，我的死亡。

　　随着年龄增长，我越来越不能对死亡持习以为常的态度，我从没有对它习以为常过。

　　我认为死亡是这个世界上最难处理的问题。

　　没有什么能去除死亡的恐怖。②

以上材料来自拉金与他的情人和友人的通信，通信时间从 1952 年至 1978 年。在这些信件中拉金不断强调自己对死亡的关注和恐惧，并把自己的诗歌写作与死亡紧密地联系到一起，认为"对死亡和死亡影响的表达是文学的最顶点"，而在与友人约翰·贝杰曼（John Betjeman）的谈话中，

---

① 赫伯特·曼纽什：《怀疑论美学》，古城里译，辽宁人民出版社，1990，第 222 页。

② 原信收藏于牛津大学图书馆，转引自 Larkin, Philip. *Complete Poems*, New York: Farrar, Straus and Giroux, 2012, p. 495。

他承认自己"所写的一切……总潜在着一种逼近死亡的意识"①。布斯认为"20 世纪没有几个诗人像拉金这样如此沉迷于死亡……他内在的生物钟滴答响着,而他总能清楚地听到"②。正是因为他对死亡如此敏感和关注,有人称他为"墓地诗人"。尽管拉金认为这种说法是一种贴标签的行为,但精准地把握住了他的特质,是死亡从根本上推动着拉金的诗歌写作。

拉金早期诗歌写作始于 1936 年,终于 1946 年。③ 这一阶段是拉金诗歌的模仿期。尽管处于模仿阶段,但拉金的诗歌已渗透出强烈的死亡意识,并激发他以此为出发点寻找自己诗歌声音的努力。在他早期诗集《北方船》中,我们就可以清晰地看到这一点。在《这是首要之事……》(This is the first thing) 中,他把时间消逝中的死亡视为自己对世界最重大的理解,"时间是树林中/斧子的回声"④ ——他已明确意识到自我身处的世界无法逃避时间侵蚀,最终会像树林中的树木一样被砍伐倒地,而在《倒掉那青春……》(Pour away that youth) 中,这种意识就更加明确了。

倒掉那青春……

倒掉那青春

那溢出心灵

---

① 转引自 Booth, James. *Philip Larkin*:*The Poet's Plight*. Basingstoke: Palgrave Macmillan. 2005, p. 172。

② Booth, James. *Philip Larkin*:*The Poet's Plight*. Basingstoke: Palgrave Macmillan, 2005, p. 172.

③ 拉金的诗歌写作大致可以分为两个时期:第一时期为 1936 年至 1946 年,这是拉金的学习和模仿阶段。他主要学习和模仿的对象是济慈、奥登和叶芝等;第二时期为 1946 年至 1985 年,这是拉金的成熟阶段。在这一阶段,拉金通过对哈代的阅读和学习找到了自己的声音,形成了自己专注于日常生活的独特诗歌面貌。这一诗歌分期依据的是拉金本人在《北方船》再版序言中所做的判断,即 1946 年,他从哈代的诗歌中获得启发,撇开了叶芝的影响,转向了对日常生活书写,真正进入了诗歌的成熟时期。但是,这一分期并不意味着拉金早期诗歌没有自己的探索,比如,完成于 1939 年的《为什么昨夜我梦到了你》(Why did I dream of you last night?) 写得就具体清晰,描写都是来源于日常生活中的直接感受,语调也显得低调悲观,预示了拉金成熟时期诗歌的品质,并且,正如本章试图论证的,他对叶芝的模仿其实也有自己的特色。

④ Larkin, Philip. *Complete Poems*, New York: Farrar, Straus and Giroux, 2012, p. 19.

流进头发和口中的青春；

站在坟墓一边，

讲出骨头的真实。

抛掉那青春

那头脑中的珠宝，

呼吸中的青铜器；

和死者相随

因为害怕死亡。①

　　这首诗作于 1943 至 1944 年间，拉金刚刚度过自己人生的第二个十年。在这首诗中最引人注目的是拉金的选择。拉金在诗歌中把"青春"和"死亡"对立了起来，他认为自己应该抛弃心中泛滥的青春激情，而是改为"站在坟墓一边/讲出骨头的真实"，把诗歌试图表达的主题转向对真实死亡的思考。我们来看诗歌的第二节，与"青春"相关的是"珠宝"（jewel）和"青铜器"（bronze）。这两者一般来讲是属于过去的艺术品，暗示出拉金不满于自己青春表达中对于过去的模仿。因此，对于拉金来说，"青春"不仅是泛滥的，而且是缺乏对真实理解的表达，他所要选择的是死亡，他要"和死者相随/因为害怕死亡"，死亡在他看来构成一种最为紧急的压迫②。在他的《是暂时还是永远……》（Is it for now or for aways）中，拉金同样表达了对于死亡的关注——在这首诗中整个世界都处于死亡的威胁之下，让拉金发出这样急切的疑问："是暂时还是永远，/世界悬于一茎之上。"③ 而在拉金的《最沉重的花朵，那头……》的第二节中，"所有记忆，那在/这不安的季节回溯最远的/将会躺在那给予它们/生命的泥土上。/就像掉落的

---

① Larkin, Philip. *Complete Poems*. New York：Farrar, Straus and Giroux, 2012, p. 20.

② 彼得·菲尔金斯（Peter Filkins）认为拉金这首诗"证明了一种控制意识"，具备整体性。笔者认为，这种整体性恰恰是拉金对死亡在他诗歌表达中重要性有清晰理解的结果。详情请参见 Filkins, Peter, "The Collected Larkin：'But Why Put It into Words?'," *The Iowa Review*, Vol. 20, No. 2, 1990。

③ Larkin, Philip. *Complete Poems*. New York：Farrar, Straus and Giroux, 2012, p. 19.

苹果，它们会失去/甜蜜在伤口处，/之后腐烂"。① 这就意味着，对于拉金来说，自我经验到的世界必然会死亡。

对于拉金来说，死亡意识弥漫于他早期作品之中，是对世界最重要的理解，是他不断寻求真实，以摆脱早期作品"青春"气息的努力。这种努力主要体现在他对叶芝的模仿上。拉金在《北方船》1965 年的再版序言中指出，"结果我在接下来的三年中努力写得像叶芝，不是因为我喜欢他的个性或者理解他的观点，而是出于对他的音乐性的迷恋"。② 这段话很重要，一方面证实了叶芝对拉金的影响，另一方面也显示了拉金和叶芝之间的重要差异，即拉金从本质上并不认同叶芝的观念，叶芝对于他的影响更侧重于形式技巧上。这一点我们可以从《北方船》的卷首诗《给布鲁斯·蒙哥马利》(To Bruce Montgomery) 流露的死亡意识中得到印证。

给布鲁斯·蒙哥马利

一切都被点燃
在春天的铺展中：
鸟儿疯狂翻飞
树枝向着光
抛起树叶——
每一事物，
形状、颜色和声音，
大喊，欣喜！
鼓在轻敲：一面冬天的鼓。

鸥鸟、青草和姑娘
在天空、泥土和床上
加入万物被复活的

---

① Larkin, Philip. *Complete Poems*. New York: Farrar, Straus and Giroux, 2012, p. 19.

② Larkin, Philip. *Required Writing: Miscellaneous Pieces* 1955-1982. New York: Farrar, Straus and Giroux, 1984, p. 29.

漫长的旋转，

聚合和丢掷

远远避开死者

它们能控制什么样的生命——

一切奔回整体。

鼓在轻敲：一面冬天的鼓。

什么样的野兽在犹豫

身穿无云的天空，

欲望直立在心中？

什么样的农夫拉住他的对马

去踢动犁铧翻出的

破盘子或硬币？

什么样的情人为

鬼魂请求他们触摸而焦虑？

鼓在轻敲：一面冬天的鼓。

让这转轮绵延吧，

直到一切受造之物

喊叫应和

抛掉回忆；

让一切实现吧

直到多少世纪的春天

和所有它们埋葬的人

再次站在大地之上。

鼓在轻敲：一面冬天的鼓。①

从形式上来讲，《给布鲁斯·蒙哥马利》是由副歌"鼓在轻敲：一面冬

---

① Larkin, Philip. *Complete Poems*, New York：Farrar, Straus and Giroux, 2012, p. 5.

天的鼓"回旋推进发展的，非常清晰。从内容上来讲，这首诗是以春天和冬天象征生与死的对比和轮转的。春天和冬天分别象征生与死潜藏于人类认知中的普遍范式，季节的轮转被视为一种生死轮转普遍秩序的表现。拉金在其诗歌写作的早期似乎视春天为一种复活性的力量——鸟儿和树木都因春天的到来变得疯狂，一切事物都充满了欣喜。这是一种进入生死轮转的具体表现，万物在"被复活的/漫长的旋转"（whirl）中似乎逃离了死亡，它们"远远避开死者"，"一切奔回整体"。在"转轮"（wheel）的绵延中，"一切受造之物"（all created things），一切有限的必然会死亡的事物将会在春天获得复活。它们的复活是"抛掉回忆"的，摆脱过去有限性的新生。这种象征似乎暗示有一种绝对秩序允诺万物克服有限性进入永恒的超验存在。

在这首诗中，我们还发现，不管是拉金使用的形式还是表达的内容似乎都有叶芝的影子。拉金对副歌的使用以及万物在季节流转中的复活表现出了这一点。叶芝喜欢使用副歌①，这种倾向贯穿了他一生的写作。叶芝使用副歌的意图比较复杂，除了副歌本身音乐性的效果外，主要与他的神秘主义倾向有关，毕竟副歌有一种咒语般的效果。另外，叶芝还把副歌的使用和爱尔兰文学与英格兰文学的对立联系了起来，以彰显自己爱尔兰文艺复兴的思想。在叶芝看来，爱尔兰传统诗歌和传说是口头的，可以说唱的，而英格兰文学则已成为印刷文学，前者与听众的关系是他心目中最理想的。在《爱尔兰戏剧运动》（*The Irish Dramatic Movement*）中，他指出，"在一首短诗中，他（朗诵者）可以使用副歌打断叙事，这样听众可以很快学会歌

---

① 叶芝对副歌的喜爱表现于他的许多诗作，比如，《被拐走的孩子》（The Stolen Child）、《老渔夫的幽思》（The Mediation of the Old Fisherman）、《树枝的枯萎》（The Withering of the Boughs）、《奔向乐园》（Running to Paradise）、《一首歌》（A Song）、《他的不死鸟》（His Phoenix）和《或许可谱曲的歌词》（*Words for Music Perhaps*）中的《催眠曲》（Lullaby）、《那些舞蹈的日子已逝去》（Those Dancing Days Are Gone）、《我来自爱尔兰》（I Am of Irland），以及《依谱重填的两首歌》（Two Songs Rewritten for the Tune's Sake）、《三丛灌木》（The Three Bushes）、《那又怎样》（What Then）、《克伦威尔的祸害》（The Curse of Cromwell）、《罗杰·凯斯门特的鬼魂》（The Ghost of Roger Casement）、《欧拉希利族长》（The O'Rahilly）、《狂放的老坏蛋》（The Wild Old Wicked Man）、《朝圣者》（The Pilgrim）、《马丁上校》（Colonel Martin）、《古老的石十字架》（The Old Stone Cross）、《灵媒》（The Spirit Medium）、《给同一叠句配的三首歌》（Three Songs To The One Burden）和《黑塔》（The Black Tower）等。

唱……副歌可以更接近普通歌曲"。大卫·提摩西曾指出叶芝热衷于在诗歌中使用副歌的倾向影响了拉金，认为拉金的这首《给布鲁斯·蒙哥马利》与叶芝的《她的焦虑》（Her Anxiety）有关。

> 大地盛装
> 以待返回的春天。
> 所有真正的爱必死，
> 从最好变成
> 贬值之物。
> 请证明，我在撒谎。
>
> 情人们有这样的身体，
> 这样急切的呼吸，
> 他们抚摸或叹息。
> 他们每一次触摸，
> 爱情就更接近死亡。
> 请证明，我在撒谎。①

拉金这首诗和叶芝诗歌内容上似乎也有相通之处。提摩西指出拉金的"在春天的铺展中"和"什么样的情人为/鬼魂请求他们触摸而焦虑"与叶芝《她的焦虑》的"以待返回的春天"和"他们每一次触摸，/爱情就更接近死亡"有关，并且拉金对于绝对秩序的某种程度的信心也和叶芝在象征中追求统一的诉求有关。提摩西认为"拉金借用了叶芝关于时间和第二次降临的观点，他的'转轮'（wheel）是叶芝'螺旋'（gyre）的另一版本"②。叶芝的"螺旋"背后隐藏的是一种绝对的轮回再生观，现实的有限性以此不断净化最终达到不朽永恒的境界。这一观点似乎是有效的，正如上文所分析的，因为拉金在他的这首诗中似乎也表达了这一观念。但是，

---

① Yeats, W. B, *The Collected Poems of W. B. Yeats*, London：Macmillan, 1934, p.297.

② Timms, David. *Philip Larkin*, Edinburgh：Oliver & Boyd, 1973, p.28.

我们必须注意到，拉金这首诗每节最后一行和前面诗句的关系：每一节的前八行几乎都是对立的。比如最后一节，前面八行是对"转轮绵延"以及复活的肯定，而最后一行"鼓在轻敲：一面冬天的鼓"又暗示死亡是必然的，在拆除对复活的肯定。我们再对比一下提摩西所引证的《她的焦虑》。这首诗共两节，每一节的前五行都在试图说明死亡是无可避免的，会让真正的爱死亡，而结尾"请证明，我在撒谎"则给出一个带有强烈反驳意愿色彩的呼告，显示出叶芝对死亡的否定。由此，我们可以发现，拉金和叶芝这两首诗中死亡与复活都构成了对立，但拉金最终归于死亡，而叶芝则是相反的。提摩西认为拉金的"转轮"（wheel）是叶芝"螺旋"（gyre）的另一版本并不是那么有效，这种相似只是表面的，欺骗性的。

　　另一个典型例证是拉金的《北方船》一诗。这首诗也被视为是叶芝影响的代表。和《给布鲁斯·蒙哥马利》一样，这首诗也采取了象征的手法，和叶芝的象征主义倾向颇为类似。如果我们对比《北方船》和叶芝的《驶向拜占庭》可以清晰辨别出这一点。但是，与叶芝的《驶向拜占庭》在诗歌的结尾最终抵达超验的秩序不同，拉金的《北方船》最终并没有获得什么。驶向北方的船进入的是虚空，是充满死亡意味的"那没有飞鸟的大海"。这种对死亡的认识还将出现在拉金成熟时期的诗歌中。最直接的关涉莫过于他的《下一位，请》（Next，Please），"只有一艘船追寻着我们，一艘陌生的/黑帆船，拖在她之后的是/一片巨大的无鸟的寂静"。[1]

> 当波浪喧响着升起
> 又在船尾落下，
> 每一个早晨我被唤醒
> 越来越害怕
> 绷紧船帆的空气，
> 那没有飞鸟的大海。[2]

---

[1]　Larkin，Philip. *Complete Poems*，New York：Farrar，Straus and Giroux，2012，p. 32.

[2]　Ibid.

拉金在 1944 年写给詹姆斯·萨顿的信中指出："我刚刚重写了《北方船》，就是几天前我寄给你的谣曲……我努力了但没有成功，我知道为什么。我常常被迫承认一种信仰……我经常讲如果不相信所写的东西就没人能写好……结果后来这些诗，作为这种信仰的验证和歌颂，一无所获。"①这段书信非常明显地验证了拉金从其早期就已经不相信叶芝式的超验秩序了，他已经意识到这首诗的失败在于自己围绕着一些对他来说是虚假的信条展开的。

通过这些讨论，我们有理由认为拉金在模仿叶芝这一点上确实更侧重于形式，即副歌等方式的摹写上，而在本质的精神取向上，拉金和叶芝是有相当大的差异的，即拉金更倾向于相信世界是必死的，而不是超验秩序的拯救。这就意味着拉金在他的早期诗歌中就已经开始在写作主题上做出了有效的探索，尽管有模仿的痕迹，其个人对死亡的认识，已经为他的诗歌打上了极为鲜明的个人印记。这些个人印记有待于在他成熟时期的诗歌中臻于完善。

第二节　成熟期诗歌：关注死亡

拉金成熟时期的诗歌始于 1946 年。这一年拉金的诗歌写作发生了重大转向，他的诗歌楷模从叶芝转向了哈代，开始注重从包围他的日常生活经验入手构建诗歌，而不是从远离日常生活的超验世界出发。对于拉金来说，追求超验是虚假的，不诚实的，仅仅是需要硬撑的诗歌概念，已经丧失了真实性，只有回到日常生活才能真正确立自己的写作。这一时期，拉金在诗歌中对死亡的关注越发强烈，并且随着年龄的增长，死亡与生命本身的对立越来越紧张，表现出越来越浓的幻灭感。

一　关注死亡

拉金在其诗歌成熟时期对死亡的关注极为强烈。为了印证这一判断，

---

① Larkin，Philip. *Selected Letters of Philip Larkin*（*1940-1985*），London：Faber & Faber Limited，1992，pp. 93-94.

本文梳理了拉金成熟时期正式出版的三本诗集，其中直接和死亡相关的诗歌有 29 首。（见表 1）

表 1　拉金成熟时期三本诗集中有关死亡的篇目

《少受欺骗者》	
《一位年轻女士相册上的诗行》（Lines on a Young Lady's Photograph Album）	涉及了时间流逝（趋向于死亡）与爱情和艺术的关系
《婚礼上的风》（Wedding-Wind）	诗中写道"死亡就能/让这些新的快乐之湖干涸，让我们/在如此丰饶的水边像牛一样的跪拜终结？"涉及了婚姻与死亡的关系
《铜版雕刻》（Dry-Point）	诗中写道：性欲"又将再次生成，直到我们开始死去"，涉及了性和死亡的关系
《下一位，请》（Next, Please）	诗中描述了死亡最终带来的虚空，"只有一艘船追寻着我们，一艘陌生的/黑帆船，拖在她之后的是/一片巨大的无鸟的寂静。"
《消逝》（Going）	诗中描述了带有强烈死亡意味的夜降临带给拉金的困惑，"是什么压低了我的手？"
《需求》（Wants）	诗中写道"尽管眼睛昂贵地避开死亡——/在这之下，湮没的渴望在奔跑"，涉及了死亡对人日常生活中渴望的损毁
《去教堂》（Church Going）	诗中写道"因为他听说这里人会活得明智，/如果只由于有无数死者躺在周围"，涉及了死亡与宗教的关系
《年岁》（Age）	诗中写道"如今已有这么多的东西飘走了/……我必须/着手了解我留下的痕迹"，涉及了死亡与诗歌之间的关系
《兔瘟》（Myxomatosis）	诗中描述了田野中的一只病兔，涉及了自然中的死亡
《降灵节婚礼》	
《这里》（Here）	诗中指出"这里"暴露在时间侵蚀，根本上还是一种有限存在，间接涉及了死亡
《布里尼先生》（Mr Bleaney）	诗中描写了对死去的前房客布里尼先生一生命运的思考
《无话可说》（Nothing To Be Said）	诗中涉及了死亡的普遍性问题，不管何种身份的人都无法逃避死亡
《再访癞蛤蟆》（Toads Revisited）	诗中写道"给我你的手，老癞蛤蟆；/帮我走向墓地之路"，涉及了工作与死亡的关系

续表

《降灵节婚礼》（The Whitsun Weddings）	诗中涉及了婚姻的创生性力量和死亡的关系
《带一个回家给小孩儿》（Take One Home For The Kiddies）	诗中描写了小动物被当作宠物销售并最终死亡的命运，涉及了人为的死亡
《一九一四》（MCMXIV）	诗中涉及了战争所造成的死亡
《救护车》（Ambulance）	诗中写道：救护车"如忏悔室"，但最终仍会把病人带向死亡，"我们全要去的地方"，涉及了死亡与医学和宗教的关系
《晴朗的普雷斯塔廷》（Sunny Prestatyn）	诗中描写了招贴板上的美女广告最终被治疗癌症的广告代替的过程，涉及了死亡的必然性
《无知》（Ignorance）	诗中写道"我们开始死去/不明所以"，涉及了自我与死亡的关系
《纯粹的美》（Essential Beauty）	诗中描述了一幅广告，它所展现出的柏拉图式的美遮蔽了死亡，本质上是一种欺骗
《一座阿伦戴尔墓》（An Arundel Tomb）	诗中涉及了死亡与艺术的关系
《高窗》	
《树》（The Trees）	诗中涉及了死亡和自然中树木新生的关系
《忘记所为》（Forget What Did）	诗中描述的"停止写日记"造成的空白极具死亡意味
《老傻瓜们》（The Old Fools）	诗中写到人衰老的困境，最终死亡会造成彻底的虚无，"死亡之时，你解体破碎：曾经是你所是的小块儿/开始永远地彼此急速分离/无人可见。"
《消逝，消逝》（Going, Going）	诗中对英格兰旧有传统的衰亡表现出悲观情绪
《大楼》（The Building）	诗中对医院对抗死亡的无效性展开了思考
《都柏林式的》（Dublinesque）	拉金在这首诗中描述了一个梦中的葬礼，葬礼上的哀伤和友善都被"似乎"所动摇，暗示死亡造成的虚无会抹除逝者的一切
《割下的草》（Cut Grass）	诗中描述了被割下的草的死亡，与《带一个回家给小孩儿》中的宠物的命运类似
《爆炸》（The Explosion）	诗中描述了一场煤矿爆炸造成的死亡

拉金这三本诗集共收诗 85 首，而直接和死亡相关的就有 29 首，所占比例 34%，除此之外，我们还注意到其他 56 首诗中也有相当一部分间接涉及了死亡主题。死亡是有限存在的终结，因此，时间、回忆、衰老等常常进入拉金的诗歌表达。（见表 2）

表 2　拉金成熟时期三本诗集中有关时间、回忆、衰老等意象举例

《三重时间》（Triple Time）	诗中思考了现在与过去和未来的关系
《我记得，我记得》（I Remember, I Remember）	诗中回忆了诗人童年所居住的考文垂，结尾的"Nothing"带有强烈的死亡意味
《皮肤》（Skin）	诗歌主题涉及了时间与衰老
《在草地上》（At Grass）	诗歌对赛马的今昔进行了对比，涉及了时间流逝中的孤独和自由
《岁月情歌》（Love Songs in Age）	诗中描述的"歌本"某种程度上抵抗了时间的流逝
《日子》（Days）	时间的消逝是必然的，"教士"和"医生"从根本上是无法抵抗的
《多克里和儿子》（Dockery and Son）	诗人回忆过去的同学多克里，思考了人生选择，并最终走向死亡的命运
《回溯》（Reference Back）	时间中的具体存在物连接着过去、现在和未来，验证了人是有限存在的本质
《下午》（Afternoons）	季节、婚姻以及孕育的孩子，这一切似乎都在走向死亡
《去海边》（To the Sea）	诗歌试图从消逝的过去打捞起"生活片段"，把它们确定下来
《周六会展》（Show Saturday）	拉金试图把"周六会展"保存进诗歌，带有强烈的抵抗死亡的色彩

表 2 并非完全统计，但这些诗歌的存在进一步证明了死亡主题在拉金诗歌中的重要性。另外，这三本诗集的出版是在拉金生前完成的，最大程度上反映了他本人对自己诗歌的判断，因此，以上与死亡直接和间接相关的诗歌的存在无疑最大限度地支持了我们的看法。

除了上述诗歌，笔者还对拉金成熟时期其他诗歌①进行了统计，其中直接关涉死亡的诗歌有 33 首。（见表 3）

----

① 拉金还有部分诗歌日期不明或未标出，只有 10 首，因此未列入统计。

表 3　拉金其他作品中有关死亡的篇目

生前发表诗歌	
《鸽子》（Pigeons）	诗中描述的鸽子和它们自己影子共同进入了颇具死亡意味的睡眠
《陀螺》（Tops）	诗中描述了陀螺从开始旋转到停止的过程，涉及死亡的必然性
《多么》（How）	该诗涉及了医院对抗死亡的无效
《女病房中的脑袋》（Heads in the Women's Ward）	诗中描述了病房中病人等待死亡的惨状，涉及死亡的必然与恐怖
《继续活着》（Continuing to Live）	诗中提出死亡是必然的，但一生之中总会获得一张"提货单"，这是一种人生印记，正是这种印记"可能让我们追踪回家"
《有漏洞的一生》（The Life with a Hole in it）	诗中描述了在死亡威胁下，人生选择的冲突与困境
《晨曲》（Aubade）	诗中描述了死亡对人生的绝对威胁，死亡让一切毫无意义
《割草机》（The Mower）	诗中描述了一只被割草机误杀的刺猬，引发拉金对生命有限存在的悲悯
《亲爱的查尔斯，我的缪斯，睡了或死了》（Dear Charles, My Muse, asleep or dead）	诗中描述了自己诗歌创造能力的衰竭，并对自己友人的创作提出了肯定
生前未发表作品	
《海浪歌唱，因为它在移动》（And the wave sings because it is moving）	海浪的移动和死亡与人一生的行为和死亡形成对照关系
《入睡时光的鸣响》（At the chiming of light upon sleep）	拉金在这首诗中思考了基督教所允诺的救赎与死亡的关系——死亡才是激发生命本身的动力
《许多著名的脚已踏过》（Many famous feet have trod）	这首诗探讨了基督教救赎对抗死亡的欺骗性
《融雪》（Thaw）	该诗通过对融雪的描述，涉及了基督教救赎与死亡的关系
《四月的星期天带来了雪》（An April Sunday brings the snow）	拉金悼念父亲的诗

续表

《可是——但人死之后没有可是》（And yet-but after death there's no 'and yet'）	拉金悼念父亲的诗
《晚祷》（Compline）	该诗探讨了死亡与基督教信仰之间的关系
《怎样睡觉》（How to Sleep）	该诗把睡眠视为死亡，探讨了面对死亡的态度
《在一棵壮美的栗树下》（Under a splendid chestnut tree）	该诗涉及了死亡与基督教信仰的关系
《执着的人》（The Dedicated）	诗中写道"之后，它们/等待只有更寒冷的驾临（advent），/蜡烛的熄灭"，涉及对基督教的怀疑和死亡的必然性
《油》（Oils）	该诗涉及死亡和性的关系
《到达》（Arrival）	该诗涉及了有限存在的必死
《秋天》（Autumn）	该诗涉及了季节与死亡
《未完成的诗》（Unfinished Poem）	诗中写到"是死亡占据了我的心灵"，涉及了死亡对自我有限存在的威胁
《医院探望》（Hospital Visits）	该诗涉及了医院和死亡的关系
《市郊列车抽噎着驶过田野》（The local snivels through the fields）	该诗涉及了死亡与自我的关系
《现在树叶突然丧失了力量》（And now the leaves suddenly lose strength）	该诗涉及了死亡的普遍性
《永远》（Long Last）	该诗涉及了人面对死亡时的无力感，尤其在老年
《假期》（Holiday）	该诗涉及了死亡不可抗拒的必然性。拉金所表现出的情绪极度哀伤
《光、云和住处》（Light, Clouds, Dwelling-places）	该诗主要描述医院之外正在死亡的世界
《我已开始谈论》（I have started to say）	该诗涉及了死亡的必然性和虚无
《我们在聚会结束时相遇》（We met at the end of the party）	该诗涉及时间流逝和死亡的不可阻挡
《泥土和兽窝中的小生命》（The little lives of earth and form）	该诗指明死亡是普遍的，动物、植物和人在死亡面前并无区别
《风景》（The View）	该诗描述了死亡临近时的虚无感

拉金成熟时期未收入《少受欺骗者》、《降灵节婚礼》和《高窗》的诗共计 201 首，上面直接和死亡相关的诗共计 33 首，所占比例为 16%，另外，还有大量诗歌与死亡有间接的联系。（见表 4）

表 4　拉金其他作品中与死亡有间接关系的篇目

《面包果》（Breadfruit）	该诗涉及了情爱与衰老和疾病的关系
《每年的新眼睛》（New eyes each year）	该诗涉及了"新"与"旧"，"青春"和"老年"
《那就来祷告吧》（Come then to prayers）	该诗涉及了宗教抵抗死亡
《二十六岁有感》（On Being Twenty-six）	该诗涉及时间消逝带给诗人的困惑与领悟
《致失败》（To Failure）	该诗涉及"失败"在时间中的存在
《把一块砖放到另一块上》（To put one brick upon another）	该诗涉及时间消逝中人行动的意义问题
《成熟》（Maturity）	诗人意识到时间对自我的侵蚀
《三十一岁那年，有些人发了》（At thirty-one, when some are rich）	该诗涉及了人在某一时间节点上对行动意义的判断
《机场自题》（Autobiography at an Air-Station）	该诗涉及了时间中人的孤独和虚无
《否定陈述》（Negative Indicative）	该诗通过"否定"的方式，留存下了有限存在
《捡柴》《Gathering Wood》	该诗涉及时间消逝中人行动的意义
《我怎么就三十二岁了》（What I have done to be thirty-two?）	该诗涉及时间对人的侵蚀
《遥望老年》（Long Sight in Age）	该诗涉及对老年的思考，通过"别人"说老年积极的一面，似乎在提出反驳
《晚安，世界》（Good night World）	该诗涉及有限存在被时间侵蚀的痛苦
《更热更短的日子来了，就像幸福》（Hotter shorter days arrive, like happiness）	该诗涉及老年的痛苦
《现在树叶突然丧失了力量》（And now the leaves suddenly lose strength）	该诗通过季节变换的描写，指出人无法逃避时间的流逝，暗示死亡的必然性
《一月》（January）	该诗涉及对季节转换中生命与死亡的思考
《永远》（Long Last）	该诗通过"她"对妹妹死亡反应的描述，涉及了死亡对人的打击——绝对的丧失
《实验室猴子》（Laboratory Monkeys）	该诗对实验用猴子的死亡充满悲悯，对实验者则持批评态度
《那颗息肉若隐若现》（The polyp comes & goes）	该诗涉及疾病对人的侵扰

续表

《牛津诗篇》（The Poem about Oxford）	该诗涉及时间对有限存在的侵蚀。拉金试图用过去和莫妮卡·琼斯一起的生活细节在诗歌中的呈现做出抵抗
《亲爱的杰克》（Dear Jake）	该诗涉及时间流逝中冲动情爱的力量
《我们每天所做的事情》（The daily things we do）	有限存在必定消逝，然而记忆具备某种程度的抵抗作用
《风景》（The View）	该诗涉及了老年对时间流逝，死亡临近的虚无感

这些诗歌的存在同样印证了拉金对死亡的关注以及死亡对拉金写作的重要性。当然，我们也必须指出，把死亡作为拉金诗歌的核心主题并不是说他只有这一个主题，而是为了强调其重要性。拉金的写作涉及日常生活中的各个侧面，但是，我们往往能发现死亡的影子或明或暗地存在于他的诗歌中。比如，《向政府致敬》（Homage to a Goverment），即便这样一首政治诗，除了"有趣"，我们也能从中辨别出死亡的气息。拉金在 1968 年写给莫妮卡·琼斯的信中说："我渴望写一首政治诗——从苏伊士东撤军激发了我，现在，我看到有人吹牛说我们几年之内就会在教育上比在国防上投入更多的钱——这彻底震惊了我，并且真实感到有生之年，我们将会看到英格兰被征服者踩在脚下。"① 这首诗的写作与哈罗德·威尔逊（Harold Wilson）工党政府执政期间从亚丁②撤军有关，带有帝国主义色彩③。在拉金看来，"明年我们要把士兵撤回家"的行为是不对的——英国军队在亚丁

---

① Larkin，Philip. *Complete Poems*，New York：Farrar，Straus and Giroux，2012，p. 461.

② 亚丁，也门首都。

③ 拉金确实存在帝国主义倾向，对英国的衰落颇为紧张。比如，在 1975 年拉金为小说《吉尔》写的序言中他感慨道："在自命不凡实属平常的年代，诸多重大事件把我们无情地消减成原有尺寸。"在这段话中我们能体会到英国二战乃至之后所遭受的冲击给拉金带来的复杂心理感受——"无情"带有隐蔽的失落。拉金的这一倾向还表现在对撒切尔夫人的推崇上。拉金对这位对外强硬的铁娘子的推崇早在 1975 年撒切尔夫人成为保守党党魁之时就已产生。1975 年，拉金在写给其母艾娃·拉金的一封信中说："她有一张非常漂亮的脸，不是吗？我希望她足够强硬。"果然，强硬的撒切尔夫人没有让拉金失望。1982 年，英国与阿根廷因马尔维纳斯群岛的归属问题发生冲突，拉金抱怨英国已不像大英帝国时期那样可靠，然而，就在撒切尔夫人决定出兵并打赢这场战争后，拉金欣喜若狂地给科林·加纳（Colin Gunner）写信说："我们把阿根廷佬赶跑了。感谢上帝我们没有搞砸。"据 James Persoon 和 Robert R. Watson 编辑出版的 *Encyclopedia of British Poetry* 中的介绍，这首诗受到非常多英国读者的欢迎。至于受欢迎的原因，笔者认为，大概不仅仅是"易懂和有趣"，而是撩动了这些英国读者在面对帝国休兵时复杂的心理感受。

的存在是执行的保卫和维护秩序的责任，而撤军似乎就是要把责任转交给一群不靠谱的人手中，"他们守卫，或维护有序的地方/必须自己守卫自己，维护秩序了"。撤军所造成的后果则是：

> 明年我们就会生活在一个
> 因为缺钱撤士兵回家的国家了。
> 那些雕像还会站在相同的
> 树声低沉的广场，看起来近乎原样。
> 我们的孩子不会知道这是一个独特的国家。
> 现在我们希望留给他们的，是钱。①

"我们的孩子不会知道这是一个独特的国家"，这句诗包含了极强烈的，一种自认"文明施予者"的傲慢。拉金因此曾被攻击为一个帝国主义者。这一点，我们在引言部分已有论及，比如，波林就认为拉金是"这座国家纪念碑下的阴沟"②，而贾丁则依据这首诗批评了拉金保守的民族主义意识，甚至提出，应该在课堂上少讲拉金的诗歌，而且她本人也是这样做的——"在英语系，我们已经不太讲拉金了。他为之欢呼的英格兰本土主义在我们修订的课程表上坐不稳了。"③ 但是，我们必须注意到，这首诗中也蕴含着死亡意味，即一个旧的大英帝国的死亡。拉金之所以如此嘲讽地指责威尔逊正是基于此点，即在拉金的自我和经验世界中，大英帝国曾确立的文明和传统在死亡，已经丧失了它原有的力量。拉金在《消逝，消逝》中表达过类似的忧虑。

> 这样，英格兰也就消失，
> 连同树影，草地，小巷，
> 连同市政厅，雕花的教堂唱诗台；
> 会有一些书收进画廊传世，

---

① Larkin, Philip. *Complete Poems*. New York：Farrar, Straus and Giroux, 2012, p. 87.

② Paulin, Tom. Letter to *Times Literary Supplement*, 6 November 1992, p. 15.

③ Jardine, Lisa. "Saxon Violence." *The Guardian*, 1992, pp. 4-5.

但是对于我们这一帮，

只留下混凝土和车胎。①

简而言之，我们通过对拉金成熟时期诗歌的统计，得出了有效的数据，支持了我们的判断，即死亡主题广泛存在于拉金的诗歌之中，或被直接表达，或被间接涉及。拉金的写作涉及日常生活本身的方方面面，宗教信仰、情爱、工作、自然、疾病、政治、失败、成功等，但是，所有这些，包括写作本身似乎都无法逃离死亡的影响。因此，视死亡为拉金写作的核心主题应该是一个有效的判断。

二　生命与死亡的关系渐趋紧张

上面我们提到，随着年龄的增长，死亡的迫近，拉金感到生命与死亡之间的关系越来越紧张，诗歌中流露出越来越强的幻灭感。这一点，我们可以通过三首写于不同时期的诗歌展开论证，分别为《消逝》、《无话可说》和《晨曲》。首先，我们讨论的是拉金青年时期的作品《消逝》。

消逝

夜正在降临
跨过田野，从未有人见过，
没有点亮一盏灯。

远处似乎丝般顺滑，而
当它被拖上膝盖和胸口
不带来任何安慰。

那树去了何方，那锁住
大地和天空的树？是什么在我的手下，
我不能感到？

---

① 王佐良编《英国诗选》，上海译文出版社，2011，第 678 页。

是什么压低了我的手？①

《消逝》作于 1946 年，是拉金 24 岁时的作品，出自诗集《少受欺骗者》。这是一首和死亡有着紧密关系的诗。诗歌并没有直接指向死亡，而是采用暗示的方式。诗歌最早的题目是"垂死的一天"（Dying day），非常明显地把死亡的意味注入了该诗，但最终的题目"消逝"（Going）则蕴含着死亡意味。在诗歌的第一节，拉金写到在带着死亡意味的夜"没有点亮一盏灯"，这意味着夜的降临不能带来任何的希望，死亡之下是绝对的黑暗。紧接着，拉金在第二节中进一步描述夜，在他眼中，这种夜带有一种恐怖性的美，"丝般顺滑"，但是无论怎样，它仍然是绝望的，"不带来任何安慰"。因此，在拉金眼中，代表着死亡的夜是无可避免的。

这样恐怖的死亡带给拉金强烈的不确定感，而这种不确定感和上帝缺席是分不开的。在基督教信仰体系中，经由对上帝的信仰，人是可以进入天堂，获得救赎和不朽的，并不意味着彻底的寂灭。而对于拉金来说，上帝的缺席使救赎和死亡之间发生了断裂。"那树去了何方，那锁住/大地和天空的树？是什么在我的手下/我不能感到？/是什么压低了我的手"，即将来临的夜作为死亡的喻体遮蔽了那棵树，作为人类生活场所的大地与作为死后居所的天空（天堂）丧失了联系，由此，拉金陷入某种程度上可称之为临界性的困惑——现世的生活变得"不能感到"，彼岸的生活也因被"压低"的手无法触及，一切似乎都处于疑问之中，不确定之中。

如果说在 1946 年刚刚确立诗歌声音的拉金在面对死亡时仍能有一种临界性的困惑和犹豫的话，那么随着年龄的增长，这层困惑的迷雾逐渐散去，死亡在他的诗歌中越发呈现出一种赤裸的态势。

无话可说

> 对于模糊如野草的国族，
>
> 对于岩石中的游牧者，
>
> 个子矮小迷醉的部落

---

① Larkin, Philip. *Complete Poems*, New York: Farrar, Straus and Giroux, 2012, p. 32.

和黑暗早晨工业城市中
卵石一样挨挤的家庭
生活就是慢慢死去。

他们建造和祈福的
衡量爱情和金钱的
不同方式，
也是慢慢死去的方式。
花在猎猪
或者办花园聚会的日子，

作证或分娩的
时刻，一样
向着死亡慢慢推进。
这样说，对有些人
毫无意义；对另一些人
无话可说。①

  《无话可说》是拉金 1961 年的作品，时年 39 岁，出自诗集《降灵节婚礼》。这首诗同样也是关于死亡的。从诗歌的第一节开始，拉金就提出死亡不会放过任何人，在"模糊如野草的国族"中，不管是在岩石间游荡的游牧者和饮酒吸食大麻的部落，或者以不同方式生活在工业城市中的居民，"生活就是慢慢死去"。拉金表现出极为坦诚直接的态度。在诗歌的第二节，拉金继续这种坦诚直接的态度，不管人在自己的一生中如何去构建祈福，用什么样的方式去衡量爱情和金钱，本质上并没有什么不同，都是慢慢死去。人的社会地位不同，有的可以猎猪，在花园举办聚会，人的职业不同，有的和法律相关，有的和医疗相关，但都是向着死亡慢慢推进。这毫无疑问是一种普遍死亡的认识。这种认识对于不去思考理解死亡的人来说是毫

---

  ① Larkin, Philip. *Complete Poems*, New York：Farrar, Straus and Giroux, 2012, pp. 50-51.

无意义的，对于那些真正害怕死亡，理解死亡的人来说无法或没必要对死亡进行表达。[①] 总的看来，拉金在这首诗中面对死亡的态度是一种惊人的诚实和直接，与《消逝》中的困惑形成不小的差异。拉金提倡这种诚实的态度，尽管人无法抵抗死亡，但也不能靠虚假的教条去回避。这也是为什么拉金在 1962 年写给莫妮卡·琼斯的信中说"我非常喜欢这首诗，它不押韵，但真实"[②] 的原因。

最后，我们要讨论的是拉金晚年的代表作《晨曲》。《晨曲》的写作始于 1974 年。拉金在写给芭芭拉·皮姆的一封信中非常明确地指出这首诗和死亡的关系："我六点起床……试着继续写一首关于死亡的诗。没取得什么进展，但唯一的希望是完成它。"[③] 拉金最终完成这首诗是在 1977 年的 12 月 23 日，当时拉金已经 55 岁，距其逝世还有 8 年，而就在拉金完成这首诗的一个多月前，拉金的母亲去世了。可以说，拉金的日常生活中的死亡氛围已经非常浓厚了，而正是这种接近寂灭的处境激发拉金写出了这首专注于死亡的诗。在这首诗中，死亡占据了压倒性的地位，没有任何力量，包括宗教（上帝）能够挽救，日常生活本身完全陷入了令人绝望的无意义循环之中。

《晨曲》，正如题目所指示的，是对诗人清晨经验的表达。清晨，一般来讲，是黑暗的撤退，光明的开始，而晨曲本身，作为一种"赞美黎明的诗，主要书写爱人的离别，或催促爱人醒来"[④]，而拉金似乎并非在这一意义上使用"晨曲"一词，而是把清晨和死亡联系到了一起。尼古拉斯·马什也认为拉金使用"晨曲"（Aubade）作为题目是有反讽意味的，他偏离了既有的晨曲传统，集中于书写死亡，并把黎明的到来视为死亡来临的隐喻。

诗歌的第一节始于这样一个句子，"我工作整天，夜里喝得半醉"，这

---

① 戴维·洛奇认为拉金的这首诗源于死亡的侵扰，其结尾和维特根斯坦的哲学观点颇为类似，因为死亡超出了语言表达的界限。详情参见 Lodge, David, "Philip Larkin: The Metonymic Muse." *Philip Larkin: The Man and His Work*, Palgrave Macmillan UK, 1989, pp. 118-128。

② Larkin, Philip. *Selected Letters of Philip Larkin* (1940-1985). London: Faber & Faber Limited, 1992, p. 340.

③ Ibid., p. 573.

④ Marsh, Nicholas. *Philip Larkin: The Poems*, Basingstoke: Palgrave Macmillan, 2007, p. 125.

是晚年拉金对自己一天日常生活的陈述。在《癞蛤蟆》一诗中，拉金表达了对工作的消极态度，而在这个句子中，工作作为日常生活的组成部分，和"癞蛤蟆"一样，也是极为沉重的，但在"整日"的修饰之下，日常生活无意义的重量加重了。为了抵抗这种困境，拉金采用的是饮酒的方式，但是饮酒也没有成功发挥作用，只是使拉金陷入"半醉"，"举杯消愁愁更愁"的境地。诗歌的第二行进入了清晨，这是新的一天的开始，但拉金看到的是"无声的黑暗"。在这种黑暗中，拉金意识到早晨迟早会带着光来到。然而，这种光的到来并不意味着某种积极的因素，而是"动荡的死亡"的来临。死亡的来临被拉金以一种数学的精度，"又近了一整天"，赋予了令人窒息的恐怖感。这种恐怖感对拉金造成巨大的冲击，似乎除了死亡，他再无别的主题可以涉及。死亡是绝对的寂灭，拉金似乎无力再对它提问了，思考变成"无趣的质问"，然而死亡以自身的力量"再度闪耀"，占据了他的心灵，推动他进一步深入这一问题。

在诗歌的第二节，死亡的闪耀，使他的心智陷入停顿，一种"空白"。在这种情况下，拉金对于"未行之善，未给之爱，/未用撕碎的时间"持"不懊恼……也不可怜"的态度。做善事与给予爱是人与人之间的关系中的行动，本身是积极的，但是因其艰难与死亡的逼迫，拉金似乎把行动与不行动之间的区别拉平了，因为一切都是无意义的，人生在拉金看来本是从"错误的开始"开始的，一生的行动往往是偶然的。我们死后所去之处是必然的灭绝，任何行动在死亡面前都是失败。这是死亡终极力量的展现，它笼罩着诗人全部的生活，异常真实地恐吓着。

诗歌第三节开始，拉金把自己在上文对死亡的感受视为"花招不能驱除"。"花招"（trick），一方面显明了死亡的恐怖与难以克服；另一方面昭示了下面所提到克服死亡恐怖方式的无效。拉金首先提到的就是宗教，"宗教曾试过"，也许宗教（包括上帝）在某种程度上发挥过有效的作用，但对于基督宗教丧失说服力，作者本人是无神论者的现实来说，已经是无效的了。装饰着教堂的"那宽阔的，被虫蛀过悦耳的织锦"本身已经被腐蚀掉了，变成一种空洞的装饰。拉金明确地指出，这种装饰是一种假象，宗教（上帝）并不能抵抗我们面对的死亡，"我们永不会死"是不存在的，存在的只是我们必死。拉金另外提到的抵抗死亡的观念是"合理的存在/不会惧怕不被感知的事物"。这句话回响着晚期希腊哲学家伊壁鸠鲁的精神。在伊壁鸠鲁看来，"死对于我们无干，因为凡是消散了的都没有感觉，而凡无感觉的就是与我们无干的"[①]，这种辩解方式是通过三段论的方式展开的，从根本上来说，伊壁鸠鲁对死亡恐惧的拒斥是建立在死亡不过是意识的消亡这一点上。然而，对于拉金来说，这种说法却是"徒有其表的蠢话"，一种诡辩。事实上，自我意识的消亡才是最让人恐怖的。死亡让我们无法通过形、声、闻、味、触，这五感来感知世界，这就意味着某种彻底的寂灭，人在死后是无法实现人与人之间的连接，没有任何人能够从无知无觉中苏醒。因此，死亡总会伴随着我们，宗教（上帝）和狡狯的逻辑推论都无力抵抗。

在诗歌的第四节，拉金首先用生动的比喻来说明死亡是人生活的一部分，"一块小小的难以聚焦的污迹，一种持久的寒意"，死亡是不可抹除的，是不得不接受的恐吓。在死亡的笼罩之下，人的行动能力消逝了，"把每一次冲动都延缓成优柔"。"大部分事情也许永远不会发生"，但死亡总会发生。自我一旦在不被人和酒的牵绊中意识到这一点，就会陷入愤怒与恐惧混杂的情绪中，因为死亡无可阻挡。在这种困境之中，拉金发出了令人胆寒的声音，"勇气并非善行：/它意味着不惊吓别人。行事勇敢/不能让任何人离开坟墓。/哀泣或抵抗，都一样会死"。这一态度简直是第二节拉平行动与不行动之间的区别的翻版，只是这里更为悲凉，对待死亡的任何行动，不管是哀泣还是抵抗，都没什么不同，甚至生和死也并没有什么不同了。拉金在这里流露出从根本上否定人面对死亡的行动的力量的取向。这种取向正是曾被希尼严厉批评过的。

　　　　光在慢慢变强，屋子的形象显现，
　　　　它清晰站立如一个衣柜，我们了解，
　　　　总是了解，了解我们不能逃脱，
　　　　也不能接受。不得不选择其一。
　　　　其时电话蜷伏着，准备好在锁住的

[①]　北京大学哲学系外国哲学史教研室：《古希腊罗马哲学》，三联书店，1957，第 343 页。

> 办公室中响起，这整个漠不关心的
> 错杂的被租用的世界开始醒来。
> 天空如泥土般白，没有太阳。
> 工作必须完成。
> 邮递员像医生从房子走向房子。①

在诗歌的第五节，随着光线的增强，拉金重新进入了白天的日常生活。这种进入仍无法逃避死亡。死亡是强迫性的，死亡如同衣柜，形象具体，不可逃避。我们知道无法摆脱死亡，但内心又不愿接受。拉金指出我们只能在这两者中选择其一，但是不管做怎样的选择，即便是不接受，也只能是意愿上的，因为死亡是一种绝对事实性的存在。人只能再次被动地进入日常生活——电话铃声会响起，世界开始醒来，但仍然是不被庇护的：天空像泥土（clay），但也是肉体性的，且没有太阳照耀。人在这个世界中的存在，就像房屋租赁一样，只是短暂的存在，没有任何解救的可能，尽管邮递员做着有限的沟通，传递着生活中错综复杂的关系，但他只是像一个医生，发挥着某种极为有限的修正作用，对于肉体的消亡根本上还是无力的，徒劳的。

简而言之，拉金成熟时期的诗歌延续和发展了早期诗歌对死亡的发现，并且构成了他诗歌的核心主题，或直接或间接地渗透在他的作品之中。拉金成熟时期对死亡的关注呈现出越来越强烈的特征，从根本上来说，这是死亡与生命的对立紧张关系的呈现。拉金对于死亡的态度逐渐由临界性的困惑转变为惊人的坦诚，再到极度消极，恰恰是这一过程的真实体现。

小　结

拉金对死亡分外敏感，死亡是他写作的核心主题。我们通过对拉金诗歌的梳理，发现死亡主题在拉金诗歌中占据了核心地位，或直接或间接地渗透于他的作品之中。对于拉金来说，死亡是必然的，普遍的，必须以一种诚实直接的态度去面对，不能在虚假的教条中自我欺骗。这一认识几乎

---

① Larkin, Philip. *Complete Poems*, New York: Farrar, Straus and Giroux, 2012, p.116.

贯穿了他一生的诗歌写作，尤其是在他成熟时期的诗歌中，并逐渐加强，使他的诗歌中充满了与死亡的辩驳，正如他自己所承认的，"我所写的一切……总潜存着一种逼近死亡的意识"。正是以死亡为基点，拉金开始寻求自己的声音。这一点我们从拉金早期对叶芝的模仿中就可以看到，他更侧重于对叶芝诗歌形式和技巧的学习，在本质精神上与叶芝是相反的，即拉金更倾向于相信世界是必死的，不是由超验秩序所能拯救，而叶芝则不然。拉金这种对死亡的认识为他的诗歌打上了较为鲜明的个人印记。这就意味着拉金的早期诗歌中的"模仿"不是一种机械复制，而是开始发展出了自己对世界的判断和认识，在写作上做出了一些有效的探索。这就为拉金真正找到自己诗歌声音，从亦步亦趋中解脱出来，奠定了坚实的基础。

第二章　菲利普·拉金的死亡观：
死亡的绝对性

拉金对死亡的认识是一种绝对的死亡观。对于拉金来说，死亡具有绝对性，诸种抵抗死亡的方式，如上帝的救赎、医学的肉体治疗、自然的新生以及情爱的创生性力量都无法有效对抗死亡。这一困境导致拉金对于死亡产生了这样的认识，即死亡带来的是彻底的虚无，自我及经验世界面临被取消的根本性威胁。拉金对于死亡的专注和恐惧正是基于这一认识。

第一节　诸种抵抗死亡方式的失效

对于拉金来说，宗教、医学、自然和情爱是无法对抗死亡的。基督教信仰中蕴含的对救赎的渴望和对永恒的追求当然值得尊重，但是从根本上来说，拉金对基督教是持怀疑态度的，理由是宗教只是建构的结果，不异于一种狂想。因此，在对抗死亡上，宗教往往是徒劳的，伴随着虚假和欺骗；医学在对抗死亡上也是无效的，肉体上的修复只是人面对死亡时所做的徒劳努力，这就意味着医院只是失能的庇护所；自然中的重生复活也是欺骗性的，和人一样，都无法逃避死亡；拉金对情爱的创生性力量也是持怀疑态度的，对爱情、性和婚姻往往感到无力，流露出厌倦的情绪和虚无的态度。

一　宗教：想象性建构

宗教是人类与他们所信奉的神或精灵之间关系的聚合体。与短暂脆弱的人类相比，这些神或者精灵常常是永恒的，具备人类不具备的神力，并以不同方式庇护着人类（或者伤害人类，人类往往要通过献祭祈求避免伤害）。在基督教传统中，上帝在人的核心意义的判定上起着决定性的作用。人常常把上帝视为人类克服自己有限性的保证。上帝是永恒的，全知全能的，不受任何时空限制的。人和生活的世界都是上帝的造物，人的罪要靠上帝给出救赎（道成肉身意味着上帝降临到人间，体验到有限存在的痛苦，并以十字架上的死亡以及之后的复活洗刷了人的罪并给出了救赎之道），人必须在信仰上帝中获得对原罪和必死的胜利。在这种观念之下，我们可以说人从生到死都不能离开上帝，上帝是人类价值和意义的赋予者。但自文艺复兴以来，随着对人本身价值的逐渐重视，理性和科学精神的兴起，总体来讲，上帝处于一种逐渐退场的趋势之中。在这种趋势之中，既有的上帝对人意义价值的判定逐渐失去了效用，对于身处其中的个体来说无疑是一个巨大的冲击。这一退场趋势在20世纪的欧洲愈演愈烈。以英国为例，两次世界大战造成的伤痛，使深受理性科学精神熏染的英国人再难接受基督教对世界的解释和救赎，而二战后随经济发展兴起的物质主义和消费主义，更让人流连于花样翻新的现世享乐，不再关心上帝为何物。另外，社会进一步的自由化和平等化也对基督教的衰落起到了推动作用——人们拥有更多宽松的表达空间，反对包括宗教在内的各种权威渐成流行趋势。在这种情况下，不管是上帝还是天堂，其真实性都受到广泛质疑，难以再赋予人类生活以意义和价值了。基督教衰落造成的冲击显然影响了拉金。拉金从本质上来说，是一个无神论者，对于基督教持一种强烈的怀疑和否定态度，按照他自己的说法，就是"我不是丧失了信仰，而是从来没有过"。①布伦南在《我所认识的拉金》（*The Philip Larkin I Knew*）中谈到"当我读到给萨顿的那些信，发现……拉金对宗教经常进行矛盾的表达，从嘲讽到亵渎……一般来讲，他的态度被认为是严厉的鄙视——确实大部分是这样的"。② 这段评价准确地描述了拉金对于宗教的态度，一方面他生于基督教文化传统之中，本身必然受到这种文化的影响，对宗教流露出渴望的情绪是正常的，而另一方面，因为基督教整体上的逐步失效导致了他的不信，

① Larkin, Philip. *Further Requirements: Interviews, Broadcasts, Statements and Book Reviews*, London: Faber & Faber Limited, 2001, pp. 56-57.

② Brennan, Maeve. *The Philip Larkin I Knew*, Manchester: Manchester University Press, 2002, p. 69.

本质上他还是一个无神论者。这尽管有些矛盾，但对于拉金来说，这意味着以上帝对抗死亡从根本上是无效的。

　　宗教对抗死亡的无效在拉金早期诗歌中就有体现。最为典型的一个例证是《被炸弹摧毁的石头教堂》（A Stone Church Damaged by a Bomb）。《被炸弹摧毁的石头教堂》完成于 1943 年，是拉金对 1940 年考文垂遭德国轰炸的回忆。战争、死亡和教堂，这三者纠缠在诗歌之中。对于拉金来说，战争不仅带来了肉体的死亡，也带来了宗教信仰的死亡。

> 建得比根更深，
> 这被雕刻而成，被猛然上抛的信仰
> 向着天空奔跑飞跃，
> 一个祈祷者死于石头中
> 在永远死去的树间；①

　　拉金描述了一个教堂被炸毁的场面。拉金的这个描述颇具匠心，把他对战争带来的死亡和宗教之间的关系与认识微妙地表达了出来。"This chiselled, flung-up faith"，"chisel" 不仅有雕刻的意思，还有欺骗的意思，而 "fling up" 在 "猛地上抛" 的意思之外，还有 "抛弃" 的意思。在 "chiselled" 和 "flung up" 的修饰下，"信仰"（faith）不仅仅获得视觉描写上的精准——教堂被炸毁的情景，同时也暗示了信仰本身是欺骗性的，已经被抛弃。教堂的建立本身就是信仰及其拯救功能的体现，但是教堂本身并没有避开炸弹的轰炸，祈祷者也死在其中，这无疑显示了拉金对于宗教对抗死亡、拯救效力的怀疑。在诗歌的进一步发展中，拉金不断强化这一认识。"死者在走样的大地中走样"，"因为，被塑造成不死的，/除了死亡却什么都没留下/传播这辉煌"，宗教是一种被塑造出来的不死，或者更准确地说，是一种建构出来的幻想，并不能真正抵抗死亡。"而现在怎样被架起的心智/才能重建经验/一如珊瑚在海下发芽，/尽管没人，哦没人看到它

---

① Larkin, Philip. *Complete Poems*, New York：Farrar, Straus and Giroux, 2012, p. 107.

造出怎样的模样？"① 诗歌结尾的疑问同样流露出对宗教的怀疑。从诗歌整体来看，这种怀疑显然来源于一种宗教无力拯救人类必死的悲悯，而不是对于宗教的信心。

这种对宗教本质上对抗死亡的怀疑与对宗教本身悲悯性的理解在拉金的名诗《去教堂》（Church Going）中表现得极为明显。《去教堂》完成于1954 年。对于这首诗，拉金本人的说法是"在爱尔兰，某个礼拜日的下午，当时我骑自行车到乡下，路过一个毁掉的教堂……它让我印象深刻……感到基督教在我们这个世纪的衰落"②。教堂，有如和上帝联系的电台，以一种破败的形象展现在拉金的面前，正是这种破败激发拉金写出了这首诗。另外，这首诗曾被一位美国批评家指为是一首宗教诗，拉金本人否定了这一点，"这当然是一首世俗诗。一个美国人认为这是一首宗教诗，我有点被激怒了。它一点都不宗教。宗教必定意味着这个世界的事务处于神圣庇佑之下……我要指出我不为那种东西烦恼"。③ 如果我们耐心分析《去教堂》就会发现，拉金的说法是正确的，即拉金本质上不认为宗教能对抗死亡，他在诗歌中对宗教的严肃思考并不意味着在写一种宗教诗，而是基于对人类短暂存在与必死的悲悯。

诗歌的题目是"去教堂"，本身就暗含着双重含义，首先是去教堂这一行为；其次是教堂消逝（going）这一现实。在这首诗中同样存在着两种语调，一种是对教堂的嘲讽性的调侃，透露出拉金对于教堂本身所允诺的永恒救赎的不信任。另一种是严肃的声音，某种程度上认可教堂本身的意义，是人试图对抗死亡的想象性的依靠。

> 我先注意里面有没有动静，
> 没有，我就进去，让门自己碰上。
> 一座通常的教堂：草垫、座位、石地，
> 小本《圣经》，一些花，原为礼拜天采的，

---

① Larkin, Philip. *Complete Poems*, New York: Farrar, Straus and Giroux, 2012, p. 107.
② Larkin, Philip、*Further Requirements*: *Interviews*, *Broadcasts*, *Statements and Book Reviews*, London: Faber & Faber Limited, 2001, p. 83.
③ Ibid, pp. 22-23.

已经发黑了；在圣堂上面，

有铜器之类；一排不高而紧凑的管风琴；

还有浓重而发霉的、不容忽略的寂静，

天知道已经酝酿多久了；无帽可脱，我摘下

裤腿上的自行车夹子，不自然地表示敬重。

往前走，摸了一下洗礼盘。

抬头看，屋顶像是新的——

刷洗过了，还是重盖的？会有人知道，我可不。

走上读经台，我看了几页圣诗，

字大得吓人，读出了

"终于此"三字，声音太大了，

短暂的回声像在暗中笑我。退回到门口，

我签了名，捐了一个硬币，

心想这地方实在不值停留。①

  前者我们首先在诗歌的前两节中就能发现。"我先注意里面有没有动静，/没有，我就进去，让门自己碰上"②，这种随意性的进入暗示出拉金对教堂的无足轻重。之后是"一座通常的教堂"（Another church），事实上这里译作"又一座教堂"比较合适，"又"是一个很微妙的递进词，包含着"多余"和"无所谓"的态度。这种态度进一步消解着教堂本身的价值。随之而来的是一系列看似无心却又精准的描写，"草垫、座位、石地，/小本《圣经》，一些花，原为礼拜天采的，/已经发黑了；在圣堂上面，/有铜器之类；一排不高而紧凑的管风琴；/还有浓重而发霉的、不容忽略的寂静，/天知道已经酝酿多久了"，教堂内部的花已经发黑，寂静发霉，一切似乎都笼罩着萧瑟之气，加重了上面所提到的不认可的倾向。随着这一系列的铺垫，拉金做出一个戏谑的行动，"无帽可脱，我摘下/裤腿上的自行

① 王佐良编《英国诗选》，上海译文出版社，2011，第666~667页。
② 本诗采用的是王佐良先生的译本，下文不再另注。

车夹子，不自然地表示敬重"，这种行为是滑稽的，不庄重的，又强化了拉金对教堂价值的不认可。当诗歌进行到第二节，拉金继续强化自己这种消解。他在教堂中随意游荡着，注意到"屋顶像是新的"，这是某种程度上对教堂价值的认可，因为毕竟有人在修缮这座和上帝联系的"电台"，然而，"像"这种模糊的暗示以及拉金自己对此事的不知道又在取消这微弱的认可。拉金走上讲经台煞有介事地朗读圣诗，而朗读的结果却是"短暂的回声像在暗中笑我"。朗读本身就有戏谑和嘲讽的意味，而回声的叠加就更强化了这种戏谑和嘲讽，把拉金对教堂价值的消解推至一个高点。拉金并没有和教堂的神圣感形成共鸣，于是他"退回到门口，/我签了名，捐了一个硬币，/心想这地方实在不值停留"。用一枚硬币草草应付了一下传统（捐款意味着对上帝的奉献）。

后者体现在诗歌第三节直至最后。诗人并没有走，"可是停留了，而且常常停留，/每次都像现在这样纳闷，/不知该找什么"，这是一个微小的腾跃或转折，进入了更为广阔深入的沉思。教堂是无价值的，不值得停留的，但为什么还要留下呢？因为教堂是上帝本身的存在？并不是这样。拉金继续追问，"这些教堂完全没有用处了，/该叫它们变成什么？"拉金列举了一连串的疑问。教堂丧失了本身既有的价值和意义是一个事实，教堂中的事物会变成博物馆中的陈列物？会被彻底废弃，被风吹雨打，成为放羊的荒地？被当作不吉利的地方躲开？"会有莫名其妙的女人/带着孩子进来摸某块石头，/或者采集治癌的草药，或者在某个/预定的晚上来看死人出来走路？"拉金认为"总会有一种力量存在下去，/在游戏里，在谜语里，像是完全偶然"，这种力量到底是一种什么力量？是教堂的原初救赎目的吗？不是。拉金认为是因为一种习俗惯性。教堂与结婚、生育、死亡有关，自从上帝被坚定地信仰，就被建立了起来，并长期存在，而现在这种习俗惯性已经丧失了最本源目的的真实性。人们来这里只是追随惯例，而不是真的相信教堂能对抗死亡，但是，正是在这种惯例中，拉金发现了"这一点永远不会过时"。这些足以让拉金在诗歌的最后一节进入一种庄严的诉说，使他认定教堂"是建在严肃土壤上的严肃屋子"，因为人在丧失庇护的时代对其局限有更为敏感的认识，总有一种精神上趋向永恒和救赎的饥饿。在这种饥饿驱动之下，人走进教堂，获得对世界一种更为澄明的理解。不过，这里必须指出的是，直到诗歌的最后，拉金也没有从对教堂的怀疑中走出，甚至我们可以说，整首诗是在对教堂的怀疑中结束的。诗歌的结尾是"因为他听说这里人会活得明智，/如果只由于有无数死者躺在周围"（If only that so many dead lie around），死者的存在并不能证明教堂能够对抗死亡，相反却证明了教堂并不能对抗死亡，对这一现实的理解才是明智的基础。

拉金对宗教的怀疑是他的核心态度，但是有一些似乎与我们的判断相抵触。比如完成于1950年的《晚祷》（Compline）。

晚祷

在收音机的圣坛灯后
和上帝匆促的交谈在继续：
愿你的国降临，愿你的旨意成就，
求你使我们的生命度过今夜，
并在太阳面前重新张开我们的双眼。[1]

不可阻地在阴暗的病房中
生命摇曳而灭，一个这里，一个那里，
把一些眼泪送下楼梯
用没有付出的爱，没有说出的话：
为这些我已熄灭了祷告，

但一想大自然产
一百万个蛋才造一条鱼。
最好有无限多的音符恳求
再多一些夜晚，再多一些黎明，
如果最后上帝恩准了愿望。[2]

---

[1] 《圣经·路加福音》十一章第二节：耶稣说，你们祷告的时候，要说，我们在天上的父，愿人都尊你的名为圣。愿你的国降临，愿你的旨意行在地上如同行在天上。

[2] 《菲利普·拉金诗选》，桑克译，河北教育出版社，2003，第17页。有修改。

晚祷（Compline）是一天的劳作结束后对上帝最后的礼拜，基督教仪式的一种，本身就是对人自身局限的抵抗，对救赎的验证，同时也是对怀疑的抵抗。但是拉金这首诗中的祈祷却几乎被不信取消了。诗歌的第一节验证了这一点。在这首诗的开始，拉金首先写到"在收音机的圣坛灯后/和上帝匆促的交谈在继续"。在这两行诗中，我们尤其需要注意的是"和上帝匆促的（hurried）交谈"，"hurried"暗示了拉金对个人以及整个信仰本身在怀疑和肯定之间剧烈的冲突，为下面引用的祷词赋予一种紧张感。"愿你的国降临，愿你的旨意成就/求你使我们的生命度过今夜/并在太阳面前重新张开我们的双眼"，在这段祷词中，祈求者所面对的困境是死亡带来的。"度过今夜"和"重新张开我们的双眼"两个愿望都是祈求者试图通过与上帝的对话获得的信仰的抚慰，重新见到光明，以抵抗死亡的阴影。然而，正如上面所谈到的，祈求者与上帝之间的交谈却为一个危险的定语"匆促的"所修饰，暗示出祈求者与上帝之间救赎关系的不可靠。

接着在诗歌的第二节，拉金进一步指出这种不可靠——在病房中，"生命摇曳而灭"，没有任何力量能阻止死亡，死亡的逼近是"unhindered"的，普遍性的，"一个这里，一个那里"，即便医院也是无法阻止的。人只能接受必死的命运，进入死亡阴影，无法重见光明，只能"把一些眼泪送下楼梯"，然而更为可怕的是，在没有上帝给予救赎的现实中，悲悼者和死去的人之间是用"没有付出的爱，没有说出的话"来分别的。这些"love unused"和"unsaid words"暗示死者在世时，与生者可能缺乏爱与对爱的表达，这就更加重了人有限存在的悲苦。因此，拉金在这一节的最后一行痛苦地指出"为这些我已熄灭了祷告"。这是一个极为痛苦的句子，其中"熄灭"（quenched）和上面"摇曳而灭"（flicker out）构成了一种恐怖的呼应——人皆必死，祈祷无用。

但是在该诗的最后一节，拉金却发出了这样的声音："但一想大自然产/一百万个蛋才造一条鱼。/最好有无限多的音符恳求/再多一些夜晚，再多一些黎明，/如果最后上帝恩准了愿望。"拉金似乎要捍卫祈祷和救赎的关系，他把祈祷的有效性归之于一个微小的自然概率。不过，这个概率是极其微小的，且上帝的恩准也被"如果"（if）危险地摇动着，这就意味着上帝的救赎只是一种假设而已。拉金在这里呼求"再多一些夜晚，再多一些黎明"，只是把人含有死亡意味的苦难夜晚与救赎性的黎明并置到一起，展现一种对抗死亡的渴望。这种渴望当然非常有力，是终极困境下诗人巨大的勇气和尊严的显现，但不能凭之认定拉金仍然认定宗教还是有效的。

拉金对宗教的怀疑，根本理由是宗教是建构的结果，因此宗教往往是徒劳的，是伴随着虚假和欺骗的——宗教本身只能被"视为无助的呼喊，一种教条，一种欺骗"①。拉金当然也尊重宗教背后隐藏的人的那种追求救赎和永恒的渴望，这一点我们在上面的分析中已有所涉及。这种倾向往往引起读者的误解，认为拉金还是相信宗教的力量的，正如上文提到的一个美国批评家认为《去教堂》是一首宗教诗一样。拉金对宗教的怀疑到其晚年达到了顶峰，正如我们在《晨曲》中所看到的，宗教对于死亡并没有什么抵抗作用。另一个很有趣的例证是拉金晚年读《圣经》的感受，"一想到有人曾信过这玩意儿，我觉得真他妈吃惊。真的，这就是一堆废话。很美，当然。但还是一堆废话"②。这毫无疑问意味着宗教对于抵抗死亡本质上并无效果。

二　医学：无谓的挣扎

拉金在《日子》（Days）中写道，日子"一次次来了又去……除了日子我们还能住哪"，这就意味着人必须接受这种短暂存在，最终必死的命运，而为了面对这一问题"带来了教士和医生/穿着他们的长衫/奔跑在田野上"。③ 教士和医生是人们为了对抗死亡经常求助的对象。前者像上帝在人间的代言人一样负责把人引向天堂的救赎，而后者负责肉体的治疗和修复，两者都是人对抗死亡的依靠。那么救赎和修复发生了吗？我们通过上面的分析已经了解到拉金并不信任宗教。那么医学呢？我们注意到，教士和医生在"田野"上的"奔跑"这一稍显古怪的动态形象。"田野"是季节性收割的象征，有播种，必然有收割（死亡），同时并非农民的教士和医生的"奔跑"则暗示出某种程度上也是徒劳的。拉金事实上已给出了自己的答

---

① Kateryna A. Rudnytzky Schray, "'To Seek This Place for What It Was': Church Going in Larkin's Poetry," *South Atlantic Review*, Vol. 67, No. 2, 2002, p. 52.
② Motion, Andrew. *Philip Larkin: A Writer's Life*, London: Faber & Faber Limited, 1993, p. 486.
③ Larkin, Philip. *Complete Poems*, New York: Farrar, Straus and Giroux, 2012, p. 60.

案，即无论是教士还是医生在面对最终的死亡时都是于事无补的，医学无法克服死亡的来临。

拉金在其成熟时期写了不少和医院有关的诗，他本人对医院保持着强烈而紧张的关注。比如作于 1961 年的《救护车》（Ambulances），该诗把救护车比喻成忏悔室，但最终仍会把病人带向死亡，"我们全要去的地方"，《大楼》（The Building）、《女病房中的脑袋》（Heads in the Women's Ward）和《医院探视》（Hospital Visits）等都是典型的例证。另外，在 1956 年 7 月写给自己情人琼斯的信中，拉金说："医院是可怕的地方。我的父亲曾说，每个人在医院待一段都能学到很多。"① 在 1961 年 3 月写给琼斯的另一封信中，他再次说"我害怕医院"②，而在 1972 年写给 C. B. 考克斯的信中又抱怨"去医院看颈部痉挛，医生束手无策……"③。医院在拉金诗歌中往往成为人类为对抗必死，但又无谓挣扎的场所。

《大楼》出自拉金生前最后一本诗集《高窗》，是一首关于医院的诗。医院是一个和死亡和疗救相关的地方，但从根本上来讲，通过这首诗，我们可以发现拉金并不认为医学能让人摆脱死亡。正是因为这一点，医院在带给人些许希望的同时，往往让人心生恐惧。

> 比最气派的酒店更高
> 光亮的蜂巢数英里外都醒目，但是看，
> 包围它紧如肋骨的街道升起又落下
> 像来自上世纪的一声长叹。
> 护工们遢遢不洁；入口处
> 不断停下的不是出租车；大厅里
> 爬山虎也飘着吓人的味道。④

① Larkin, Philip. *Complete Poems*, New York：Farrar, Straus and Giroux, p. 458.

② Ibid., p. 458.

③ Larkin, Philip. *Selected Letters of Philip Larkin*（1940-1985），London：Faber & Faber Limited, 1992, p. 461.

④ Larkin, Philip. *Complete Poems*, New York：Farrar, Straus and Giroux, 2012, p. 84.

在诗歌的第一节，医院大楼进入拉金的眼中，"比最气派的酒店更高/光亮的蜂巢数英里外都醒目"。这是一个意味深长的描写和比喻，医院是高耸的，气派的，蜂巢暗示出医院似乎是酿造甜蜜的处所，然而，拉金马上用"但是看"这一强烈转折摧毁了对医院的这种认识。包围医院的是"紧如肋骨的街道升起又落下/像来自上世纪的一声长叹"。一个神奇的比喻，医院伫立的世界成为一个生命体，不过这个生命体因"来自上世纪"确立的时间纵深和"一声长叹"显示出了一副衰老将死的景象。紧接着，拉金把视线转向医院近处和内部，"护工们邋遢不洁；入口处/不断停下的不是出租车；大厅里/爬山虎也飘着吓人的味道"。这个景象是污秽的，混乱的，暗示出人面对死亡时的慌乱与医院的无效。

诗歌的第二节进入了对医院内部的描写。人们从远处来到准备着平装书和茶的医院，像坐在机场休息室中，温顺地等待。离死亡如此之近，他们只能不安地听天由命，这就是人们面对死亡时的状态。死亡总会找上他们，"尽管/每隔几分钟一个什么护士就会来/把一个人接走"，护士从等候的人群中接走某人，带有必然的意味，这种接走和死亡与人的关系是一致的，死亡也要必然地接走人。在诗歌的第三节，护士造成的影响显露了。"剩下的把茶杯/重新放回碟子，咳嗽，或者扫一眼/在座位下寻找手套或者卡片"，多么精准的描写，死亡带来的恐惧让人以一种假模假样的掩饰呈现了出来，人无法逃避死亡的冲击，只能靠掩饰的镇定做出近乎无谓的抵抗，因为他们意识到医院根本上是无效的。拉金继续思考这一掩饰，人在大地之上处于一种古怪的困境，人会死亡，但总是保持着逃避死亡的幻想和希望，而医院正是这种幻想破灭的地方。

在诗歌的第四节，拉金继续扩展自己对医院的思考。"所有人忏悔有些事情弄错了"，忏悔的行为又把医院和基督教信仰隐秘地联系到了一起。基督教可以为信仰者提供死后的天堂，而在基督教衰败之后，这种允诺也丧失了有效性。在医院忏悔也是不起作用的，忏悔只是一种幻想，为了满足这种幻想，不管如何加高楼层，花再多的钱，也无法挽救必死的命运。这一点在诗歌的第五节获得了确认。在被指定的楼层，他们的反应是"交换眼神，猜测"，"穿着洗成破布的病服"，"安静"。所有这些反应和上面等待的人被护士叫到的反应本质上是相同的，只不过他们似乎随着进入指定的楼层，在死亡更近和更为确定的前提下，从犹疑状态进入了安静的状态，因为他们必然意识到一旦进入楼层内的某个屋子就意味着难以返回，无法从死亡中逃脱。拉金在得出这一结论后，马上用一个疑问"谁知道//他会何时，看到哪一个？暂且，等一下，/看看下面的院子"转向了室外的描写。这个转向一方面似乎完成了医院中病人们对死亡态度的思考，等待他们的只是选择哪一个门进去，以什么样的方式死亡，但另一方面，又以一种犹疑的态度开启了另一个层面对死亡的思考，远离这些病人的人处于一种怎样的状态呢？他们能够抵抗死亡带来的恐怖吗？

　　这些思考展开于诗歌的第六、第七和第八节。然而，这一系列的描写和判断却表现出极为微妙的复杂性。这种复杂性表现在拉金在语句中构筑出的复杂意义。首先，"有人走过它/去向停车场，免费的（free，在这里还有'自由的'意思，和人走出医院似乎逃离死亡有关）"，"那里孩子们玩着粉笔游戏，做过头发的女孩们//从洗衣店取回她们的单衣（separates）"，外边的人似乎与死亡是无关的，他们好像可以自由地享受生活。其次，拉金在其中却巧妙地隐藏了他们无法躲避死亡的含义。"外边似乎足够老旧"意味着没有什么能逃开时间的侵蚀。"一座上锁的教堂"意味上帝是无效的。而"做过头发的女孩们//从洗衣店取回她们的单衣（separates）"，separate 还有分离的意思，那么，复数形式的 separate 就意味着大量的分离，这些姑娘的生活也无法逃离死亡。这样语言造成的复杂的意义纠葛最终给出的结论是"哦，世界，/你的爱，你的运气，触不到/这里任何一只伸开的手！"世界无法逃避死亡，无论是爱还是侥幸的运气都不能，它们也无法对医院内部渴望拯救伸开的手产生任何有意义的抚慰。所以，认为在医院能获得根本的治疗无疑是一种虚幻的狂想，而这种狂想是我们"为了承担生活"无知的产物，在医院的走廊中面对真实的时刻必然崩溃。

　　　　唯一硬币的粗糙刻面。所有人都知道他们会死去。

　　　　还没有，可能不在这里，但是最终，

　　　　在类似这里的其他地方。那就是它的意思，

　　　　这干净切开的悬崖；一种为了超脱

　　　　关于死亡思绪的挣扎，因为除非它的力量

比教堂建得更好，没有什么能反驳

正来临的黑暗，尽管人群每一个傍晚都用

浪费的，虚弱的，讨好的花朵努力着。①

"每一个最终都将起身/离开。有人会午餐的时候离去，或者四点；/而其他人，已懵懂加入了/这不为人见的圣会，它白色的行列/躺着在上方分离——女人，男人；/老人，年轻人"，不分年龄性别，每个人都会死去，"所有人都知道他们会死去。/还没有，可能不在这里，但是最终，/在类似这里的其他地方"。医院是无效的，它是干净切开的悬崖（cliff）——悬崖本身的地质特征是危险的，是蕴含着危险的地方，与诗歌第一节中"光亮的蜂巢"构成了鲜明的对比。显然，对于拉金来说，这无疑证实了医学上肉体的治疗并不会产生比教堂更好的作用，没有任何力量可以"反驳/正来临的黑暗"。死亡，即便是人们彼此有些许关心，也是无效的。这就是为什么拉金在诗歌的末尾写出"没有什么能反驳/正来临的黑暗，尽管人群每一个傍晚都用/浪费的，虚弱的，讨好的花朵努力着"的原因，这些探视式的关爱在死亡面前是无力的。贾尼思·罗森曾指出，《大楼》包含着"拉金合上棺材的意识"②——这个精准的比喻印证了我们对拉金的判断。

另外，必须提及的诗歌是《女病房中的脑袋》。这首诗作于1972年，是拉金对死亡更为尖锐的表达，借用拉金在《女病房中的脑袋》中的诗句，充满了"死亡的恐怖和谵语"。这两首诗的写作与拉金母亲艾娃·拉金（Eva Larkin）的病情有关，此时她已经住进了疗养院，身体不容乐观，距离1977年去世已不远，正是亲人死亡的迫近以及自身已进入晚年的现实迫使拉金在表达死亡时采用了更为尖锐的语调和直接的态度。

女病房中的脑袋

在一个个枕头上躺着

① Larkin, Philip. *Complete Poems*, New York: Farrar, Straus and Giroux, 2012, pp. 85-86.

② Rossen, Janice. *Philip Larkin: His Life's Work*, Iowa: University of Iowa Press, 1989, p. 34.

　　杂乱的白发和呆滞的眼睛；

　　下巴张开；脖子拉伸

　　每一根肌腱毕现；

　　长毛的嘴巴无声地叙说

　　对着没有别人看到的某人。

　　六十年前他们对着

　　情人、丈夫和头生的孩子微笑。

　　微笑是因为年轻。死亡的恐怖和谵语

　　因为老年到来。①

　　拉金在这首诗中描述了因为老年和疾病遭受折磨的病人的情景。他们在病房中不能再发出微笑了，因为那只与年轻有关，伴随着老年和疾病的到来的是最终的死亡。正是这种死亡的恐怖让拉金用令人震惊的言词直接描写病人的痛苦和无力，即便他们在医院中也无法获得抚慰。他们的头发是杂乱的，眼睛是呆滞的，下巴张开，而脖子拉伸到每一根肌腱都毕现的地步，这是死亡即将来临的最后时刻。更为恐怖的是，"拉伸"（stretch）的另一重含义，即在拉肢刑具上施刑，这无疑写出了疾病缠身的老人面临死亡的必然与恐怖。医院对于拉金来说，只是人之将死最后却无效的庇护所。人在医院接受的治疗是无效的，人在医院中所获得的抚慰并不能让人回复到青春，重新发出笑声，人们去医院送给病人的祝愿是无效的，在这一点上，医学和宗教一样，无法从根本上对抗死亡的来临。

三　自然：虚假的新生

　　人存在于自然，自然本身的特征往往会塑造人的精神认知。对于自然的有序轮转，人常常会生发出一种秩序之感——自然中的花开花落、叶落叶生带来复活的希望，让人某种程度上在自然的生死轮回中获得抚慰。浪

---

　　① Larkin, Philip. *Complete Poems*, New York：Farrar, Straus and Giroux, 2012, p.113.

漫主义对于自然就存在着类似的认知。浪漫主义视自然为"精神的容器"，
自我与自然的有机融合将带来和谐与统一。在上文的分析中，我们了解到
拉金在其早期就表现出自然中的复活并不能抵抗死亡的认识倾向。在他的
《五月的天气》（May Weather）中，五月万物勃发的盛况被视为是尴尬的，
说谎的。对于死亡，"如此多的事物被毁灭"，五月无知无觉，显然，在拉
金看来，自然并不能解决死亡的威胁。

> 这个五月如此尴尬
>
> 之后学着准备
>
> 夏天让人惊讶的谎言——
>
> 在它的每一天
>
> 如此多的事物被毁灭
>
> 五月一无所觉。[①]

　　拉金的这一观念贯穿了成熟期的写作。我们以他的《树》（The Trees）
为例来说明。《树》作于 1967 年，按照拉金的说法，是一首关于春天的诗。
这首诗颇具欺骗性，研究者极有可能根据该诗的结尾得出错误的结论，即
拉金倾向于自然中的复活。西斯·古马尔·查特吉（Sisir Kumar Chatterjee）
就认为这首诗"蕴含了生命重生否定死亡的信息"[②]。事实上，拉金更倾向
于树的重生是欺骗性的。

树

> 树正长出叶子
>
> 就像正要说出的什么；
>
> 新芽从容、舒展，
>
> 它们的绿是某种不幸。

---

① Larkin, Philip. *Complete Poems*, New York: Farrar, Straus and Giroux, 2012, p. 105.

② Chatterjee, and Sisir Kumar. *Philip Larkin*, Atlantic Publishers & Dist, 2014, p. 294.

它们是再次新生

还是我们老了？不，它们也会死。

它们看上去年年更新的把戏

被写进了树的年轮。

然而这些不安的城堡摇摆着

在每年五月成熟的稠密中。

去年死去了，它们似乎在说，

开始重生，重生，重生。①

　　从诗歌的第一节开始，拉金就展示出了树本身和他对树认识的分裂。树"正要说出的什么"和"正长出叶子"构成比喻关系，显然树本身是确认自己的重生的。但是，拉金虽然指出"新芽从容、舒展"，却认为"它们的绿是某种不幸"。为什么重生之绿是不幸呢？拉金在诗歌的第二节指出，"不，它们也会死。/它们看上去年年更新的把戏/被写进了树的年轮"。它们的不幸在于它们是必死的，它们说出的重生，只是一种"把戏"（trick），是欺骗性的，因为年轮之间的差异让拉金理解到，这种重生并不是同一性的。在诗歌的第三节，这些树仍然"似乎在说，/开始重生，重生，重生"。这表面上看起来拉金是站在了重生一边，但是如果我们发现"不安"（unresting）修饰着城堡一样的树冠摇摆着，马上就会意识到树木复活的欺骗性很有可能在动摇着它们复活的信念。它们的"说"，也是"似乎在说"（seem to say），暗示它们所说的内容可能是假的，只是表面上如此。因此，拉金在这首诗中是以必死来反驳树木本身的复活，而不是以复活来抚慰必死。在这一点上，我们和查特吉的认识是不同的。

　　另外，人不仅仅从自然本身的轮转中无法获得对抗死亡的信心，本身还会损伤自然，在自然中制造死亡。这一点我们可以从《割下的草》（Cut Grass）和《带一个回家给小孩儿》（Take One Home For The Kiddies）中一窥端倪。《割下的草》一诗的题目本身就意义深长，原因在于"cut"的过

---

① Larkin, Philip. *Complete Poems*, New York：Farrar, Straus and Giroux, 2012, pp. 76-77.

去分词与原型相同，这就意味着"cut"修饰"grass"，使题目有"被割下的草"的意思，也隐含着潜在的人割草这一行为。

割下的草

割下的草脆弱地躺着：
气息短促
割断的草茎呼着气。
漫长，漫长的死亡

它死于白色的时刻
新叶已成的六月
栗子花开，
树篱雪一样散布，

白的丁香弯腰，
开满峨参花的小径迷茫，
还有那高耸的云朵
以夏天的步调飘动着。[1]

被割下的草脆弱地躺着，已经进入"漫长，漫长的死亡"[2]。但是，草的死亡并不是按照正常的春生秋凋完成的，而是非正常，被人割掉造成的。这一点拉金意识得很清楚，在这首诗第二、第三节，他首先强调"割下的草"死于"白色的时刻"（white hours），正是各种花盛开的时刻。他描述了栗子、树篱、丁香和峨参，它们都是按照季节流转的节奏开出自己的花，白色的云朵也在飘动，毫无疑问，拉金是在暗示死亡的非正常性。按照正常的节奏，草会死，而非正常的死亡更是为死亡的不可抗拒增加了不幸。

---

[1] Larkin, Philip. *Complete Poems*, New York：Farrar, Straus and Giroux, 2012, p. 94.

[2] 汤姆·波林曾对"脆弱"（frail）做过非母语读者极难体察的分析来指明死亡对拉金的冲击。他认为"frail"中包含着"fail"，存在"脆弱和失败"的意味。详情见 Paulin, Tom. *The Secret Life of Poems：A Poetry Primer*, London：Faber & Faber, 2011。

另一首典型的诗歌是《带一个回家给小孩儿》。

带一个回家给小孩儿

　　在薄薄的稻草上，无阴的玻璃后，
　　它们挤在空碗旁，睡觉：
　　没有黑暗，没有水坝，没有泥土，没有青草——
　　妈妈，给我们买一个养吧。

　　活物儿是新奇的玩意儿，
　　但很快就不知怎的完了。
　　拿个鞋盒，拿个铲子——
　　妈妈，我们玩儿葬礼吧。①

　　诗歌的题目是"带一个回家给小孩儿"（Take One Home For The Kiddies），按照约翰·奥斯本的说法，是"商店橱窗上的广告语"。这家商店销售的显然是某种可以做宠物的小动物。拉金用这条广告语作诗歌题目意味深长。我们来看"take"，"take"表面上看是一个非常简单的词，实际上意义却非常复杂。我们当然可以翻译成"买"，但这样做过于简单。拉金的诗歌语言其实是极为复杂的。我们知道"take"除了"买"之外还有"拿"、"收养"、"携带"和"抓捕"等意义。作为卖宠物的商店，这条广告语当然强调的是"拿"、"携带"或者"收养"这一意义，因为这样显得亲切，这种亲切会给商店镀上一层温情，也能诱惑消费者。拉金实际上还暗示这个词残酷的一面，和抓捕有关——小动物本应该生活在自然之中，它们被抓捕销售实际上是被带离了家园，而不是广告语中宣称的人类之家（home）。
　　"在薄薄的稻草上，无阴的玻璃后，/它们挤在空碗旁，睡觉"，这两行诗是非常克制的描写，但透露出的信息却是不愉快的，暗示这些等待被购买的小动物，是被强行摆放在商店橱窗中的，它们被剥夺了家。它们挤在

---

　　①　Larkin, Philip. *Complete Poems*, New York：Farrar, Straus and Giroux, 2012, p. 59.

空碗旁，躺在薄薄（shallow）的稻草上和无阴（shadeless）的玻璃后睡觉。这一幕透露出极为强烈的不安感，因为 "shallow" 的稻草无法提供有效的支撑和温暖，而 "shadeless" 的玻璃则让它们彻底暴露，被人观看，等待被买走，违背了小动物的自然本性。接下来的诗句，"没有黑暗，没有水坝，没有泥土，没有青草——"证明了这一点。黑暗、水坝、泥土和青草都是这些小动物本来应该生存的环境，是它们的家，但商店是提供不了的。更让人痛苦的是，"dam"（水坝）还有母兽的意思，即 "female parent of an animal"，显然，拉金体察到了这些小动物与母亲的分离。这几乎是痛苦的极点了。拉金继续写到 "妈妈，给我们买一个养吧"。斜体字表明了这是小孩儿在向妈妈央求，尽管妈妈没有说话，但这戏剧性的对话却暗示小动物就要被购买消费了，就要被带回人类之家了。这到底意味着什么？痛苦消除了吗？不，因为它们并不是回自己的自然之家，而是去人类之家，并且这一句中的 keep 意义也是非常复杂的，同时兼具 "喂养" 和 "监禁" 等多重意义。

对于上面提出的问题，我们要去第二节中寻找答案。"活物儿是新奇的玩意儿，/但很快就不知怎的完了。""living toys"，活的某种玩意儿，这一修饰充满了紧张，"活的"是小动物，但是当它们在橱窗内被展示，销售，之后被购买就变成了 "玩意儿"，而变成玩意儿就意味着死亡的来临。拉金语调随意地写道，"但很快不知怎的完了"，死亡原因似乎不明，不管是死于小孩儿的暴力还是不适应环境，总之它们是无法逃脱死亡，正是这个 "不知怎的"，为它们的死亡赋予了极强的悲剧色彩，在表面的随意中隐藏着拉金内心的悲悯。死亡之后就是安葬，"拿个鞋盒，拿个铲子"，这是一个简陋的仪式，对小动物的死似乎有某种程度上的安慰。但是我们看诗歌的最后一行，是这样吗？不是的，拉金再次通过小孩儿的话，"妈妈，我们玩儿葬礼吧"，戏剧性地表明了这些小动物的死是无足轻重的，仅仅是游戏的下脚料。①

自然中的生死本来就极具悲剧性，而被强行带离自然环境，被销售，

---

① 理查德·布拉德福德认为拉金的这首诗 "在动物和孩子，脆弱和无辜之间，创造出一种让人焦虑的张力……隐藏了人类视角中内在的邪恶"。详情请参见 Bradford, Richard. *The Odd Couple：The Curious Friendship Between Kingsley Amis and Philip Larkin*, London：Biteback Publishing, 2012。

直至死亡，又被葬礼戏弄，对于这些小动物来说，无疑是双倍的残酷。对于人和自然的相处，拉金提倡一种普遍的生命意识，即一切都无法逃避死亡，在这一严酷困境中，他似乎用自己的悲痛呼吁一种温情。正如在《割草机》① 中所写到的，在杀死一只隐藏于深草中与世无争的刺猬后，"我们应该彼此//小心，我们应该仁慈/趁着还有时间"。② 但是，拉金的这种呼吁显得甚为哀婉。之所以如此，与拉金视死亡为绝对有关。对于拉金来说，无论是自然中的何种生物，还是人类都无法摆脱死亡，正如他在《泥土和兽窝中的小生命》（The little lives of earth and form） 中所写：

泥土和兽窝中的小生命

泥土和兽窝的，

找寻食物的，保暖的小生命，

不像我们，但却

有某种割舍不了的亲密：

我们渴望也有那样原始

的洞，的穴，和窟。

这种我们感到的同一

——可能不对，可能不真——

将持续地连接着我们；

我看到岩石，泥土，白垩，

被推平的草，摇摆的茎秆，

我看到的，就是你。③

---

① 《割草机》完成于 1979 年秋天。这是拉金亲身经历的事件，用割草机割草时无意杀死了一只刺猬。拉金在写给朱蒂·艾格顿的信中说："这真是沮丧的一天：打理草坪的时候杀了一只刺猬。真让我烦透了。"拉金本人并不热衷于养宠物，但正如我们本书中所讨论的，他有一种普遍的生命意识，并不认为动物低于人类。罗杰·克雷克曾专门就这一问题做过讨论，详见 Craik, Roger. "Animals and birds in Philip Larkin's poetry." *Papers on Language and Literature*, 38. 4（2002）. p. 395。

② Larkin, Philip. *Complete Poems*, New York：Farrar, Straus and Giroux, 2012, p. 118.

③ Ibid., p. 318.

拉金首先指出，尽管表面上看动物和人类的不同，"不像我们"，但是"我们"却与"它们""有某种割舍不了的亲密"，因为我们渴望像它们那样"原始"。这是某种程度的同一性。这种同一性是普遍的，尤其对于最终的死亡来说，人与动物的区别是无效的，一切都将归于尘土——"我看到岩石，泥土，白垩，/被推平的草，摇摆的茎杆，/我看到的，就是你。""你"就是同一，这就意味着动物、植物和人在死亡面前，无论他们之间有何不同，都无法逃避最终的必死，被死亡拉平。因此，这种同一不仅仅是"我们"与"它们"本性上的同一，也是在死亡面前无差别的同一。拉金在这首诗中试图表明的正是死亡的普遍性，人和自然都无法逃脱的命运。①

四 情爱：厌倦与虚无

爱是人对人或事物的某种亲近情感。这是一个比较宽泛的定义，可以包括同胞之爱，父母之爱，男女之爱，信仰之爱，自然之爱，等等。这里我们主要讨论的是男女之间的情爱。情爱本质上也是人克服自身局限性的一种能力或者本能，人在空间和时间上的有限性需要情爱力量的突破，男女的结合带来了这种创生的可能性。埃·弗罗姆在其《爱的艺术》中指出，爱是人类生存问题的答案。弗罗姆认为，人"能意识到自身的生命……意识到他的寿命是短暂的……死亡并非不违反他的意愿……面对自然和社会的力量，他清楚意识到自己孤弱无能。所有这一切使人类寂寞而孤独的生活处境变成了一座难以忍受的地狱"②，而摆脱这座地狱，正是爱的根本动力源。拉金对于情爱则常常表现出虚无的态度，具体表现为他对爱情、性和婚姻往往感到无力，流露出厌倦的情绪。有关拉金的一个典型的说法是，他是一个厌女症患者。比如，他对待女人往往是被动的，犹豫的。他结交

---

① 尼尔·罗伯茨（Neil Roberts）认为这首诗应该归入拉金"感伤和悲悯的与女人有关的诗"，详情请见 Roberts, Neil. *Narrative and Voice in Postwar Poetry*. London：Routledge, 2014. p. 17。另外，布拉德福德也认为"这首诗似乎直指莫妮卡……他们一起度假，共同见证了不列颠风景和栖居动物"。详情请见 Bradford, Richard. *First Boredom, Then Fear：The Life of Philip Larkin*. London：Peter Owen Limited, 2005. p. 244。笔者认为，这首诗极有可能和拉金的情人莫妮卡有关，即"我们"指"拉金和莫妮卡"，而"你"指"莫妮卡"，但是这并不影响我们对死亡的普遍性的论证。拉金"你"是同时指向"莫妮卡"和"同一"。

② 埃·弗罗姆：《爱的艺术》，康革尔译，华夏出版社，1987，第7页。

过不少情人，有据可查的就有八位，但没有一个最终走向婚姻，为他留下后代。拉金本人也曾发表过一些厌恶女性的言论。比如，类似"和女人上床的想法相当烦恼，几乎和国会竞选一样麻烦"①，"就我所理解的，所有的女人都是愚蠢的动物……婚姻是一种讨厌的制度"②，这些言论无论如何也不能让人解读出积极的意义来。拉金之所以这样看待男女之间的情爱，原因众多。吕爱晶在其博士论文《菲利普·拉金的"非英雄思想"》中归因于英国传统的影响。在她看来拉金在缅怀传统的同时，也继承了自莎士比亚、蒲柏和艾略特以来的厌女传统。这当然有其道理，但在笔者看来，拉金的家庭也产生了比较大的影响，即拉金强硬的父亲（西德尼·拉金）和敏感脆弱的母亲（艾娃·拉金）之间紧张的关系③造成拉金对于婚姻和家庭的绝望，让他从根本上对情爱的创生力量产生了怀疑。在莫辛为拉金撰写的传记中记载了他曾说过的这样一段言论：

> 　　我的母亲，随着时间的流逝，逐渐开始抱怨她无聊的生活，她经管一个家庭的无力，还有战争的迫近。我想这和她的年龄有关……然而，我想这一状况严格来讲是我父亲的错……尽管事实上是我母亲渐渐变成这样一个着迷于哭哭啼啼的害虫，但我想，如果我父亲能适当处理她的事情，她会做得好点……当然让我确信两点：人类不应该住到一起，孩子们应该尽早从父母身边带走。④

拉金的诗歌也证明了在男女情爱上他的悲观倾向。我们以《深层分析》

---

① Motion, Andrew. *Philip Larkin：A Writer's Life*. London：Faber & Faber Limited, 1993. p. 119.
② Ibid., p. 119.
③ 西德尼·拉金（Sydney Larkin）是一个讲求效率、严肃认真的人。他有良好的文学品位，非常鼓励拉金阅读自己的藏书，为拉金提供了很好的文学营养。但是，西德尼·拉金也是一个非常强势专断的人。在政治上他倾向于纳粹德国，崇拜希特勒和德国的效率，曾多次访问德国，1930年代还参加过几次纽伦堡的纳粹集会。西德尼·拉金的这种个性对自己的家庭生活影响很大。安德鲁·莫辛在《菲利普·拉金：一个作家的一生》中指出，拉金父亲的专断严重影响了夫妇之间的关系，以致妻子艾娃·拉金（Eva Larkin）抱怨连连，家中气氛非常沉闷。拉金的母亲是一个非常聪明，但敏感焦虑的女人。在和她丈夫的关系中，艾娃·拉金常常处于被动地位。拉金非常同情他的母亲，但也对母亲的厌倦感到焦虑不堪，对婚姻和家庭感到绝望。
④ Motion, Andrew. *Philip Larkin：A Writer's Life*, London：Faber & Faber Limited, 1993, p. 14.

（Deep Analysis）为例来说明这一问题。《深层分析》完成于 1946 年 4 月，按照莫辛的说法，这首诗和拉金的情人伯曼有关，"她在伦敦待得越久，就越对他们生活缺乏正常模式而感到怨恨。在这首诗中，拉金把这些恐惧通过'躺在叶子上的女人'之口表达了出来"①。

> 我是一个女人躺在一片叶子上；
> 叶子是银的，我的肉体是金的，
> 每一部分都美，但我却变成你的不幸
> 在你不愿倾听的时候。②

诗歌中的"我"是一个女人，甚至可以说是拉金对伯曼的代拟。"我"是美丽的，但是却面对着一个困境，即"我"和"你"是分裂的，"你"不愿倾听，而"我"是不幸的。这一困境从根本上来说，是来自"你"的封闭，不愿对"我"的爱做出回应。

> 伴你唯一的青春，无论你独独追索
> 什么，那是我奢望，
> 渴望吻你的臂膀和你伸展的肋
> ——为什么你不允许？③

诗歌的第二节，"我"继续倾泻自己对爱得不到回应的痛苦。"我"愿意陪伴"你"，度过"唯一的青春"，无论"你独独追索/什么"。这里"我"的爱是卑微的，"我"除了能陪伴"你"，"渴望吻你的臂膀和你伸展的肋"似乎别无所求，但对这种卑微之爱的回应也是拒绝，由此，"我"发出了极为痛苦的质问，"为什么你不允许？"

> 为什么你从不放松，除了睡着，

① Larkin, Philip. *Complete Poems*, New York：Farrar, Straus and Giroux, 2012, p. 142.
② Ibid., pp. 256-257.
③ Ibid., pp. 256-257.

脸转向墙壁，

拒绝丘陵，小麦，还有白色的绵羊？

为什么你的

整个身体锋锐地抵着我，警惕，

戒备，当我的本意是

为了让它更明快，停在我的

帐篷前被擦亮？①

诗歌的第三节和第四节，"我"继续质问"你"的拒绝。"你"对于"我"是紧张的，从不放松，即便是睡着，"脸转向墙壁"，透露出强烈的封闭意味，而不是转向"丘陵，小麦，还有白色的绵羊"这些室外开放性的事物。选择封闭，拒绝开放，"你"无疑处于对男女情爱的厌倦之中，甚至可以说带着敌意，身体是锋锐的，警惕的，戒备的，不愿回应"我"试图以爱唤醒"你"的意图。

我不能跟随你的意愿，但是我知道

如果它们能安抚你

它就不会在黑暗中哭喊，你的悲伤，

它就不会在黑暗中哭喊，于是

我的心漂流哭喊，没有死亡

因为这黑暗，

只有你的悲痛在我的嘴下

因为这黑暗。②

诗歌的最后两节，"我"似乎因"你"的拒绝放弃了，不能再跟随"你

---

① Larkin, Philip. *Complete Poems*, New York：Farrar, Straus and Giroux, 2012, pp.256-257.

② Ibid., pp.256-257.

的意愿"。但是我们从诗中发现，"我"是一种不情愿的放弃，如果"你的意愿"能够安抚自身，"你"就能摆脱黑暗和悲伤。因此，这种放弃是"我"为爱而做出的放弃，事实上"你"是否能安抚自身是可怀疑的，但无论如何，"我"处于一种被拒绝的极端悲痛状态。上文我们已经指出，这是拉金以一个女人的口吻写出的诗，结合此诗的题目《深层分析》，我们可以发现拉金实际上是在做无力去爱的自我审视。

　　拉金对男女之间情爱的重要组成部分性也有厌倦怀疑的倾向。完成于 1950 年 3 月的《铜版雕刻》是很好的例证。这首诗发表后，不断有人给拉金写信询问这首诗，让他备受困扰，于是，在 1981 年的一次访谈中，他指出《铜版雕刻》表达了"性是如何的糟糕以及我们试图摆脱它的愿望"①。

铜版雕刻

无休止地，悠久的刺激，
气泡在你的末端难把持地形成。
以我们最快的速度爆发——
又将再次生成，直到我们开始死去。

安静地膨胀，直到我们被包围
被强制开始离开的挣扎：
野蛮，急切，真实。
湿漉漉的火花来临，明亮盛开的墙崩塌，

但我们不能摆脱这悲伤的风景：
何其暗淡的群山！何其咸涩，缩拢的湖泊！
这圆环看上去多么低劣，
伯明翰假冒的魔法信誉丧尽，

---

① Larkin, Philip. *Further Requirements：Interviews，Broadcasts，Statements and Book Reviews*，London：Faber & Faber Limited，2001，pp. 50-51.

那空空的，阳光洗净的房间多么偏僻，

极度遥远，那紧锁的光的立方体

我们既不能定义也不能证实，

那里，我们梦想之地，你无权进入。①

　　诗歌的题目是"铜版雕刻"（Dry-Point）。铜版雕刻是一种制作凹版的工艺，需要使用锐利的工具在版面上刻下线条，而不是用酸。拉金正是利用了这种工艺的技术特征来制造性暗示，而 dry（干的，枯燥的）和 point（点）两个词意的组合同时也暗示了性本身令人厌倦和虚无的一面。

　　诗歌的第一节首先描述出这样一个动态的形象，即气泡无休止地在一个末端难以把持地形成。"末端"有男性生殖器官的暗示，而"难以把持"和"无休止地，悠久的刺激"暗示了性是人无法摆脱的基本冲动和需求，但是"气泡"本身的易碎和空洞则暗示出性本身是幻灭的。紧接着拉金又指出，气泡（性的幻灭）在人短暂的一生中是重复性的，直到死亡终止。诗歌的第二节继续发展，把性看作一种挣扎——（气泡）"安静地膨胀"，"被强制""离开"，这种挣扎似乎因死亡的存在伴随着强烈的恐惧和痛苦，是"野蛮，急切，真实"的。

　　性令人恐惧和痛苦，但却是我们不能摆脱的。这是诗歌第三节第一行所给出的结论，直接呼应了第一节和第二节中，性是人基本的冲动和需求，同时又是幻灭的观点。拉金在这一节中使用了大量带有男女性器官暗示的比喻："群山"、"湖泊"和"圆环"。这些喻体的修饰语都是消极否定的，"悲伤的"、"暗淡的"、"咸涩，缩拢的"和"低劣"，非常清晰地进一步强化了对性本身的怀疑，性成为一种欺骗性的"魔法"，毫无信誉可言。诗歌的最后一节，拉金似乎把性认定为一个柏拉图理念式的概念，"那空空的，阳光洗净的房间多么偏僻，/极度遥远，那紧锁的光的立方体"，那里似乎摆脱了性的恐惧和虚化，属于一个完全净化的房间。拉金进一步指出，这个空间是偏僻的，遥远的，是"我们既不能定义也不能证实"的地方，取消了那里真实存在的可能性，只是无权进入的"梦想之地"。这从根本上表

---

　　① Larkin, Philip. *Complete Poems*, New York：Farrar, Straus and Giroux, 2012, p.31.

明了拉金的观念，性始终伴随着人，但最终人获得的结果只是失望和幻灭。约翰·吉尔罗伊（John Gilroy）也曾指出，拉金的意旨是"人被困于肉体之中……不能进入柏拉图式的'光的立方体'"[1]，肉体是有限的，柏拉图式的立方体是永恒的，恰恰印证了我们对于拉金性虚无本质的判断。

拉金对于婚姻也常常持消极厌倦的态度。拉金终生未婚，一生在几个情人之间纵横捭阖，其中一个甚至和他订过婚，但最终还是解除了婚约。这样的事实让我们很容易就得出这样的结论。拉金的《给我的妻子》（To My Wife）很好地说明了他对婚姻的这一态度。

给我的妻子

选择你就合上了未来的
孔雀屏，那里所有精细本性之所以能
迷人地展开。
无敌的潜能！但无限量
只在未做选择之时；
仅仅一个选择就断绝了所有的路，除了一条，
让灌木丛中卖弄的鸟儿们鼓翼而飞。
现在没有未来了。现在我和你，孤独。

于是我为你的脸交易了所有的脸，
为你微薄的财产卖掉了轻快的
行李，戴面具的魔术师的标记。
现在你成了我的厌倦和失败，
另一条痛苦的道路，一场冒险，
一种比空气沉重的本质。[2]

《给我的妻子》作于 1951 年，与拉金的情人阿诺特有关。莫辛指出，

① Gilroy, John. *Reading Philip Larkin: Selected Poems*, Raleigh: Lulu. com, 2012, p. 55.
② Larkin, Philip. *Complete Poems*, New York: Farrar, Straus and Giroux, 2012, p. 274.

"拉金意识到他对阿诺特的强烈感受，又开始对婚姻感到焦虑不安了"。① 正是这样的焦虑导致拉金写了这首给虚构妻子的诗。诗歌共分两节，拉金在这首诗中对于婚前和婚后的生活展开了对比。

在第一节中，拉金指出婚姻意味着可能性的断绝，"选择你就合上了未来的/孔雀屏"。"孔雀屏"作为诱惑求爱的象征意味着婚前和婚后迥异的境况，婚前似乎可以吸引更多的对象，在这种情况下"所有精细本性……能迷人的展开"。在拉金看来，婚前，在男女情爱方面，似乎更具生机，蕴含着"无敌的潜能"。而一旦选择了婚姻，男女之间的情爱就要接受社会惯例和法律的约束，"断绝了所有的路"，断绝所有其他对象的关系。紧接着，拉金不无幽默地写到"除了一条，/让灌木丛中卖弄的鸟儿们鼓翼而飞"。这条似乎例外的路也是一条断绝之路，事实上并不存在，因为婚前可能的对象，"灌木丛中卖弄的鸟儿们"，已经飞走了。选择了婚姻意味着没有未来，而更为可怕的是拉金把男女之间结合的后果定为孤独。

在诗歌的第二节，拉金继续陈述婚姻对他造成的后果。为了"你"，"我""交易了所有的脸"，拉金仍然在强调婚姻对可能性的削减。为了"你"，"我""卖掉了轻快的/行李"，这里"轻快的行李"暗示出某种行动的自由，由此，我们可以认为拉金是在强调婚姻对自由的损害。最终，拉金得出这样一个结论，婚姻除了制造孤独外，本质上使对方演变成"厌倦和失败"，选择婚姻，就意味着选择一条痛苦的道路。这种认识与弗罗姆所持的男女情爱具备反抗人类局限的力量观念是相反的，婚姻绝不意味着创造和自由，而是意味着孤独和厌倦，是禁锢和失败的代名词。② 拉金对于婚姻的这种看法在《这就是诗》（This be The Verse）中有更为清晰和尖锐的表达。

---

① Motion, Andrew. *Philip Larkin：A Writer's Life*, London：Faber & Faber Limited, 1993, p. 209.
② 有学者认为"拉金拒绝婚姻不仅仅是为了摆脱纠缠，更为重要的是保卫他的艺术创作。婚姻会剥夺他作为艺术家想象的自由"。这一看法是有道理的，可以与下一章对《出场的理由》的分析相互说明。详情见 Indulekha, C. "The Bachelor Voice in Larkin's poetry." *International Journal of Innovative Research and Development*, 2014. p. 392。

他们×出了你，你妈和你爸，

可能没想，但真地×了。

他们把已有的毛病塞给你，

又加上一些，只为你。

但他们也是被×出来的

被穿着老式衣帽的傻瓜：

他们一半时间虚情假意，

一半数时间掐得死去活来。

人类把不幸传给人类，

就像大陆架层层加深。

有可能就趁早滚蛋，

不要有什么孩子。①

　　《这就是诗》完成于 1971 年 4 月，是一首关于婚姻延续不幸的诗，也是拉金最有名的诗之一。诗歌共分三节，结构和发展非常清晰。诗歌第一节首先把身处当代的"你"的不幸和上一代的"你妈和你爸"联系到一起。两者之间的关系是赤裸裸地被搞和搞的关系，"他们×出了你，你妈和你爸"②，并且父母的结合并不是创造出一个更好的未来，而是"他们把已有的毛病塞给你，／又加上一些，只为你"。由此，我们可以看出，拉金对于男女婚姻是持一个多么强烈的否定态度，在他看来父母只是把他们病态的缺陷以模式化的方式传递给下一代。

　　诗歌的第二节转向了上一代父母和更上一代的关系。这一关系和第一节中所描述的并无不同。他们也是被上一代"穿着老式衣帽的傻瓜""×出来"的。更上一代人的缺陷"虚情假意"以及互相"掐得死去活来"同样被传递给了上一代父母。这是一种时间上向过去的追溯，时间上的不同并

---

① Larkin, Philip. *Complete Poems*, New York：Farrar, Straus and Giroux, 2012, p. 88.

② 拉金的这种粗鲁语言的使用赋予了他诗歌强有力的效果，相关论述可参照 Bristow, Joseph. "The Obscenity of Philip Larkin," *Critical Inquiry*, Vol. 21, No. 1, 1994, pp. 156-181。

没有改变父母和孩子之间令人恐怖的关系，进一步强化了拉金对于婚姻延续不幸的观点。

　　既然时间无法改变什么，诗歌的前两节就构成了极为坚实的论据，由此，拉金在诗歌的第三节就得出了非常有效的，更为普遍化的观点。拉金用一个非常鲜明的比喻来说明他这一观点。在他看来，人类的婚姻延续传递的只能是不幸，就像"大陆架层层加深"。大陆架是大陆沿海岸在海面之下向深海逐渐延展深入的陆地。这一颇具科学性的比喻把大陆架地质意义上延伸和无光冰冷的深海与父母婚姻和孩子的不幸连接到一起，获得了一种极为坚实的论证效果。由此，拉金最终得出了令人恐惧的结论，"有可能就趁早滚蛋，/不要有什么孩子"。这是一个带有强烈死亡意味的结论，婚姻中的男女，在拉金看来，无论哪一方都不应该再延续这种不幸，应该分离，或者结束自己的生命，并且不应该再有后人，把不幸传递给他们。这无疑是对男女之间婚姻最为恐怖的否定，让人几乎不寒而栗，恰如亚当·菲利普斯（Adam Phillips）所言，"不能为我们提供（婚姻）通常的那种安慰"。①

　　简而言之，拉金对于情爱总体上是持虚无态度的，正如他在和情爱相关的《春天》（Spring）中所言，"踩过我紧皱的路穿过公园，/难以理解的不孕"（treading my pursed-up way across the park, /An indigestible sterility.）②。踩过（tread）除了"To step or walk upon or along; to follow, pursue（a path, track, or road）"的意思之外，还有"Of the male bird: To copulate with（the hen）"的意思。很明显，拉金在这里使用了双关，由此让这两行诗获得了非常复杂的意味：一方面是诗人本人确实穿过了这个公园；另一方面穿过公园这一行为和情爱中的性也紧密连接了起来。拉金的这次"走过公园"是"紧皱的"，艰难的，结果是"难以理解的不孕"，显然情爱的结果还是空缺，无法获得积极的创生力量。即便是在他最为生机勃勃的《降灵节婚礼》中也包含着这种虚无态度，对于男女婚姻生成力量的否定不断在诗歌中涌现，比如，"父亲们尝到了/从未有过的巨大成功，

---

① Phillips, Adam. "What Larkin Knew," *The Three penny Review*, No. 112, 2008, pp. 6-7.

② Larkin, Philip. *Complete Poems*, New York：Farrar, Straus and Giroux, 2012, p. 40.

感到绝对滑稽",成功是"huge and wholly farcical"的,如果说"huge"意味着婚姻的积极价值的话,那么"farcical"则消减了婚姻的意义,为婚姻附加了一种荒谬的色彩。女人们的私语"如谈一次快活的葬礼","happy"和"funeral"的组合同样把婚姻与死亡扭结在一起。尤其在诗歌的结尾"出现了/一种感觉,像是从看不见的地方/射出了密集的箭,落下来变成了雨"。王佐良指出,"诗末的箭雨——雨会滋润田野,象征着结婚后的生育"。这一判断忽视了拉金对于婚姻的虚无态度。拉金在结尾使用了"箭"(arrow)一词,而箭作为攻击性武器,具备伤害的力量。显然,拉金无法回避婚姻的消极面。

第二节　自我及经验世界的幻灭

拉金转向日常生活的书写的原因是 20 世纪诸种绝对价值和宏大理论的失效。这一变化在促使拉金关注日常生活的价值和意义的同时,也引发了日常生活本身的危机,即在没有绝对价值庇护之下,日常生活就会面临意义危机。在这种危机中,自我与死亡之间的关系就会分外紧张。自我是能够进行精神活动,可以思考、感受和有意志的意识主体。这一意识主体通过认识所经验的东西确定自我的存在。尽管拉金有时颇为怀疑自我的这一能力——在《无知》(Ignorance)中声称"奇怪的是一无所知,从不确定/什么是真的(true)、对的(right)和实在的(real)"[1],但尽管如此,我们仍然会"在这种含糊上用尽一生"[2]。拉金某种程度上,或者必须拥抱这种相对的能力,他的诗歌的存在恰恰证明了这一点。对于拉金来说,死亡对于自我最大的威胁是会取消这种能力和自我存在时所经验创造的一切。拉金之所以如此关注和恐惧死亡正是因为这一点——他担心的是"死后一无所有",彻底的空无。早在 1946 年 10 月 16 日写给萨顿(J. B. Sutton)的信中,拉金就用一幅简图[3]勾勒出了死亡对于他的威胁。

---

① Larkin, Philip. *Complete Poems*, New York: Farrar, Straus and Giroux, 2012, p. 67.

② Ibid. , p. 67.

③ Larkin, Philip. *Selected Letters of Philip Larkin* (1940-1985). London: Faber & Faber Limited, 1992, p. 127.

　　首先，这张简图的标题是"总体认识"（Total knowledge），在这种总体认识中死亡和生命是绝对对立的。

　　其次，在死亡（death）下面，拉金没有展示任何内容，既无天堂，也无地狱，是彻底的空无。我们在上节已经论及拉金对上帝、医学、自然和情爱抵抗死亡的认识。对拉金来说，上帝永恒的救赎或惩罚对他来说都是无效的，医院从根本上来说只是一个无谓挣扎的场所，自然中的"新生"只是一种欺骗性的把戏，情爱的创生性力量也是虚无的，因此，死亡对自我及自我经验的世界构成了绝对威胁，让死后的世界一无所有。简而言之，在死亡的威胁下，自我及经验世界是不能转移到天堂或地狱中，不能通过医院、自然和情爱获得延续。这种彻底终结无疑是拉金专注和恐惧死亡的根源。

　　最后，在生命（life）下面，睡眠（sleeping）这一经常和死亡联系到一起的人类行为的下面也没有任何内容，而在清醒（waking）下则存在着悲伤（sorrow）和喜悦（joy）。这似乎暗示了这样一种认识，即拉金认为睡眠状态等同于死亡，人是没有自我的，只有在清醒状态下才有情感认知产生，才有自我。因此，自我绝不仅仅是一具肉体，而是具备感知能力和意愿的肉体。总的看来，是自我支撑着生命与死亡构成对立，并被死亡威胁着。

　　自我会被死亡终结，最终导致人存在的彻底终结，这一根本性的威胁造成了拉金的恐惧。这种认识在拉金的《下一位，请》中表现得尤为清晰，是一首"比他的《铁丝网》具备更为阴暗哲学立场的诗"[①]。

---

① Ruchika, Dr. "An Analytical Study of the Philip Larkin's Selected Poetries." *Global Journal of Human-Social Science Research*, 12.12-E（2012），p.4.《铁丝网》一诗也反对太多的"期待"和"幻想"，相较于《下一位，请》死亡意味不是那么深重。本文第三章对该诗有详细分析。

下一位，请

总是太渴望未来，我们
捡起期待的坏习惯。
有什么总在逼近：每天
我们说，等到那时，

在绝壁之上注目那微小，清晰，
闪着光的应许之舰队驶近。
它们多么慢啊！它们浪费了多少时间，
不愿匆忙前行！

可是它们仍让我们抓住可怜的
失望的茎杆，因为，尽管没有什么阻止
每一次跃进，船倾侧时铜件儿装扮一新，
每一个船索都清晰可见，

旗帜飘扬，金色乳头的艏饰像
拱开我们的航路，它永远不会抛锚；它
一出现就倏然而逝。
直到最后

我们认为每一艘船都会停下，卸下
所有幸福装进我们的生活，所有我们应得的
因为我们等得如此虔诚，如此漫长。
但我们错了：

只有一艘船追寻着我们，一艘陌生的
黑帆船，拖在她之后的是
一片巨大的无鸟的寂静。当她醒来

既无水波生，也无水波灭。①

《下一位，请》作于 1951 年，是一首关于"期待"的诗。"期待"的主语是"我们"（we），宾语是"闪着光的应许之舰队"（Sparkling armada of promises）。首先谈"我们"。"我们"所站立的位置是"绝壁"（bluff），其地质意义上的危险特征使"我们"的处境透露出强烈的被死亡威胁的意味。而"我们"所期待的"舰队"则是"铜件儿装扮一新，/每一个船索都清晰可见，//旗帜飘扬，金色乳头的艄饰像/拱开我们的航路"。"我们"期待它们能够给出确定性，"卸下/所有幸福装进我们的生活"，但是，"它/一出现就倏然而逝"，这就意味着，这个舰队类似于上面论及的上帝，从根本上是无效的，只是远离我们具体的现实生活的一种想象性的建构。果然，在诗歌的结尾，拉金给出了一个严酷的答案。我们是错误的——在人生旅程中，期望生活有所得，得到"所有幸福"和"所有我们应得的"似乎是合理的，但是最终却被"一艘陌生的黑帆船"终结了。这艘黑帆船不同于"舰队"，它从根本上否定了"舰队"赋予我们幸福，肯定性的支撑的希望，带有强烈的死亡意味，留给"我们"的是"一片巨大的无鸟的寂静……既无水波生，也无水波灭"，只有一切都消解的虚空和寂静，尽管"我们等得如此虔诚，如此漫长"。这些诗句与其早期诗歌《北方船》某种程度上分享着共同的精神品质，以其强烈的消极意味印证了我们对拉金的判断，即拉金害怕死亡，是因为死亡指向的是绝对的虚空，由此，任何欺骗性的期待都是无效的，人必须接受在死亡面前赤裸的困境，难怪罗森在评价这首诗时称拉金"严谨地记录下衰老和死亡的必然性"②。

上面的讨论已经印证了死亡造成的虚空与自我及经验世界之间紧张的关系。这种紧张关系在拉金的诗歌中不是孤立的，而是普遍的。比如，在完成于 1956 年的《市郊列车抽噎着驶过田野……》（The local snivels through the fields）中，拉金首先在第一节中描述了几个郊游度假的母亲，列举了她们郊游的产生的"几个宝贝尺寸的包裹，几袋李子，/还有闲话里的

① Larkin, Philip. *Complete Poems*, New York: Farrar, Straus and Giroux, 2012, p.32.
② Rossen, Janice. *Philip Larkin: His Life's Work*, Iowa: University of Iowa Press, 1989, p.142.

槽点，正好唠叨过/全部七个车站"。尽管拉金对这些描述对象似乎颇有嘲讽之意，但是当他回顾自己假期时却发现"自己用心经营的狂欢/十天后就要期满了/在死气沉沉的乡村聚会中，/不管我的标签吼出什么"。拉金的假期也要结束了，他和那几个度假的母亲本质上似乎并没有什么区别，之所以产生这样的认识，还是因为死亡。

> 死亡是另外一件事，
> 我们所做的一切都无足轻重。①

在死亡造成的虚空映照下，现实世界中不同人的活动之间的差异和意义被取消了。在1974年的《有漏洞的一生》（The Life with a Hole in it）中，拉金更为绝望地写道：

> 生活是僵化的，锁住的，
> 三方搏斗，在
> 你的渴望，你的世界，还有（更糟糕）
> 那带给你将来得到的
> 无法击败的缓慢的机器。被封锁，
> 它们围绕着一个无可奈何、恐惧和脸面的
> 空洞的郁积绷紧。
> 一天天一年年，不停地筛落。②

生活被拉金视为"锁住的"（locked），一生的行动，三方搏斗（three-handed struggle），也是"被封锁"（blocked）的。时间的推移，"一天天一年年，不停地筛落"带来的必然结果就是死亡，没有任何肯定性可以打开紧锁的生活。这是一种极端悲观的看法——自我在死亡的根本性挑战面前，自我的行动演变成空洞无意义的损耗。因此，当我们

---

① Larkin, Philip. *Complete Poems*, New York：Farrar, Straus and Giroux, 2012, p. 292.
② Ibid., p. 114.

再看拉金 1980 年的《风景》（The View）结尾那哀婉的叹息也就理所当然了。

> 它去了何方，这一生？
> 寻找我。留下的只是悲伤。
> 无子无妻，我能
> 看得清楚：
> 那么确定。那么接近。①

　　"它去了何方，这一生？"接近生命终点的现实逼迫拉金提出这样的问题。前面我们已经论证了上帝、医学、自然以及情爱对抗死亡的无效，以及死亡造成的绝对虚空，那么这就意味着，拉金的一生，以及他的经验世界，不能通过天堂或地狱获得救赎或惩罚，不能在医院中通过肉体的疗救获得延续，不能在自然欺骗性的新生中获得抚慰，也不能在虚无的情爱中获得肯定。这根本上是生命的转移问题——死亡造成的绝对虚空导致自我及经验世界无处寄放。罗森曾指出拉金"视死亡为毁灭者。在他看来，没有人能在死后被唤醒"②，显然罗森意识到了死亡对于拉金的威胁，以及拉金如此专注于死亡背后隐藏的恐惧。

　　对比为拉金所激烈反对的 T. S. 艾略特我们可以更为清晰地理解拉金的绝对死亡观。艾略特对死亡的关注和思考也是根本性的，比如，在《荒原》开篇，艾略特给庞德的献词中就写到，"我曾亲眼看见库迈的西比尔挂在瓶中，当孩子们问她：'西比尔，你要什么？'她回答说：'我要死。'"③ 这一献词清晰表明了艾略特在 20 世纪初现代语境中，信仰崩塌，万物失序，对死亡的关注和思考，并以此为起点构建这首伟大诗歌的意图。诗中大量细节也验证了这一点，比如：

---

① Larkin, Philip. *Complete Poems*, New York: Farrar, Straus and Giroux, 2012, p. 321.

② Rossen, Janice. *Philip Larkin: His Life's Work*, Iowa: University of Iowa Press, 1989, p. 142.

③ 紫芹选编《T. S. 艾略特诗选》，张子清、赵毅衡、查良铮等译，四川文艺出版社，1988，第 23 页。

> 虚幻的城市
>
> 冬晨的棕色烟雾下
>
> 人群涌过伦敦桥，那么多人，
>
> 我想不到死神毁了那么多人……①

　　这四行诗出自《荒原》第一章《死者的葬仪》，艾略特在其诗歌原著中指出这些诗句参考了但丁《神曲·地狱篇》第三歌第五十二至五十七行，"我抬头望了，只见有一面旗子/在翻舞着向前疾行，/仿佛无论如何不肯停下来的样子；/后面跟着那么长的行列，/我以前绝不会相信/死竟使得这么许多人失去生命"②。这一片段是维吉尔带领但丁来到地狱边缘，看到"在人世过了无毁无誉的一生"的人遭受惩罚的情景，被艾略特改写以表达此在尘世所遭受的死亡的威胁和困境。与死亡相关的细节还有很多，我们就不再过多列举。刘立群曾对《荒原》中与死亡相关的词做过统计。③（见表5）

表 5 《荒原》英文版原文中有关死亡的词汇统计

原文词汇	汉语含义	词性	出现次数	所在行数
Dead	死的、死者	形容词、名词	10 次	Ⅰ标， 2, 23, 40, 68, 116, 246, 312, 328, 339
Death	死亡	名词	4 次	Ⅳ标，55, 63, 192
Dying	垂死的	分词	1 次	329
Die	死去	动词	1 次	160
Drown	淹死	动词	2 次	47，89
Hang	绞死	动词	1 次	55

---

① 紫芹选编《T. S. 艾略特诗选》，张子清、赵毅衡、查良铮等译，四川文艺出版社，1988，第 27 页。

② 但丁：《神曲》，朱维基译，河北人民出版社，1996，第 21~22 页。

③ 刘立群：《〈荒原〉中死亡与复活的主题》，硕士学位论文，吉林大学，2004，第 2 页。

续表

原文词汇	汉语含义	词性	出现次数	所在行数
Bone	白骨	名词	5次	116，186，194，316，319
Corpse	尸首	名词	1次	71

事实上，这个列表只是一个初步统计，如果我们把统计扩大至明显具有死亡意味的词，比如，葬礼（burial）、冬天（winter）、雪（snow）、枯干（dried）、尘土（dust）、霜（frost）、破坏（broken）、白色躯体（white bodies）、哭（cry）、旋涡（whirlpool）、沉寂（silence）等，这个列表无疑会更为庞大。

简而言之，我们通过上面的分析可以发现艾略特对于死亡是极为敏感和紧迫的，是《荒原》的核心主题之一，也是他要努力对抗的对象。伊丽莎白·文特斯丁·施耐德（Elisabeth Wintersteen Schneider）曾指艾略特"直指死亡"①，由此，我们就可以引出艾略特与拉金最大的区别了。这一区别的核心在于，艾略特在死中蕴含了生的意识，这也是为什么施耐德还指出"生命、孕育和新生"② 与死亡相对的原因。但是，我们必须注意到艾略特的生的意识本质上是一种对彼岸救赎和复活的肯定，与拉金本质上是相反的。我们首先来看艾略特。

> 冬天使我们温暖，用健忘的雪
> 把大地覆盖，用干瘪的根茎
> 喂养微弱的生命。
>
> 去年你在花园里种下的尸体
> 开始抽芽了吗？今年能开花？
> 来得突然的寒霜没冻毁他的床？

① Schneider, Elisabeth Wintersteen. *T. S. Eliot：The Pattern in the Carpet*, Oakland：University of California Press, 1975, p.135.
② Ibid.

> 恒河干瘪了，萎软的叶子
>
> 在等着雨，而乌云
>
> 却在远方，在喜马万特山上聚集。①

艾略特在《荒原》中为抵抗死亡，提出了杂糅了印度教、佛教以及基督教的拯救路径。比如，《荒原》第三章《火诫》的题目就来自佛陀对众僧警惕色欲的训诫；第五章《雷霆说的话》的结尾"平安，平安，平安"（shantih，shantih，shantih）则来自印度教文献《奥义书》，按照赵毅衡的解释，应为"超出一切理解的安宁"②；而整个诗歌的结构又借用了基督教里的圣杯传说的故事模型。莱奥内尔·特里林（Lionel Trilling）曾精准地指出，"这些虔诚属于宗教，但没有特定的信条。艾略特后来成为英国国教的虔诚信徒，以《荒原》中的某些因素来看，这不足为奇。但在创造此诗时，他还未决定信仰的皈依。《荒原》汲取了犹太教、基督教以及印度教的传统，主要是因为这些信仰都蕴含着绝望与被拯救的希望"③。尽管艾略特此时还没有皈依基督教，但是我们还是能看出他对宗教对抗死亡的信心。正如特里林所言，艾略特最终成为英国国教的虔诚信徒是理所当然的，那么我们在艾略特的后期诗歌中看到他越发趋向于基督教的信条也就不足为奇了。艾略特《荒原》之后的诗歌，尤其是《灰星期三》和《四个四重奏》在这一点上表现尤为明显。比如，《灰星期三》一般被视为艾略特转向基督教，进入诗歌写作新阶段的标志。在这首诗中，艾略特表达了对此在尘世的否定。尘世本身是不确定的，有限的，"因为我阻碍希望重新知道/确凿的时刻的摇晃的光芒/因为我不在思想/因为我知道我将不会知道/唯一名副其实地转瞬即逝的力量"④，他所要做的是背对尘世，转向对基督教信仰的追逐，"现在为我们这些罪人祷告，在临终时为我们祷告/现在为我们祷告，

---

① 紫芹选编《T. S. 艾略特诗选》，张子清、赵毅衡、查良铮等译，四川文艺出版社，1988，第 27~43 页。

② 同上，第 49 页。

③ 莱奥内尔·特里林：《文学体验导引》，余婉卉、张箭飞译，译林出版社，2011，第 281 页。

④ 陆建德主编《艾略特文集·诗歌》，汤永宽、裘小龙等译，上海译文出版社，2012，第 125 页。

在临终时为我们祷告"。① 基督教为艾略特对抗尘世的短暂与死亡提供了有
效的支持。在《四个四重奏》中，艾略特继续发展了这一倾向。尽管 "啊，
黑暗，黑暗，一片黑暗。他们全走进黑暗，/走进混沌的星际，茫茫无边"，
艾略特视自己生活的世界仍是一片荒原，但上帝会像 "受伤的外科大夫拿
起了/探查病体的探针" 治疗这个世界，暗示我们的世界终将得到疗救，在
上帝那里得到肯定性的回应：

> 我们所饮是那流淌的鲜血，
> 我们所食是那血淋淋的肉；
> 尽管如此，我们却自以为
> 我们的血肉之躯多么健康，多么结实——
> 尽管如此，我们还是觉得这个星期五不错。②

　　艾略特在这五行诗中把 "我们" 与基督教的圣餐仪式③紧密地联系到了
一起。尽管 "我们" 仍有蒙蔽，自以为 "我们的血肉之躯多么健康，多么
结实"，但仍然被上帝的拯救庇护着，上帝真的降临到了 "我们" 的仪式之
中，葡萄酒与鲜血，饼与肉，是绝对相等的，那就是耶稣 "道成肉身"，救
赎的允诺的再现。这就是 "我们" 仍然认为 "这个星期五不错"（call this
Friday good）的原因。有学者认为这句话有讽刺之意，因为 "Good Friday"

① 陆建德主编《艾略特文集·诗歌》，汤永宽、裘小龙等译，上海译文出版社，2012，第
127 页。
② 紫芹选编《T. S. 艾略特诗选》，张子清、赵毅衡、查良铮等译，四川文艺出版社，1988，
第 252~253 页。
③ 圣餐是基督教的重要仪式。这种行为来源于耶稣最后的晚餐。在基督教传统中，圣餐仪式
与复活是紧密相连的，据《圣经·新约·马太福音》："他们吃的时候，耶稣拿起饼来，祝
福，就擘开，递给门徒，说：'你们拿着吃，这是我的身体。' 又拿起杯来，祝谢了，递给
他们，说：'你们都喝这个，因为这是我立约的血，为多人流出来，使罪得赦。' 但我告诉
你们：从今以后，我不再喝这葡萄汁，直到我在我父的国里，同你们喝新的那日子。" 因
此，圣餐仪式中食用饼和酒就意味着上帝的临在和对复活生命的经历和体验。对于圣餐和
复活观念的历史追溯可参阅凯文·J. 麦甘迪、乔恩·D. 列文森《复活概念的由来及其演
变》，傅晓微译，四川文艺出版社，2014，第 250~251 页。

是耶稣受难日①，但是从诗歌整体和艾略特此时对基督教的态度来看，艾略特在这里应该有肯定基督教信仰的意思，最后一行的"尽管"是对"我们"自以为是的反转——不管"我们"所受的蒙蔽有多深，上帝仍然会降临到我们之中，以他的复活为"我们"带来永恒的救赎，把"我们"带入永恒。

简而言之，对于艾略特来说，死亡最终可以从他复杂的宗教观，尤其是对基督教的信仰中得到有效抵抗，这就使艾略特得到一种复活的可能。拉金与艾略特在这一点上是相反的，我们在上文的论证中已经证明了拉金对基督教的怀疑和否定，上帝不可能对死亡产生任何疗救作用，即便是教堂也只是一个装饰，一个幌子，一个体现必死之下人的想象性的建筑（尽管它是实体的）。而对于艾略特来说，酒就是血，饼就是肉，决然是上帝真实的降临。这种根本性的对立造成了二者诗歌观念上的对立。艾略特极端鄙视以拉金为代表的运动派，在他看来运动派是"既没有运动，也没有方向"②的诗歌运动，这极有可能与他对死亡最终会从上帝那里得到救赎有关，而对于拉金来说，不必也不可能从上帝那里得到任何疗救，死亡就是绝对的，死亡的结局就是彻底的虚无。

小　结

拉金对死亡的认识是一种绝对死亡观。对于拉金来讲，死亡是必然的，其结局是彻底的虚无。简而言之，由于上帝所允诺的救赎和惩罚，天堂和地狱，是想象性的建构，宗教已无法从根本上解决死亡的威胁；医学也是如此，在拉金眼中，医学肉体性的治疗和修复是徒劳的，医院只是人类对抗死亡，但又无谓挣扎的场所；自然的新生是欺骗性的，自然中有序的生死轮转并没有带来复活的希望，相反更是印证了死亡的必然性和普遍性；情爱也是虚无的，其创生性的可能被拉金否定，爱情、性和婚姻都是被怀疑的对象。这种绝对的死亡观意味着死亡会造成自我在生命历程中所积累

① 陆建德主编《艾略特文集·诗歌》，汤永宽、裘小龙等译，上海译文出版社，2012，第253页。
② 彼得·阿克罗伊德：《艾略特传》，刘长缨、张筱强译，国际文化出版公司，1989，第318页。

的一切面临着彻底消解，无法转移寄放的困境，本质上就是存在最终会进入空场。在这一点上与拉金构成鲜明对立的是艾略特。对于艾略特来说，死亡不是个体生命的终点，而是蕴含着生的可能，是复活和循环的起点。艾略特对于彼岸世界仍然抱有相当的信心，这最终导致他晚年倒向基督教，最终从对上帝的信仰中获取对抗死亡的信心。但对于拉金来说，超验世界是无效的，这就意味着自我与死亡会构成精神深处最紧张的对峙。面对随死亡而来的彻底的终结，拉金充满了恐惧，他必须为自己找到对抗死亡的依据，而这种依据就是诗歌。

第三章　抵抗死亡的写作：诗歌和永恒

死亡是绝对的，这一困境对拉金造成巨大的压力，激发他利用诗歌保存日常生活经验以对抗死亡。对于拉金来说日常生活经验是"混合和复杂"的充满矛盾的具体经验构成，而不是超验存在，因此，拉金的诗歌，尤其是成熟时期的诗歌，倾向于诚实面对日常生活世界的矛盾和缺陷，不遗余力地利用诗歌对它们进行保存，以对抗死亡的威胁。拉金的这一倾向使他的诗歌中充满日常生活的具体存在，呈现出强烈的具体可触摸的物质性，为必死的日常生活某种程度上赋予了永恒存在的权利。

第一节　必死日常生活的保存

对于拉金来说，死亡是绝对的，是取消自我及经验世界的威胁，因此，他必须面对的问题就是如何抵抗死亡，以使自我及自我经验的世界获得永恒。拉金选择的是诗歌。在1955年的《出场的理由》中，拉金通过对一场学生舞会的思考探讨了自己对诗歌的理解。学生舞会是充满情爱冲动的社交场合，但对于拉金来说，却是充满怀疑的，"为什么要在里面？/性，是的，但性又是/什么？"因为这样的怀疑，拉金选择了艺术，"召唤我的是那高挂的，舌头粗粝的钟/（艺术，要是你喜欢的话）它独特的声音/坚称我也是独特的"。[①] 在这三行诗中，拉金明确了艺术本身的力量——艺术被比喻为是可以发出独特声音的"舌头粗粝的钟"，向拉金做出了坚实的允诺，允诺其自我的独特性能够得到呈现。简而言之，拉金在艺术中发现了自我及经验世界对抗死亡以及由其导致的虚无的可能性——诗歌可以是永恒的

---

① Larkin, Philip. *Complete Poems*, New York: Farrar, Straus and Giroux, 2012, p. 30.

保证。那么，拉金的诗歌又是如何对抗死亡的呢？答案是他在写作中最大程度上保存了自我在日常生活世界中的经验。拉金在 1952 年 11 月 8 日写给莫妮卡·琼斯的信中说：

> 对于我来说，死亡是生活中最核心的（因为死亡会终结生命并且进一步灭绝恢复或补偿的希望，对于经验也是如此），所以对死亡和死亡影响的表达是文学的最顶点……死后一无所有。[①]

我们在第一章已经做出论证，拉金最为恐惧的是死亡造成的绝对虚无，"死后一无所有"。在这段话中，我们发现拉金判断文学的价值标准就是"对死亡和死亡的影响"。"表达"是一种行动，一种和"一无所有"相对的"有"的证明。拉金倾向于把文学作为对抗死亡的依据。如果说这一论据还不够直接，那么拉金在晚年，1977 年 8 月 12 日写给金斯利·艾米斯的信中透露出来的信息则有力支持了拉金试图以诗歌对抗死亡的观点。

> 诗歌，那只稀有的鸟，已经飞离了这扇窗子，现在在别的什么海滩上歌唱。换句话说，这段日子我一直在喝酒……早晨四点醒来，一直焦虑到七点。孤独。死亡。法律诉讼。天赋消失。法律诉讼。孤独。天赋消失。死亡。这些天我抑郁透顶。[②]

注意拉金在表达对死亡的恐惧时，他的前提是"诗歌，那只稀有的鸟，已经飞离了这扇窗子"。这证明了拉金在能够进行诗歌写作时，某种程度上是可以平衡与死亡的关系的，而反之则是无尽的焦虑和哀叹。对于拉金来说，诗歌显然是一种行动，是一种自我呈现与自我保存。死亡最大的威胁就是自我的泯灭，而对于拉金来说，诗歌恰恰是对抗死亡的依据，这也就是为什么拉金在《出场的理由》中强调艺术能够给予"独特性"以允诺。

1955 年，在回应德·约·恩赖特的约稿中，拉金对自己的诗歌观点做

---

① 原信收藏于牛津大学图书馆，转引自 Larkin, Philip. *Complete Poems*, New York：Farrar, Straus and Giroux, 2012, p. 495。

② 转引自 Larkin, Philip. *Complete Poems*, New York：Farrar, Straus and Giroux, 2012, p. 495。

出了解释，"我写诗是为了保存（preserve）我所看到、想到和感到的事物（如果我这样可以表明某种混合和复杂的经验），既为我自己，也为别人，不过我认为我的主要责任是对经验本身，我努力让它避免被遗忘。为什么要这么做，我也不知道，但我认为保存的冲动是一切艺术的根本"。① 1957年，在写给莫妮卡·琼斯的信中拉金再次强调了诗歌所应承担的责任和可行性："我认为对于生活唯一可做的事情就是保存它，如果你是个艺术家，可以经由艺术。"② 直到1983年，他去世前两年，接受《巴黎评论》采访时，拉金仍坚定地捍卫"保存"的价值，认为自己的诗歌"保存了经验和美"③。由此可见，拉金这种认识并不是偶然的，而是贯穿了拉金整个成熟时期的写作。"保存"（preserve）是这些讨论的关键词，清晰地为拉金及其诗歌所要负的责任做出了界定。

preserve：

1. To keep safe from harm or injury；to keep in safety，save，take care of，Guard.

2. To keep alive，keep from perishing（arch.）；to keep in existence，keep from decay，make lasting（a material thing，a name，a memory）.④

从OED（*Oxford English Dictionary*）释义来看，首先，"保存"意味着使事物避免伤害或消逝，确保其安全或存活。其次，"保存"这两个义项都是及物的，因此必须在宾语存在的前提下才可合语法地使用，并且从语义上来讲，在"我写诗是为了保存我所看到、想到和感到的事物"这句话中，作为主语的我（拉金）处于施动的地位，这就赋予拉金的写作以积极行动的意味。对于拉金来说，日常生活正遭受着时间的侵蚀，最终走向必死，

① Larkin，Philip. *Required Writing*：*Miscellaneous Pieces 1955 - 1982*，New York：Farrar，Straus and Giroux，1984，p. 79.

② Larkin，Philip. *Letters to Monica*. London：Faber & Faber Limited，2010，p. 222.

③ Larkin，Philip. *Required Writing*：*Miscellaneous Pieces 1955 - 1982*，New York：Farrar，Straus and Giroux，1984，p. 83.

④ 以上释义引自 Weiner，Edmund，and Simpson，John. *Oxford English Dictionary* 2 Edition V4. 0. Oxford：Oxford University Press，2009。

这决定了他要保存日常生活经验，确保其在消逝之后仍然存在于诗歌之中。这一观念从根本上确立了拉金诗歌的责任，造就了拉金诗歌的独特性。一般来讲，拉金成熟时期的诗歌往往是不回避和逃离日常生活世界的矛盾和缺陷，不指向超验世界，而这正是确立他诗歌的根本性依据。对于这一点，我们将通过对拉金在《让诗人选择》（Let the Poet Choose）中对济慈《希腊古瓮颂》（Ode on a Grecian Urn）"美和真"的戏谑性改写展开分析。之所以做这样的选择，是因为拉金在改写中明确提出了自己的诗歌分类，"美的诗"和"真的诗"，通过与济慈的对比，我们可以确定拉金的"美和真"与日常生活的关系，进而说明拉金对日常生活经验的保存。

> 它们（《一九一四》和《一无所获》）可以被看作我有时想自己写的两种诗的代表性作品：美的诗和真的诗。我一直相信美就是美，真就是真——这不是你们在世上所知道的、该知道的一切，我认为一首诗通常要么始于那是多么美的感觉，要么始于那是多么真的感觉。[①]

一　济慈：超验的"美和真"

济慈在《希腊古瓮颂》的结尾让古瓮说："'美即是真，真即是美'——这就是/你们在世上所知道的、该知道的一切。"[②] 对于"美和真"的深入讨论在 1817 年 11 月 22 日济慈给本杰明·贝莱（Benjamin Bailey）的信中就存在：

> 我对什么都没把握，只除了对心灵情感的神圣性和想象力的真实性——想象力所攫取的美一定也是真的——不管它以前存在过没有——因为就像对爱情的看法一样，我对我们所有激情的看法都是，它们发展到极致时都能创造出纯粹的美。[③]

[①] Larkin, Philip. *Further Requirements*: *Interviews*, *Broadcasts*, *Statements and Book Reviews*, London: Faber & Faber Limited, 2001, p. 39.

[②] 济慈:《济慈诗选》，屠岸译，人民文学出版社，1997，第 18 页。

[③] 傅修延编译《济慈书信集》，东方出版社，2002，第 3 页。

济慈在这段话中指出了他诗歌观念中极为重要的两个方面：首先，想象力是美和真的来源；其次，想象力攫取（seize）的"美"是真的，并且"美和真"都是本质的，纯粹的。这是济慈浪漫主义倾向的表现，是对想象力超越有限现实世界，把握超验永恒存在的肯定。济慈的这首《希腊古瓮颂》可以说正是他这一观念的具体体现，是想象力的产物，心灵受到触发后向超验世界的腾跃。

济慈选取"希腊古瓮"作为其歌颂对象，明显透露出艺术对抗时间消逝和死亡的意图。斯蒂芬·库特（Stephen Coote）曾指出，"这些瓶器是装填死者骨灰的"[1]，提洛塔玛·拉詹（Tilottama Rajan）也认为古瓮"十有八九是骨灰瓮"[2]。

济慈的"希腊古瓮"在诗歌中是一种超验存在，诗歌的发展也证明了这一点。在诗歌的第一节，济慈把古瓮比作"'宁静'的保持童贞的新娘，／'沉默'和漫长的'时间'领养的少女，／山林的历史家"。"新娘"和"少女"是处女形象，具备一种未经欲望沾染的纯粹性质，而"历史家"也因为其见证者和探究者的身份，是高于不断被时间侵蚀的现实存在的，因此，在诗人心灵中，"希腊古瓮"获得了抵抗时间流逝的力量，某种程度上指向了超验存在。接下来，济慈开始在想象中讲述古瓮上的场景：

> 绿叶镶边的传说在你的身上缠，
> 讲的可是神，或人，或神人在一道，
> 活跃在腾陂，或者阿卡狄谷地？
> 什么人，什么神？什么样姑娘不情愿？
> 怎样疯狂的追求？竭力的脱逃？
> 什么笛，铃鼓？怎样忘情的狂喜？[3]

古瓮上的场景济慈用一连串的疑问句构成。一方面，这些疑问当然可

---

[1] Coote, Stephen. *John Keats*: *A Life*, London: Hodder & Stoughton, 1995, p. 242.

[2] Rajan, Tilottama. *Dark Interpreter*: *The Discourse of Romanticism*, Ithaca: Cornell University Press, 1980, p. 133.

[3] 济慈：《济慈诗选》，屠岸译，人民文学出版社，1997，第 16 页。

以理解为济慈在面对古瓮呈现古希腊人神欢庆场景时情感和认知的激动的结果，但另一方面，济慈似乎又不确定，它们勾勒的是古希腊神人欢庆的场景吗？这种情感和认知的激动以及不确定混杂在一起，构成了一种深刻意味，引领着诗歌前进，即"古瓮"上的场景不是靠现实世界中的声音传递给人以领悟的，而是要靠"心灵"，类似于柏拉图"灵魂"对"理念"世界的触碰。

> 听见的乐曲是悦耳，听不见的旋律
> 更甜美；风笛呵，你该继续吹奏；
> 不是对耳朵，而是对心灵奏出
> 无声的乐曲，送上更多的温柔。①

现实世界中人的听觉最多只能达到悦耳的程度，而"古瓮"上那种听不见的旋律则会产生更多的"甜美"和"温柔"。这是否意味着它传递出来的是某种永恒的纯粹的超验存在呢？果然，"古瓮"上"树下的美少年……永远不停止歌唱"，"树木也永远不可能凋枯"，被情郎追求的姑娘"永远不衰老……永远美丽动人"，"幸运的树枝……永远不掉下你的绿叶，永不向春光告别"，音乐也是"永远新鲜的"，爱情"永远热烈，永远等待着享受"，"这一切情态，都这样超凡入圣"。总之，这一系列的"永远"让古瓮上的存在获得一种超出时间之外的力量，成为永恒超验性存在的代表，和现实世界的短暂和矛盾构成尖锐对比，并对现实世界构成一种抚慰，"永远不会让心灵餍足，发愁/不会让额头发烧，舌敝唇焦"。

在诗歌的第四节济慈首先想象了一幅祭祀的场景：祭司牵着挂满花环的牛，小城中的居民出城祭神，留下一座让读者颇为困惑的小城：

> 小城呵，你的大街小巷将永远地
> 寂静无声，没有一个灵魂会回来
> 说明你何以变得如此寂寥。

---

① 济慈：《济慈诗选》，屠岸译，人民文学出版社，1997，第16页。

诗歌似乎陷入一种寂寥之中，与前面"青葱的祭坛"所流露出的生机似乎格格不入。济慈在这里似乎暗示"古瓮"在抵达超验存在之后好像进入一种孤寂。克林斯·布鲁克斯（Cleanth Brooks）认为"它的街道'永远恬静'，它的荒凉永远是个谜。古瓮上刻画的仪仗队中没有人能够再回到小镇去打破这种宁静，也没有人能道出小镇为什么如此荒凉"[1]。傅修延认为"被时间遗忘的好处是可以'永远恬静'，但也意味着失去生气与活力……由狂欢到寂寥的环形组合，为的是揭示人生的美妙和虚幻"[2]。但不管怎样解释，济慈的情绪似乎突然转向了消沉。这种诗歌发展结构上的偏移造成了对诗歌最后一节的争论。[3]

> 啊，典雅的形状！美的仪态！
> 身上雕满了大理石少女和男人，
> 树林伸枝柯，脚下倒伏着草莱；
> 你呵，缄口的形体！你冷嘲如"永恒"
> 教我们超脱思虑。冷色的牧歌！
> 等老年摧毁了我们这一代，那时，
> 你将仍然是人类的朋友，并且
> 会遇到另一些哀愁，你会对人说：
> "美即是真，真即是美"——
> 你们在世上所知道、该知道的一切。[4]

在诗歌最后一节，济慈进入了一种确定的言说，似乎一下子从前面的消沉中挣脱了出来。"古瓮"抵达了超验的存在，尽管它是"缄口的形体"，

[1] 克林斯·布鲁克斯：《精致的瓮》，姜小卫、陈永国、王楠、郭乙瑶译，上海人民出版社，2008，第153页。
[2] 傅修延：《济慈评传》，人民出版社，2008，第284页。
[3] 围绕济慈《希腊古瓮颂》结尾的争议，最为有名的应该是艾略特的看法了。艾略特认为"重读《希腊古瓮颂》这一行诗（美即是真，真即是美）让我印象深刻，它是一首优美诗歌中的严重瑕疵；原因一定是我或者没读懂，或者它的表述不真实"。艾略特的批评终点在"表述不真实"上。为什么会显得不真实呢？一个合理的解释是，济慈在诗歌第四节中突然的消沉造成的，这种消沉难以让最后一节中确定的表述完全站立起来。
[4] 济慈：《济慈诗选》，屠岸译，人民文学出版社，1997，第18页。

"冷色的牧歌"，但不会和现实世界相分离，而是作为一种有效的启发性的抚慰力量作用于现实世界，以它本体性的存在和现实世界构成一种统一——"教我们超脱思虑"，"是人类的朋友"。由此，济慈引出了"古瓮"对人类的教诲，"'美即是真，真即是美'——/你们在世上所知道、该知道的一切"。这种教诲给出的是一种超验世界中的永恒存在，与现实世界中的有限性不同，它是可以克服时间和死亡的，并以自身的存在形成一种坚定的言说和抚慰。济慈对超验存在的追逐和柏拉图对理念的追逐颇有类似之处，因为他们都对世界的内在形式和结构感兴趣。由此，当济慈说出"美即是真，真即是美"时，发现他的美和真之间可以等值互换，也就可以理解了。因为，如果说"希腊古瓮"被设想成超验存在，那么它是本体性的，不是"模仿"的"模仿"，美的必然是真的，真的必然是美的，一旦美和真产生区别，那么就意味着某种程度上它变成洞穴中的阴影，是虚假的，有限的，相对的，和永恒的超验存在不相容。总之，济慈的"美和真"是超验性的。

二　拉金：反超验的"美和真"

在对于"美和真"的认识上，拉金和济慈存在着巨大的区别。拉金是通过对济慈"美和真"戏谑性的改写来显示自己对"美和真"的独特认识的。拉金不相信超验世界的存在，从哲学观念上来讲是经验主义式的，特别侧重于来自日常生活中具体可信的感觉经验。这一点与济慈和柏拉图对超验价值的肯定迥然不同。因此，拉金特别强调他保存的是"所看到、想到和感到的事物（如果我这样可以表明某种混合和复杂的经验）"，"美的诗"和"真的诗""通常要么始于那是多么美的感觉，要么始于那是多么真的感觉"。1981年，在接受约翰·海芬顿的访谈时，再次对"真"做出了说明，"我的意思是有什么东西在我的脖子里磨它的关节"①。这就意味着拉金"真的诗"和"美的诗"都是指向日常生活中可感的经验，而不是指向超验世界。在上面的引文中，拉金提供了两首典型的"美的诗"和"真的诗"，

___

① Larkin, Philip. *Further Requirements: Interviews, Broadcasts, Statements and Book Reviews*, London: Faber & Faber Limited, 2001, p. 49.

《一九一四》（MCMXIV）和《无需汇款》（Send No Money），另外，拉金在接受海芬顿访谈时，还提到"《纯粹的美》（Essential Beauty）是美的诗……《多克里和儿子》（Dockery and Son）是真的诗"①。我们可以把这四首诗分为两组进行对比，辨析拉金对美和真的认识。

首先，我们讨论的是"美的诗"，《一九一四》和《纯粹的美》。拉金的"美的诗"也和想象有关，但是他的想象和济慈的想象差异巨大，甚至可以说构成了绝对对立。因为拉金的想象无法像济慈的浪漫主义想象那样指向超验世界，而是指向日常生活世界，并且想象往往处于一种或必死或虚假的困境中，常常被拉金阻抑。

《一九一四》，按照拉金的说法，是"关于第一次世界大战的……或者更确切地说是关于1914年8月4日，那无可替代的世界走向终结的"②。诗歌的题目是具体的过去的时间，而"走向终结"，无疑意味着某种特别的生活已经消逝，无可挽回，而这种特别的生活在拉金看来是保留着"日不落帝国"传统的一战爆发之初英国的日常生活。《一九一四》包含着两个层面的想象：第一，诗歌本身是跨越时间对过去日常生活场景的想象，"回顾一战爆发前英国社会的纯真"③；第二，诗中排队参军的人对战争的想象。

第一次世界大战是一场残酷的战争，英国战死75万人，将近200万人受伤，几十万人致残，严重打击了英国国力，可以说是英国在世界范围内衰退的开始。另外，这次大战对英国诗歌的发展也产生了消极影响。拉金认为，一战中死去的诗人，某种程度上打断了英国诗本身发展的脉络。由此可见，一战在拉金心目中是一个巨大的创痛。但是，诗中描写的英国人并没意识到这一危机，还保持着一种单纯的态度。拉金在1975年《真正的威尔弗雷德④》中指出："今天要做出巨大的努力才能意识到1914至1915

---

① Larkin, Philip. *Further Requirements*: *Interviews*, *Broadcasts*, *Statements and Book Reviews*, London: Faber & Faber Limited, 2001, p. 49.

② Ibid., p. 85.

③ O'Neill, Michael, and Madeleine Callaghan. *Twentieth-Century British and Irish Poetry*: *Hardy to Mahon*, Vol. 20, Hoboken: Wiley-Blackwell, 2011, p. 168.

④ 此处指一战中战死沙场的英国诗人威尔弗雷德·欧文（1893-1918），以对一战残酷的诗歌表达闻名。

年间的男人们对等待他们的恐怖多么措手不及。"①

> 那些长长的歪扭的队伍
>
> 耐心站着，好像
>
> 他们被伸展在
>
> 椭圆板球场和维拉公园球场外，
>
> 帽子的高顶，太阳
>
> 照在留小胡子老式的脸上
>
> 他们笑着好像那只是
>
> 八月公假节的一场玩闹；②

诗歌的起点就是拉金对一个排队参军情景的想象性复现。他们只是戴着高顶帽留着小胡子的普通人，保持着对国家近乎盲目的爱，对于战争的残酷没有真切的认识③——队伍排在球场外，好像战争就是去看一场球赛，他们笑着，好像战争只是"八月公假节的一场玩闹"。这一切都被阳光照耀着，欢乐热切的人们无疑具备一种单纯之美。但是，拉金为这些对战争毫无准备、只是想象战争该如何的人，设下了机关。"被伸展"（were stretched）当然是一个对队伍的客观描述，但是"stretch"在除了"伸展"（To place at full length）之意外，还有"把（人）的四肢绑在拉肢刑架上（施刑）"的意思。拉金正是通过对"stretch"被动语态的使用，暗含了这些要上战场的人，面对的是一场酷刑，乃至死亡的命运。

紧接着，诗歌的第二和第三节，拉金描述的城里店铺关门了，呼应着人们参军的热情。著名人物的名字在褪色的遮篷上，人们使用的货币还是法寻和金榜币，玩耍的孩子们不在乎战争，他们的名字是"用国王和女王的名字命名"的，酒吧整天开着。所有人，除了要参加战争的人，似乎在

---

① Larkin, Philip. *Required Writing：Miscellaneous Pieces 1955 – 1982*, New York：Farrar, Straus and Giroux, 1984, p.236.

② Larkin, Philip. *Complete Poems*. New York：Farrar, Straus and Giroux, 2012, p.60.

③ 据克莱顿·罗伯茨等著的《英国史》，英国在第一次世界大战爆发后，英国公众欢呼雀跃，普遍存在一种狂热态度。

传统秩序下安静地生活着，不受战争影响。乡村也不在乎大战的爆发，自然不理会战争，田地还在生长，地界还延续着 11 世纪以来英王威廉一世的划定。阶级似乎也是凝固的，仆人们住在小屋中，在尘土中服侍着坐豪车的主人，历史的延续让一切如常，这些似乎和济慈在《希腊古瓮颂》中描述的人神欢庆的场景一样。但是，我们知道，拉金早在诗歌的开始就埋下了伏笔，战争远不是想象的那样，而是残酷的，毁灭性的。这一点在诗歌的第四节得到了验证。

> 再也没有那样的纯真了，
> 以前没有，以后也不会再有，
> 好像一言不发就把自己
> 变成了过去——男人们
> 留下整洁的花园，
> 成千上万的婚姻
> 多持续了一会儿：
> 再也没有那样的纯真了。[1]

那样的纯真消逝了。大战开始那种热烈的参与态度，城市乡村中传统的延续，"一言不发就把自己变成了过去"，都随着大战消逝了。男人们去参战，"留下整洁的花园"，这看起来仍然是美的，然而，"多持续了一会儿"的婚姻意味着等待他们的只是战场上的死亡，唯一的差别也许是早死晚死。在拉金看来，在他想象中的重现的过去这种纯真是美的，但这种美无法逃避必死的命运。这和济慈在《希腊古瓮颂》中的想象无疑差别巨大：拉金描述的是日常生活场景，人们参军，奔赴死亡，而《希腊古瓮颂》中描述的是人神欢庆的场景，在古瓮上演变成超验永恒的存在。

更为典型的是《纯粹的美》。这首诗关注的是日常生活中常见的广告牌。广告高于我们的生活。某种程度上来讲，我们可以把广告作为一种想象形式。作为现代资本推销其商品的手段，广告某种程度上要最大限度地

---

① Larkin, Philip. *Complete Poems*, New York：Farrar, Straus and Giroux, 2012, p. 61.

利用想象。一方面，广告本身是想象性的，在真实产品和广告描述之间存在着巨大的断裂。这是广告的策略。另一方面，广告利用制造出的神话诱使消费者产生消费欲望，而这种消费欲望本身和想象是分不开的，它要说服人们认同广告所宣扬的理想形式。波德里亚在其《消费社会》中指出"（广告）尤其意味着伪事件的统治……事实上它是在抹去其客观特性的基础上将其建构成这样的。它将其建构得和范式一样……既不让人去理解，也不让人去学习，而是让人去希望，在此意义上，它是一种预言性话语"[①]。建构和预言，与客观特性的分裂，波德里亚清晰辨识出了广告不切实际想象的特性。拉金在这首诗中针对的正是这一问题。

诗歌的题目正是取材于上文引用的济慈给贝莱的信。济慈的基本观点是"想象力"是可以"创造出纯粹的美的"，而这种"纯粹的美"是超验永恒的。拉金"读过济慈的书信，许多年前，可能正是这个短语陷入了……头脑之中"[②]，暗示自己无意识受到这封信的影响。另外，拉金在1964 年 BBC 的节目中指出，"广告对我来说似乎是美的，让我也古怪地感到悲伤，就像无限贬值的柏拉图式的本质"[③]。人们"把广告视为我们生活……的最高版本，忽视所有肮脏的琐碎事情"[④]。很明显，拉金对广告有一种不认可的态度，认为广告高于我们的日常生活，只是想象出来的类似柏拉图理念的贬值版本，遮蔽了日常生活中的真实。因此，我们可以确定拉金使用"纯粹的美"作为诗歌题目的意图是讽刺性的。

> 在大如屋子，朝向所有方向的框子中
> 巨大的面包堵住了街的尽头，
> 奶油蛋羹屏蔽了坟墓，对机油和鲑鱼块的
> 赞美遮盖了贫民窟，永远
> 闪耀着，这些清晰画出生活本该怎样的

---

① 波德里亚：《消费社会》，刘成富、全志钢译，南京大学出版社，2000，第 135~137 页。

② Larkin, Philip, *Complete Poems*, New York: Farrar, Straus and Giroux, 2012, p. 433.

③ Larkin, Philip, *Further Requirements: Interviews, Broadcasts, Statements and Book Reviews*, London: Faber & Faber Limited, 2001, p. 81.

④ Larkin, Philip, *Complete Poems*. New York: Farrar, Straus and Giroux, 2012, p. 433.

树林。在排水沟的上方

一把银刀沉入金色的黄油，

一杯牛奶站在牧场中，还有

和谐之家，在美好的

仲夏晴天，把他们的微笑，他们的汽车，

甚至他们的青春，归功于那些每一只手

都伸向的骰子。这些，还有和睡前茶杯摆在一起的

深深的扶手椅，光热条纹

（煤气或电的），四分之一轮廓的猫

偎依在温暖垫子上拖鞋旁边，

没有映出落雨绵绵的街道和广场①

    诗歌的第一节构筑了对立的两个世界。一个世界是广告的世界。广告的世界是美的，在广告框上有"巨大的面包"、"奶油蛋羹"、"机油和鲑鱼块"、"银刀沉入金色的黄油"、"牛奶站在牧场中"、微笑的有汽车的"和谐之家"，还有"和睡前茶杯摆在一起的深深的扶手椅"，甚至猫都以"四分之一轮廓"的形式精确地"偎依在温暖垫子上拖鞋旁边"。一切都是光鲜的、有序的、高品质的、关系和谐的。但是，拉金同样指出了另外一个世界，即被广告遮蔽的日常生活世界，它们是"坟墓"和"贫民窟"。两者之间的对立极其尖锐。广告告诉人们"生活本该怎样的"（how life should be），"should"暗示出生活事实上不如想象得那样美好，而在广告的遮蔽下，恰恰是死亡和贫穷。光鲜的广告"没有映出落雨绵绵的街道和广场"。因此，广告中的想象是无法和现实中的真实等值对应的。

它们统治着户外。更确切地说，它们安静地

升起，宣告纯粹的面包皮、纯粹的泡沫、

纯粹的冰冷，向着我们今生凝视尘世之外的

不完美的眼睛——寻找着这一切能栖息的家，

---

① Larkin, Philip, *Complete Poems*, New York: Farrar, Straus and Giroux, 2012, p. 69.

尘世之中没有什么能造得那么新，

洗得那么干净。那里，橡木黑暗的酒吧

填满了从网球俱乐部出来穿白衣服的人，

男孩在厕所里就要把心吐出来了

恰好错过他们，退休的人

多付半个便士为了要杯老奶奶寿衣茶

一尝老年的味道，还有垂死的烟鬼感到

她正穿过斑驳的公园走向他们

好像在水上，模糊的身影，

既没点亮火柴，也没靠近抽出一根，

现在她重新清晰站在那里，

微笑着，辨别着，渐渐变黑。①

　　"它们统治着户外"，广告作为一种想象性的美突出于日常生活世界，但日常生活世界中的现实中的真实却在不断做出反驳。广告给出的"纯粹"，只能修饰"面包皮"、"泡沫"和"冰冷"，在日常生活世界中"没有什么能造得那么新，/洗得那么干净。"不完美的眼睛只能接受世界的不完美，"男孩在厕所里就要把心吐出来了"，"退休的人/多付半个便士为了要杯老奶奶寿衣茶/一尝老年的味道"，痛苦和死亡追击着人们。最微妙的是诗歌的结尾，也许正被癌症折磨着的垂死的烟鬼与"她"的关系——"她"是谁？一个女性形象，走"在水上"，颇有耶稣显示神迹的意味。大卫·庞特认为"她"是"我们所有美好愿望和梦想的总和"②，不管怎样，"她"仍然是想象性的，尽管美，但并没有为烟鬼点火，抽出一支烟，只是"微笑着"，在现实和想象之间相互"辨别着"，彼此并不能认清对方，只能在渐渐变黑中进入了死亡，体现不出任何抚慰和救赎。

　　对比《希腊古瓮颂》中济慈所追求的"美和真"，我们明显可以发现，拉金想象性"美的诗"，是在日常生活世界展开的，它要受日常生活有限性

① Larkin, Philip. *Complete Poems*, New York：Farrar, Straus and Giroux, 2012, p. 69.
② Punter, David. *Philip Larkin：Selected Poems*, York：Longman. 1991, p. 31.

的制约，不能指向超验世界，即便指向，也要被拉金阻抑回来。拉金似乎在嘲讽济慈的"美和真"，对柏拉图的永恒超验的理念世界也表示怀疑。对于济慈或柏拉图来说，只有"纯粹的美"，理念中的美，才能对抗现实世界的混乱，赋予它们秩序与永恒，但对于拉金来说，这种观念无疑是痴人说梦，想象尽管很美，但是无效，人只能接受日常生活世界的矛盾和有限。

其次，我们讨论的是"真的诗"，《无需汇款》和《多克里和儿子》。拉金的"真的诗"的内涵其实在"美的诗"中有所涉及。我们注意到，拉金在《一九一四》和《纯粹的美》中，想象之美最终是要消逝的，或是虚假的、欺骗性的，与之对应的是拉金描述的日常生活中复杂和矛盾的真实。拉金的"真的诗"恰恰关注的是日常生活中真实——它们不回避矛盾，在绝对的超验价值丧失说服力后，人生真相必须在诗歌中得到诚实地表达。

《无需汇款》正是一首关于人生真相的诗。诗歌的题目"Send No Money"取材于 20 世纪 50 年代英国报纸上的广告。按照布斯的说法，是"一些让人尴尬的商品，比如疝气带，凭信用获取"① 的方式。和《纯粹的美》中对广告制造的想象性的幻象一样，这个广告词也具备同样的意义。拉金使用该广告词做题目是为了指明这种想象性的幻象是一种欺骗，欺骗和被骗在日常生活之中是一种真实的存在。

> 站在时间挂着表链的
> 逼近的肚皮下
> "告诉我真相"，我说，
> "告诉我万物运行的方式。"
> 那里所有别的小伙子
> 都渴望试一试，
> 但我认为渴望是不公平的：
> 它和发现冲突。②

① Booth, James. *Philip larkin*: *Writer*, Upper Saddle River: Prentice-hall, 1992, p. 151.
② Larkin, Philip. *Complete Poems*, New York: Farrar, Straus and Giroux, 2012, p. 70.

诗歌第一节给出了两个人格形象，一个是时间，一个是"我"。时间是一个高高耸立的形象，但他并不像一个超验的抚慰性的，更像一种欺骗成性的商人形象，因为他挂着表链，似乎又大腹便便。而"我"，则是一个追求真相（truth）的年轻人。对于"我"来说，这种追求极具紧迫性，这一点我们可以从"迫近"（impendent）和"我"的位置察觉到。"我"的问题是，他认为所有别的小伙子的跃跃欲试或者行动是无意义的，所有行动的结果，与事实的真相是冲突的，他试图深入世界的超验本质中去，这种本质是关乎"万物运行方式"的。在第二节，时间做出了回答。

> 于是他拍着我的脑袋，瓮声说，"孩子，
> 在你的眼中没有生机：
> 坐在这儿，盯着偶然的
> 冰雹把生活击打出
> 没人见过的形状——
> 你敢直视吗？"
> "哦，谢谢"，我说，"哦，我敢，请"，
> 于是坐下等待。①

时间的回答颇有深意。这种回答是诚实的吗？他让"我"等待，在等待中就会让"我"看到"偶然的/冰雹把生活击打出/没人见过的形状"，得到对生活的理解：生活是残酷的，"冰雹"的"击打"会塑造出特别的生活方式。"我"的回应是天真的，相信了时间的建议，坐下来等。

> 如今半生已过，
> 我在黑暗的早晨迎面遇上了
> 野兽般的面甲，在恰好发生之事
> 重击下内弯。
> 这证明了什么？什么都没有。

---

① Larkin, Philip. *Complete Poems*, New York: Farrar, Straus and Giroux, 2012, p. 70.

> 以这样的方式我消耗了青春，
> 追寻着那陈腐的，不可转让的
> 疝气带广告，真相。①

　　等待的结果是欺骗，时间的人格形象确实是一个商人，他的允诺什么都没有证明，就像"无需汇款"这句广告词一样，是一种幻觉，并没有超验的本真存在。"我"只是白白在等待中消耗了青春，让"我"在早晨碰到的"野兽般的面甲"（the bestial visor），这种非人的恐怖，丧失了别的小伙子那样行动的机会——他们不寻求超验的真相，只是想在日常生活世界中"试一试"（have a bash）。诗歌的结尾极其残酷，甚至让人难以忍受，没有超验的真相，只有发生在"我"身上的失败的真相。拉金在这首诗中发展了在《纯粹的美》中所指明的超验存在的虚假，提示人应该直入日常生活，即便日常生活要遭受欺骗和重击，这也是拉金对写作"真的诗"所提出的态度要求。

　　《多克里和儿子》正是这种直入的写作态度的具体表现。针对这首诗，拉金曾指出"一两年前，我访问我的学院，和我读书时任院长的一位老师聊到了一个男生……他的儿子已经在那个学院读书了。这让我思考我们过去的生活一定差异巨大……显示出不同的生活观念，我好奇这些生活观念来自于何方。这就是《多克里和儿子》要写的内容"②。拉金的这首诗涉及的内容正是日常生活中，在时间不断地流逝中和最终必死的命运下人的选择问题。这一问题在拉金的这首诗中得到了正视，不管在拉金看来多么消极，都被他诚实地表达了出来。

> "多克里比你年级低，
> 是吧？"院长说，"他儿子在这儿了。"
> 穿着丧服的，访客，我点头。"你
> 还和他联系吗——"或许记起我们

---

① Larkin, Philip. *Complete Poems*, New York: Farrar, Straus and Giroux, 2012, p. 70.

② Larkin, Philip. *Further Requirements: Interviews, Broadcasts, Statements and Book Reviews*, London: Faber & Faber Limited, 2001, p. 90.

穿着黑睡袍，没吃早餐，还有点醉意
是怎样站在那张桌子前，交代
"昨晚这些事儿""我们的版本"？
我推了推过去住的地方的门：

锁住了。①

　　诗歌始于拉金与院长的对话。直接把多克里和他的儿子引出。这是一个自问自答，拉金表示同意，认同了院长对多克里的描述。当院长继续询问，"你/还和他联系吗？"拉金陷入一种由"或许"引领的犹疑，这种犹疑有两个指向，首先他肯定不和多克里联系了，两个人自大学后就走上了不同的人生道路。其次，拉金在回忆多克里和他大学时的生活场景，这些场景是一些具体的生活细节构成的，但是同样被疑问所覆盖。这意味着拉金对过去有种疏离和无力感，回忆似乎无法构建出一个清晰的过去，果然，拉金推过去住的地方的门的结果是"锁住了"。

　　拉金继续被这种疏离感所纠缠。他过去学习的学院中的草坪和熟悉的钟声响起，但只是短促被提及。他坐火车离开，"没人注意"，而"运河、云朵和学院在视野中/慢慢沉降"。不仅仅是拉金在疏离过去，现实中他也在被疏离。一种普遍的人生经验被拉金勾勒了出来。但拉金还是被多克里的命运抓住了。"可多克里，天啊"，多克里的名字被呼出，引发了他对多克里选择的思考。拉金的思考仍然被一种不确定纠缠着，他小心翼翼地探查着，计算着多克里当年结婚生子的年龄和性格气质。但是，这种探查却被一种倦意打断。"那么多……那么少……"，时间带走的那么多，而留下的那么少，在省略号的牵引下，让拉金打了个哈欠，睡着了。然而，在谢菲尔德，这座钢铁之城，拉金在换车的间隙警醒了起来，明亮的月光就像一种暴露性的力量，把铁轨的交会分开清晰显示，把人生选择明确地摆在了拉金面前。由此，拉金从犹豫中被拉出，逐渐进入了清晰的沉思。

　　首先进入拉金沉思的是他自己的选择，"没有儿子，没有老婆，/没有

―――――――――――

① Larkin, Philip. *Complete Poems*, New York：Farrar, Straus and Giroux, 2012, pp. 65-66.

房子或地产似乎仍然合理"。他带着犹疑为自己的选择确立合理性，然而，这些选择在面对时间消逝的绝对困境时，带给他的却是震惊后的麻木。对比多克里，他确定自己要什么，早早结婚生子，与拉金的选择构成尖锐对比，但是，他认为多克里生儿子并不意味着增添什么，对他来说只是一种稀释，是无意义的。然而，拉金认为这并不是两个人的区别之所在，而是进入更为深层次的探讨。多克里何以对自己的选择如此确定？是什么导致了他的确定？拉金在疑问中展开对这一问题的思考。拉金认为多克里的选择不是来自自我真正的渴望，而是来自一种习惯，一种代代相传，自出生起就被灌输进头脑的一种假设性偏见。真正的渴望就像诗歌开始推不开的门一样，是无法触及的。基于偏见的习惯的选择却成为人生事实，而这样的人生事实在时间中不断积累，成为一种沉重的带有死亡气息的"沙云"。人生真相就是诗歌最后恐怖性的结尾。

> 生活首先是厌倦，然后是恐惧。
> 不管我们是否用过，它消逝，
> 留下避开我们选择的什么东西，
> 和岁月，之后仅是岁月的终结。①

不管怎样面对人生，它都会消逝，基于假设性偏见的选择为人留下的东西似乎并没有什么意义，因为最终的死亡会取消一切。这当然是一首极为残酷的诗，正是因为其残酷，才导致该诗很少被诗集选入。但拉金没有回避这些，而是确实指出了他所理解的人生真相，死亡会终结一切，不管如何度过生活。理查德·帕莫（Richard Palmer）认为这首诗"不断调整进入不同寻常的，动人的而冷酷的澄澈"②，这正是拉金"真的诗"中直面态度带来的真切感受。

"美的诗"的想象只能在日常生活世界展开，不能指向超验世界，并被复杂而矛盾的真实日常生活经验所反驳，它们是无法抵抗时间和死亡的，

---

① Larkin, Philip. *Complete Poems*. New York: Farrar, Straus and Giroux, 2012, pp. 66-67.
② Palmer, Richard. *Such Deliberate Disguises: The Art of Philip Larkin*, London: A&C Black, 2008, p. 99.

对于拉金来说，采用诚实，不回避的态度去面对它们造就了他的"真的诗"。因此，我们现在可以说，拉金的"美的诗"和"真的诗"，以及"美和真"总是和日常生活纠缠在一起的，超验世界对它们是无效的。由此，我们也就能理解拉金的"美就是美，真就是真"的区别划分了——美的不一定是真的，往往被真所反驳，而真的不一定是美的，真中往往存在着不美的成分。这一区分和日常生活本身充满矛盾的特性有关。海默尔曾指出"日常把它自身提呈为一个难题，一个矛盾，一个悖论：它既是普普通通的，又是超凡脱俗的；既是自我显明的，又是云山雾罩的；既是众所周知的，又是无人知晓的；既是昭然若揭的，又是迷雾重重的"①，日常生活经验本身就是"混合和复杂的"。正如我们在引言中所说的，拉金无法借助绝对超验存在把矛盾消弭，只能接受矛盾的复杂存在，这导致他的诗歌中的矛盾往往处于一种"既……又"和"既不……又不"交织的临界状态，任何一方都无法战胜对方，不是黑白分明的对立关系。这种临界的矛盾状态恰恰支持了拉金对"美和真"的区分，因为在超验世界，本体性的绝对存在，美和真是可以等值互换的，就像济慈在《希腊古瓮颂》中所指明的，"美即是真，真即是美"，但在日常生活中差异和矛盾才是最真实的存在。拉金所要的就是如实地保存它们，而不是通过他不再信任的超验世界做简单净化。

通过我们对济慈和拉金"美和真"的对比分析，我们可以发现，拉金特别注重日常生活，反对不切实际的想象。这种倾向在拉金的诗歌中并不鲜见，而是一种普遍特征。除了上文我们列举的拉金曾提及的"美的诗"和"真的诗"，这种特征也显现在其他诗歌之中，比如他的《铁丝网》（Wires）。

铁丝网

最广阔的牧场围着电篱笆，
尽管老牛知道它们一定不能乱跑
小公牛却总是闻到纯净的水的味道

---

① 本·海默尔：《日常生活与文化理论导论》，王志宏译，商务印书馆，2008，第30页。

不是这里而是别处。铁丝网之外

诱惑它们盲目撞上铁丝网
撕碎肌肉的暴力毫不宽恕。
小公牛在那一天变成了老牛，
电篱笆限制了它们最狂野的感受。①

　　《铁丝网》作于1950年，按照莱格特的说法，该诗和谚语"篱笆之外的草总是更绿"② 相关。这句英国谚语和我们常说的"这山望着那山高"意思颇为类似。确实，这首诗写出了对远离自己的生活总要比现在生活要好的怀疑。在这首诗中，我们可以发现两组对立的因素，其一是老牛和小公牛，其二是铁丝网之内和铁丝网之外。老牛和小公牛的区别是，老牛已经意识到铁丝网是危险的，暴力的，会毫不宽恕地撕碎它们的肌肉，造成猛烈的伤害，不会容许它们走出现有的活动范围，它们也接受了这样的事实，即"一定不能乱跑"。而小公牛则不然，"小公牛却总是闻到纯净的水的味道/不是这里而是别处"，它们充满了幻想，自身仿佛具备抉择的自由，可以走到铁丝网之外，对于铁丝网的暴力还没有认识。然而，就当这些小公牛盲目地碰上铁丝网之后，经验到铁丝网"撕碎肌肉的暴力毫不宽恕"，马上就使它们获得了老牛对世界的理解，从小牛转化成了老牛，意识到此处和别处界限的存在。铁丝网之内和铁丝网之外的区别则在于铁丝网内是安全的，而铁丝网外，即便那里真正存在"纯净的水的味道"（更好的生活），也被带电的铁丝网（某种敌对的力量）所阻隔，不能进入。正如上面我们所分析的，拉金通过这两组对立同样表达了人对超出日常生活界限的想象的怀疑，日常生活总是被某种界限所局限，这个界限充满暴力，人所做的是必须要谨守或远离这一界限。拉金本人的解释也印证了这种看法的有效性。在拉金1956年11月26日写给其情人琼斯的信中，他说"好吧，这是一首小诗：没有翅膀（no wings）"③。这句话似乎没提供什么有效的信息，

① Larkin, Philip. *Complete Poems*, New York: Farrar, Straus and Giroux, 2012, p. 35.
② Ibid., p. 368.
③ Ibid.

但是，如果我们细细分析其中"没有翅膀"（no wings）的含义，就会发现事实并非如此。"Wings"在这里首先指的是该诗采用的模式。布斯指出"这首诗……就像乔治·赫伯特（George Herbert）① 采用翅膀（wings）或圣坛（altar）形式写成的诗。拉金的形式更加隐秘"②。布斯认为《铁丝网》的翅膀形式主要表现在两个方面：其一，韵律，两节诗分别采用了 abcd 和 dcba 对称的韵脚（fences, stray, water, wires 和 wires, quater, day, senses），恰好形成对称翅膀的格局；其二，意义，第一节老牛的谨慎与小牛的莽撞构成对比，第二节小牛从莽撞变成熟，两节也构成对称翅膀的格局。拉金在这首诗中确实采用了翅膀的形式，但是，为什么拉金却说"没有翅膀（no wings）"呢？布斯没有继续分析。笔者认为，此处拉金同时利用了翅膀（wings）另一层隐含的意义，即翅膀作为飞翔的凭借，某种程度上可以视为想象的代名词。因此，当拉金说出"没有翅膀"之时，正是暗示琼斯这首诗的核心内容，即对超出界限的想象的不信任。

想象，是人类构成非现实精神图景的能力。按照这个解释，想象可以被视为超越现有时间和空间的心灵跳跃，它指向和构建出另一个时间和空间的精神世界。英国哲学家休谟在《人类理解研究》中指出"世上再没有东西比人的想象更为自由"③，认为人的想象力是非凡的，可以让人摆脱束缚，进入时空中最漫无边际的地方。但休谟还表现出对想象的怀疑④，在《人性论》中指出"我更倾向于完全不信任我的感官（或者宁可以说是想象），而不肯对它再那样绝对信任了。我不能够设想，想象的那样一些浅薄的性质，在那种虚妄假设的指导之下，会有可能导致任何可靠和合理的体系"⑤。休谟对想象的怀疑似乎回响在了拉金身上。对于济慈的浪漫主义想

① 乔治·赫伯特（1593-1633），英国 17 世纪玄学派诗人，其诗多涉宗教题材，形式格律富于变化，构思巧妙。
② Booth, James. *Philip Larkin*: *Life, Art and Love*, London: Bloomsbury, 2014, p. 157.
③ 休谟：《人类理解研究》，关文运译，商务印书馆，1997，第 45 页。
④ 按照雷德鹏的解释，休谟的想象有两种含义，首先想象是指心灵对简单观念进行复合（联系或联结）或创造的能力。正是在这种意义上，他提出了"记忆、感官和知性都是建立在想象或观念的活泼性上面的"这一重要论断。其次，想象是通常意义上的"幻想"、"幻觉"、任意虚构等。对于这种想象，休谟也是厌恶的、怀疑的。详见雷德鹏《论休谟想象学说的内在张力》，《现代哲学》2006 年第 3 期。
⑤ 休谟：《人性论》，关文运译，商务印书馆，1983，第 245 页。

象，叶芝的象征主义想象，拉金是极度不信任的。浪漫主义曾把想象推至一个极为崇高的地位，认为想象是抵抗机械理性、洞察世界神秘灵感和秩序的阶梯，是判断人基本价值的核心标准之一。叶芝延续了浪漫主义对想象的价值判断——通过想象构建了自己的神话体系，触及了超验的神秘体验。但是，对于他们的反对者拉金来说，无论是济慈的"美和真"还是叶芝的神话体系都是虚假的、模糊的、缺乏说服力的。简而言之，人可以依托的是包围自身的日常生活世界，而不是超验的不切实际的想象，一旦人陷入其中，往往受到欺骗和伤害，而不是所谓的自由或对神秘灵感的洞察，死亡不能凭借超验世界得到抚慰。

第二节　具体可感物质性的建立

在没有超验绝对价值的庇护下，日常生活必死，即日常生活经验在时间中不断被摧毁的命运激发他赋予诗歌以"保存"的责任，这就使他的诗歌充满日常生活的具体存在，呈现出强烈的具体可触摸的物质性。拉金的物质性诗歌让必死的日常生活进入并凝固在了诗歌之中，获得了永恒存在的权利。

一　物质性

日常生活本身是一种有限性的存在，必然会走向死亡。这一事实激发了拉金去保存日常生活中的点点滴滴。拉金诗歌的物质性正是日常生活本身在诗歌中具体而微的可感的存在。这种物质性是一种存在的权利，不被蔑视，不被抛弃，被诗人试图紧紧把握它的愿望所包围，而基于这种愿望，诗人把日常生活本身具体而微地呈现出来，似乎可以让我们把它们当作具体事物本身来触摸，触摸到渗透在它们中的种种复杂的关系，从而打开我们的认知和情感。① 杜夫海纳曾指出，文学作品的"意义不但像实物那样浓

---

① 本书所使用的"物质性"指向拉金的诗歌文本属性。拉金的诗歌文本充满了日常生活世界的细节，像物体一样存在，具体可感。需要注意的是，这里的物质性并不是非人的、先于语言喻说体系的"事物"，而是经由人主体意识积极参与的，蕴含着人的情感和认知，似乎像"事物"一样的存在。这种"物质性"与人息息相关，拉金的诗歌吸引读者的重要原因可能就在于此。

密，也像实物那样浑然"①，"实物"是形象的，诉诸感受的，这恰恰印证了本文对拉金的判断，具体而微的物质性取向正是拉金诗歌的本质特征之一。拉金在《年岁》中曾写道：

> 如今已有这么多的东西飘走了，
>
> 从我头脑的鸟窝中，这里，我必须
>
> 着手了解我留下的痕迹，不管是脚印，
>
> 或是动物的足迹，或是鸟儿精巧的爪痕。②

时间在带走我们所经历的一切，它们不可阻止地飘走，最终死亡。拉金的选择是动用自己的心智，在"头脑的鸟窝"中，把"痕迹"（prints）保留下来。"鸟窝"（nest）是孕育生命的地方，本身就暗示出自我与死亡对抗的意味。而"痕迹"也意味深长，不管是"脚印"、"足迹"和"爪痕"，都是某种确实的个体或群体，确实的行动，留下的确实的痕迹，但是行动的个体或群体和痕迹会消逝，并且痕迹本身也留下了内部的空缺。拉金要了解他所留下的痕迹，不只是仅仅保留痕迹，更是要填补这些痕迹，让踏下这些痕迹的个体或群体本身行动时的具体存在呈现在我们面前。拉金的很多诗歌中充满这样的具体存在，日常生活中的选择、爱情、风景、动物、病痛，甚至死亡都以可触摸的物质性打动着我们。

要进一步理解拉金的物质性，我们要从柏拉图和基督教谈起，正是这两大思想源流以及它们的失效造成了拉金对物质世界，也就是他书写的日常生活世界存在的关注，并力图在诗歌中赋予它们存在的权利。柏拉图对世界的基本观念是围绕"理念"展开的，对他来说物质世界具体的东西源于"理念"，人凭自己的感官觉察到的东西只是对"理念"的派生物，不能体验到真正的绝对。人必须透过现象看本质，从个别走向普遍，才能获得对超验实在的领悟，而超验实在无疑是凌驾于偶然的物质世界的。基督教的基本信条是围绕"上帝"这个超验存在展开的。上帝创世，上帝通过耶

---

① 杜夫海纳：《审美经验现象学》，韩树站译，文化艺术出版社，1996，第39页。

② Larkin, Philip. *Complete Poems*, New York：Farrar, Straus and Giroux, 2012, p.37.

稣的道成肉身，钉十字架，复活，为尘世赎罪，确立了救赎。这一模式和柏拉图的观念极为相似，不过基督教主要是通过信仰来完成的。不管怎样，上帝是凌驾于尘世之上的，尘世的价值远远无法与上帝的救赎相比。两种思想从根本上来讲对物质世界或尘世都是贬抑的。

　　拉金不相信柏拉图和基督教的信条。这一点我们在前面的论述中已有涉及。他在《纯粹的美》等诗中反驳柏拉图，在《信仰治疗》等诗中反驳基督教，从根本上来说，主要是因为拉金不满于柏拉图和基督教用超验绝对价值贬抑现实世界。但是，我们必须指出的是，拉金认为日常生活的必死不也是更为消极的一种贬抑吗？拉金曾声称自己"无意超越平凡，我喜欢平凡，我过着一种非常平凡的生活。日常事物对我来说是可爱的"①，这似乎与他对日常生活世界的悲观表达是矛盾的。事实上，这些看似矛盾的说法仍然是合理的。我们不能因为他写的一些作品消极就绝对否认他对日常生活的爱，因为如果无爱，也就意味着他无法鼓起任何勇气去保存自我经验到的日常生活，这种保存也就没有任何意义了。因此，对于拉金来说，日常生活不管是美丽的也好，丑陋的也好，他不想欺骗读者，欺骗自己，所要做的就是如实地呈现出来，保存下这个矛盾的日常生活世界具体存在，这就是某种程度上的拯救。

　　对于拉金诗歌的物质性，我们可以通过他的《婚前姓》和《在草地上》展开进一步的分析。《婚前姓》是拉金关于曾经的女友维妮弗雷德·阿诺特（Winifred Arnott）的。阿诺特 1954 年与杰夫·布拉德肖（Geoff Bradshaw）的结婚激发拉金写出了这首诗。拉金在给阿诺特的信中写到，"我很高兴你对未来的生活感到更安定了——婚姻是可怕的，如果你不能全心拥抱它的话就更糟糕了。我准备放弃我不合时宜的情感并祝你一切都好……我不期望再见你，但是我希望有一天可以。或者听到你的消息。在此，我献上深情的祝福"。② 尽管拉金祝福了阿诺特，但是对阿诺特结婚，他还是感到失落与抵触——两个人共同的经验面临着终结。英国存在婚后女方改男方姓

---

①　Larkin，Philip. *Further Requirements*：*Interviews*，*Broadcasts*，*Statements and Book Reviews*，London：Faber & Faber Limited，2001，p. 57.

②　Larkin，Philip. *Selected Letters of Philip Larkin*（*1940-1985*），London：Faber & Faber Limited，1992，p. 225.

的习俗，这让拉金意识到，阿诺特这个姓氏所面临的危险：

> 结婚让你的婚前姓废弃。
> 五个轻音不再意味你的脸，
> 你的声音，还有你所有优雅的变体；
> 因为自从你感恩地被习俗
> 与别的人弄混，你就不能
> 在语义上与那年轻的美人等同：
> 这两个词属于她的专用。[①]

拉金敏锐地感到语义上不再等同意味着能指和所指发生了分裂，从而，维妮弗雷德·阿诺特两个词的组合不适用于婚后的阿诺特了，而只能与过去的阿诺特的一些具体的物品在一起。

> 现在它成了无人适用的短语，
> 躺在你丢下的地方，散落在
> 旧清单，旧节目表，和一两件学校奖品，
> 和用格子呢缎带捆起的包包信件中——
> 之后它就没有味道，没有重量，没有力量，全部
> 不真实了吗？试着慢慢低声念它。[②]

拉金极为专注地列举这些平常的物品，"旧清单，旧节目表，和一两件学校奖品，/和用格子呢缎带捆起的包包信件中"。这些物品是过去两人生活的具体存在，是情感的积聚。拉金的列举本身就是对彼时情感经验的保存。尽管信件已经打包，成为过去，但是打包的具体形象却为情感存在提供了有力支持。果然，这种支持让拉金得到了一个极为肯定的结论。

---

① Larkin, Philip, *Complete Poems*, New York：Farrar, Straus and Giroux, 2012, p. 33.

② Ibid.

　　不，它意味着你。或者，因为你已过去，消逝，
　　它就意味着我们现在感到的是那时的你：
　　你那么美，那么近，和年轻，
　　那么生动，你或许还在那里，在
　　那些起初的一些日子，还没被再染指。
　　所以你的旧名庇护了我们的忠诚，
　　而不是失去形状，丢掉意义，
　　伴随你正在贬值的满载的行李。①

　　"它意味着你"，这些物品的存在意味着旧时的阿诺特仍然庇护着拉金的情感，而不致使名字变成一个空洞的词，"失去形状，丢掉意义"，而是以其自身的物质性的饱满对抗阿诺特婚后的一切——对于拉金来说，婚姻带给阿诺特的是"正在贬值的满载的行李"（depreciating luggage laden）。"laden"本身有"负重过重，使苦恼"的含义，"depreciating"是"正在贬值"，这些词的使用恰恰暗示了阿诺特婚后的物品积累远远比不上拉金和她恋爱时的积累。这有些偏执，但正是这种偏执赋予了拉金这首诗极为强劲的情感力度，而这种情感力度来自拉金对两人恋爱时具体物品物质性的确认。

　　《在草地上》也是一首颇具物质性的诗，是诗集《少受欺骗者》的压卷之作。该诗的书写对象是在过去赢得无数荣誉的赛马，和上面分析的《婚前姓》一样，拉金对赛马的情感认识也是在诗歌中，在今昔之间具体物质形象的描述和对比中展开的。

　　眼睛很难分辨出它们
　　从它们躲进的阴影里，
　　直到风吹乱了马尾和鬃毛；
　　之后一匹马啃草，走来走去
　　——另一匹似乎一直看着——

---

① Larkin, Philip. *Complete Poems*, New York: Farrar, Straus and Giroux, 2012, p. 33.

再次无法辨明地站着。①

　　诗歌起点是一个似乎无法辨别的情景。赛马躲在阴影中，只有凭风吹乱它们的"马尾"和"鬃毛"，以及它们自己的动作，"啃草"和"走来走去"来辨别。然而当这些风和行动停止时，它们再次"无法辨明地站着"。这种"无法辨明"（anonymous）是赛马现在具体存在的真切描写。它们在"很难分辨"中凸显，又进入"无法辨明"中，本身就是一种极为准确的物质性呈现，让我们似乎能够触摸到它们远离赛场后被疏离的状态，并为追溯它们的过去建立一个坚实的起点。

　　　　但十五年前，大概
　　　　两打间距②就足以
　　　　让它们成为传奇：奖杯赛，
　　　　大奖赛，和障碍赛依稀的下午，
　　　　靠着这些，它们的名字被巧妙
　　　　刻上凋谢的，经典的六月——

　　　　起跑处的丝绸赛马服：天空背景下的
　　　　号码和阳伞：外面，
　　　　一队队空汽车，和高热，
　　　　和乱草：之后长久的呼喊喧嚣飘荡直到
　　　　沉入街上的最新消息栏。

　　拉金把自己的描写转向了十五年前。十五年前的情景是分赛场内外两个场景展开的。赛场内是它们"两打间距"的领先，这一赛马术语的使用极为坚实，正是赛马确立自己荣誉的具体支撑，而起跑处的"丝绸赛马服""天空背景下的/号码和阳伞"，这些赛场内具体物品的列举似乎跨过时间的

———————————
① Larkin, Philip. *Complete Poems*, New York: Farrar, Straus and Giroux, 2012, p.45.
② 赛马比赛中到达终点的两马之间 20 马身以上的间距。

侵蚀重新唤醒了我们的眼睛。赛场外是"一队队空汽车，和高热，/和乱草：之后长久的呼喊喧嚣飘荡直到/沉入街上的最新消息栏"，这短短三行诗不仅仅把人们热烈参与赛马的场景精准复现了出来，还给出了赛事过程——赛事进行时一直喧闹，而赛事结束后，这些喧闹在赛马结果变成海报栏报道才停止。

> 回忆像苍蝇一样骚扰它们的耳朵吗？
> 它们摆动它们的头。薄暮包围了它们的身影。
> 夏天一个个都被偷走，
> 起跑门，人群和呼喊——
> 所有这些除了无烦扰的草场。
> 被载入年鉴，它们的名字活着……①

拉金进入了今昔混杂的考量。现在赛马们正被苍蝇骚扰，摆动着头。拉金揣摩着对过去的回忆是否也会像苍蝇一样骚扰它们，时间的消逝，今昔之间的鸿沟就被具体的苍蝇和摆头动作暗示了出来。紧接着是过去赛马经历到的具体场景，在时间的消逝中，"薄暮包围了它们的身影"，"起跑门，人群和呼喊"，一切都消逝了。但是它们被载入了年鉴，这是一种胜利，它们的名字和诗中消逝的具体场景，以及年鉴中的记录都构成一种物质性的存在，没有被时间彻底抹除。

> ……它们
>
> 已卸下它们的名字，自由地站着，
> 或者因必定的快乐飞奔，
> 没有一个望远镜看到它们在家，
> 或者好奇的秒表预测：
> 只有马夫，和马夫的杂工。

---

① Larkin, Philip. *Complete Poems*, New York: Farrar, Straus and Giroux, 2012, p.46.

拿着马勒在傍晚走来。①

它们现在也是具体的存在。过去的名字不再对它们产生影响了，它们作为马本身存在着——它们好像可以不被打扰地站着、奔跑，不必在人的驱使下去赛场上争夺荣誉，对它们来说这是一种自由。它们某种程度上也是孤独的，拉金用"只有马夫和马夫的杂工"来具体呈现它们的孤独。它们的自由和孤独也是具体可触摸的存在。这种物质性同样和过去的物质性一样，在拉金的诗歌中存在着，也获得了抵抗性的力量。与《婚前姓》中的具体爱情细节具体的物质存在一样，《在草地上》中赛马的今昔也是具体的物质存在，它们支撑着被时间消逝和必死侵蚀的日常生活，在诗歌中活生生地站立着。这绝不是对日常生活的贬抑，而是一种权利伸张，一种无法抵达超验价值困境下勇敢的抵抗。

二　诗歌获得物质性的方式

保存日常生活经验，拉金的这一诗歌使命强烈影响了他的诗歌品质，让他的诗歌具备强烈的物质性。物质性来自日常生活世界的有限性存在。对于拉金来说，日常生活中的人、事和物无一例外都无法像超验存在一样永恒高悬，而是活生生具体可感的，必然消逝和死亡的。为了对抗这一困境，拉金选择在诗歌中特别注重从包围自己的日常生活的具体经验细节中，从视觉、听觉、嗅觉、味觉和触觉具体感官出发来组织展开诗歌，让它们能留存在自己的诗歌中。在1983年接受《巴黎评论》访问时，他非常明确地指出诗歌的"职责是抵达原始经验"。② 这就决定了拉金倾向于对日常生活世界具体真实存在的观察、倾听、触碰，而不是通过对超验世界的想象展开写作。他必须让自我所经验到的日常生活以一种可碰触的具体物质形态停驻在诗歌之中，以此才能有效地对抗时间消逝带来的必死。

---

① Larkin, Philip. *Complete Poems*, New York: Farrar, Straus and Giroux, 2012, p.46.
② Larkin, Philip. *Required Writing: Miscellaneous Pieces 1955-1982*, New York: Farrar, Straus and Giroux, 1984, p.58.

对于拉金的这一诗歌倾向，最具启发意义的是他的《一位年轻女士相册上的诗行》（Lines on a Young Lady's Photograph Album）。这首诗是为他赢得声誉的诗集《少受欺骗者》（The Less Deceived）的开卷诗，很好地展示了拉金成熟时期诗歌的关注重点以及典型特征，是表明他诗歌观念的宣言性作品。《一位年轻女士相册上的诗行》是拉金写给自己的女友维妮弗雷德·阿诺特（Winifred Arnott）的，更为准确地说，这是一首关于阿诺特离开的诗。因此，这首诗的大背景是在时间流逝下、人生不同选择下，拉金和阿诺特的爱情不得不结束的事实。正是在这一背景下，拉金写下了这首诗以保存他们的爱情。

题目《一位年轻女士相册上的诗行》本身就对物质性的获取方式有暗示——相册中存放的是相片，相片本身是对日常生活细节的忠实记录，它们的排列就构成了一首诗，这是拉金选取这个题目的根本性理由。诗歌的第一节首先指明是相册本身的记录，"所有你的年岁"，不管是粗糙的还是光滑的，对拉金造成的冲击。这些照片都是阿诺特具体生活的记录，不过分称赞美的，也不回避丑的，统统摆在了拉金面前，它们不是抽象的情绪，而是作为具体的记录成为冲击拉金的力量来源，"太多的蜜饯，太丰富：/如此有营养的影响噎住了我"。

诗歌的第二节进入了视觉描写，他所看到的是一张张照片，而照片本身也是一种具体的视觉呈现。"我转动眼睛饥饿地寻找一个一个姿势——/扎辫子的，抓着不情愿的猫；/或者穿皮衣的，甜美的女毕业生；/或者举着一支垂头的玫瑰花的，/在棚架之下，或者带着呢帽的"，这些直观描写构成了引发拉金嫉妒的立足点，并确立了其合理性，使他的嫉妒似乎也变得极为具体可信，"尤其是那些让我不安的小伙子，他们懒洋洋/舒适地靠在你的早年：/完全不够你的档次，我得说，亲爱的"。这些可信的物质性描写，引发了拉金对摄影艺术的思考。

> 但是，哦，摄影！没有艺术
> 这样忠实和让人丧气！它把
> 灰暗的日子记为灰暗，把"茄子"记为假笑，
> 不会删除瑕疵污点

如晾衣绳，和豪尔粉刷广告板，

但显示了那只猫的不情愿，给那时的
双下巴打上阴影，于是
你的直率给予她的脸怎样的优雅！
怎样无法抗拒地说服你
那是一个真实地方的真实女孩儿，

在任何意义上都是经验真实！①

　　摄影在拉金看来是一门诚实的艺术，它不回避丑的，而是把发生在人生一瞬间的事件真实记录下来。灰暗的日子就记为灰暗的，摄影一瞬间的假装的笑容也不放过，"不情愿的猫""双下巴""晾衣绳""豪尔粉刷广告板"，都没有被蓄意抹除。尽管有些丧气，但它们是真实的，展现了"一个真实地方的真实女孩儿"，是经验中不容否认的真实。这些都未经美化，得到了拉金的赞赏。它们在诗歌中的出现，更证明了拉金在诗歌组织上倾向于去呈现这种具体的物质性的真实。这些经验中的真实无法逃避时间的侵蚀，都会过去，某种意义上等同于死亡，在现在和过去之间划出一道鸿沟。当它们被呈现时，一方面当然让拉金痛苦，因为它们"不会再拜访我们"，而是作为过去把我们"排除在外"，但是另一方面，它们被呈现也意味着被保存了下来，具体而微的存在又给予了拉金信心。

　　……总之，

浓缩无人可分享的过去，
不管谁是你的未来。沉静而干燥，
相册保存你如同天堂，你不变地
可爱地躺在那里，

---

① Larkin, Philip. *Complete Poems*, New York：Farrar, Straus and Giroux, 2012, p.27.

越来越小越清晰，随岁月流逝。①

在相册中，在诗歌中，女友的形象被保存了下来。它们在相册中的存在，"如同天堂"，"天堂"一词的使用意味着他对相册和诗歌的信心，意味着这样物质性的保存某种程度上获得了抵抗的能力，即便岁月流逝，它们"越来越小越清晰"，而这一切，完全依赖于拉金调动视觉，不管是诗歌中，还是相册中，对过去岁月消逝一切的具体化，依靠具体化所造成的物质性完成的。这是拉金诗歌的典型特征，他侧重于日常生活经验的收纳，少想象，即便想象，也不是指向超验世界的那种想象。这一点，我们可以更为清晰地在叶芝的《航向拜占庭》（Sailing to Byzantium）和拉金的《这里》（Here）的对比中得到说明。

《航向拜占庭》是叶芝 1927 年的作品。从题目简单来看，这也是一首关于去往某个地方的诗，与拉金的《这里》颇有相似之处。然而，如果我们考虑到拜占庭是东罗马帝国的首都君士坦丁堡的旧称，叶芝与拜占庭之间时间和空间上的距离，马上就能意识到，这首关于拜占庭的诗与拉金关于胡尔的诗之间必然存在着不同：一个指向彼时彼地的"那里"，另一个指向此时此地的"这里"。指向的不同，深刻体现了拉金和叶芝两人在观念上的差异。对于此时此地的"这里"的重视，意味着拉金对城市内外具体事实性经验本身的价值的承认，而对彼时彼地"那里"的重视，则意味着对此时此地的怀疑与对彼时彼地所代表的文化象征意味更感兴趣。叶芝对拜占庭有极强的热情。在其《幻象》中，他曾说："拜占庭以其物理力量的荣耀代替了从前罗马的华丽，拜占庭的建筑风格让人联想起圣·约翰《启示录》中的圣城。要是能到古代活上一个月，待在我所选择的地方，那我就住在拜占庭，稍早于查士丁尼开设圣·索菲亚教堂并关闭柏拉图学院时期。"② 在叶芝看来，查士丁尼时期的拜占庭是灵与肉、艺术与现实、物质和精神获得完美统一的理想圣地，而包围他的现实世界是堕落的，需要那个理想圣地来拯救的地点。

---

① Larkin, Philip. *Complete Poems*, New York：Farrar, Straus and Giroux, 2012, p. 28.
② 叶芝：《幻象》，西蒙译，作家出版社，2006，第 187 页。

那绝非老年人适宜之乡。彼此

拥抱的年轻人、那些渐趋灭绝

在树林中婉转放歌的鸟类、

鲑鱼溯洄的瀑布、鲭鱼麋集的海河，

水族、走兽、飞禽，整夏赞美

成孕、出生和死亡的一切。

全都沉湎于那感性的音乐

而忽视了不朽理性的丰碑杰作。①

　　正如上文所言，在叶芝和拜占庭之间是漫长时间和空间的距离，不可能像拉金那样依靠对此时此地具体的直接经验展开书写，而是要靠想象来克服这一问题。叶芝历来对想象极为重视，按照他在《幻象》献辞中的说法，"可以解放我的想象力，让它想创造什么就创造什么"，② 从而可以抵达他所渴望的抽象的思想系统。从诗歌的第一节开始，叶芝就展开了自己的想象。"那绝非老年人适宜之乡"，"That is no country for old men"，"country"不是适合类似于他这样的老年人的乡土，这似乎是指向他所生活的此世的，但是"that"一词却把他和此世拉开了距离，把他放到一个疏离的要做出整体判断的，而不是进入此世做细致具体体察的位置。接下来，叶芝通过列举展现了一个未摆脱欲望与生死的世界，"年轻人"、"鸟类"、"鲑鱼"、"瀑布"、"鲭鱼"、"海河"、"水族"、"走兽"和"飞禽"，所有这一切都置身于"成孕"、"出生"和"死亡"之中，不能摆脱"感性"的纠缠，而"忽视了不朽理性的丰碑杰作"正是给出了这个"country"不适合老年人的原因，毕竟在这样的"country"中是无法抵达最终的超验永恒之境的。那么，这里就有一个疑问了，既然叶芝列举了这个"country"中如此多的事物，那他不是做出具体的观察和描摹了吗？答案是否定的。我们注意到这些事物几乎是抽象的类别，比如"年轻人"、"水族"、"走兽"和"飞禽"表现得最为明显。因此，这些事物只是叶芝对此世抽象观念的附属物和想

① 傅浩编选《叶芝精选集》，北京燕山出版社，2008，第 146 页。

② 叶芝：《幻象》，西蒙译，作家出版社，2006，第 3~4 页。

象的产物，它们的出现不是为了赋予这些事物本身以意义，而是为了象征此世必死的困境以及表达对此世的拒绝。

> 年老之人不过是件无用之物，
> 一根竿子撑着的破衣裳，
> 除非穿着凡胎肉体的灵魂为全部
> 破衣裳拍手歌唱，愈唱愈响；
> 而所有歌咏学校无不研读
> 独具自家辉煌的丰碑乐章；
> 因此我扬帆出海驾舟航行，
> 来到这神圣之城拜占庭。①

在诗歌的第二节，叶芝继续强调此世不适合年老之人，而解决方案是灵魂的歌唱，歌唱"自家辉煌的丰碑乐章"。这一"丰碑乐章"和上一节"不朽理性的丰碑杰作"是一以贯之的，代表着一种超脱此世的不朽之境，可以对抗此世"凡胎肉体"速朽的泥淖。那么在哪里才能找到这种不朽之境呢？叶芝把答案指向了拜占庭。

"因此我扬帆出海驾舟航行，/来到这神圣之城拜占庭"，这是一个很典型的内在心灵想象的句子。叶芝把自己寻找不朽之境拜占庭的过程幻化成"扬帆出海"的旅程。叶芝曾对这首诗做出这样的解释，验证了我们的看法。"我正尝试去写自己心灵的状态，因为对于一个老年人来说塑造灵魂是恰当的，并且我已经把有关这一主题的想法写进了《航向拜占庭》。当爱尔兰人在阐释《凯尔斯书》和制造国家博物馆内的宝杖时，拜占庭已是欧洲文明的中心和精神哲学的源泉了，所以我用到那个城市的航行来象征寻求精神生活的过程。"② 象征往往和想象关联在一起，这一点与叶芝的象征主义倾向有关。象征主义是流行于 19 世纪中期至 20 世纪一战期间的欧洲流派，其基本信条是反对实证主义和自然主义，强烈怀疑以描画事物外观为

---

① 傅浩编选《叶芝精选集》，北京燕山出版社，2008，第 146 页。
② Jeffares, Norman A. *A Commentary on the Collected Poems of W. B. Yeats*, Stanford：Stanford University Press, 1968, p. 217.

主的艺术倾向，支持用个人内心的敏感和想象抵达隐匿于世界背后的超验秩序。理解了这一点，我们也就明白了为什么叶芝如此重视想象以及他在《航向拜占庭》一诗中试图表达的核心主题了。

> 啊，伫立在上帝的圣火之中
> 一如在嵌金壁画中的圣贤们，
> 请走出圣火来，在螺旋中转动，
> 来教导我的灵魂练习歌吟。
> 请耗尽我的心；它思欲成病，
> 紧附于一具垂死的动物肉身，
> 迷失了本性；请把我收集
> 到那永恒不朽的技艺里。①

　　诗歌的第三节可以看作叶芝抵达拜占庭的想象。首先需要申明的是，叶芝并没有对航向拜占庭的过程做具体的描写，而是让想象力直接跨越了自己和拜占庭之间时间和空间的鸿沟，这一点也说明了叶芝更注重隐藏在世界背后的超验秩序，而不是此世中具体的实存事物，和拉金耐心细致描写进入胡尔过程中的所见所感形成巨大的差异。"啊，伫立在上帝的圣火之中／一如在嵌金壁画中的圣贤们，／请走出圣火来，在螺旋中转动，／来教导我的灵魂练习歌吟"，这是一个向超出此在神圣力量的呼求，完全是内在激情在想象中的迸发。他呼求这一神圣力量让他摆脱此在，"把我收集／到那永恒不朽的技艺里"，很明显表现出的是他对"那永恒不朽的技艺"的迷恋，以及对此在世界的拒绝之意。

> 一旦超脱凡尘，我绝不再采用
> 任何天然之物做我的身体躯壳，
> 而只要那种造型，一如古希腊手工
> 艺人运用鎏金和镀金的方法制作，

———————
① 傅浩编选《叶芝精选集》，北京燕山出版社，2008，第147页。

以使睡意昏沉的皇帝保持清醒;

或安置于一根金色的枝头唱歌,

把过去,现在,或未来的事情

唱给拜占庭的诸侯和贵妇们听。①

在诗歌的最后一节,叶芝进一步展望了在抵达拜占庭后自己在艺术创作上应该发生的变化。"一旦超脱凡尘,我绝不再采用/任何天然之物做我的身体躯壳",对此在世界的具体事物的拒绝被叶芝再次强调,他所向往的是"依附于一只古希腊巧匠铸造的金鸟,借助艺术的力量获得不朽",而这些,仍然是来自叶芝的想象,不是他的直接经验——"我曾在某处读到,在拜占庭的皇宫里,有一棵用金银制作的树和人造的会唱歌的鸟。"② 这样的艺术创作相对于转瞬即逝的尘凡,因其背后含纳的超验秩序而获得了某种不朽的力量,战胜了此在具体事物被时间侵蚀的困境。

拉金的《这里》和叶芝的《航向拜占庭》同样是去往一个城市的诗,但是这只是表面上的相似。总的看来,相较于叶芝的诗歌,拉金更注重此在世界具体事物的意义和价值,超验世界的价值是可疑的,因此在他的诗中,更倾向于从现实世界经验中提取诗意,以具体的描写等手段组织诗歌,通过具体事物的物质性来支撑诗歌。在1962年写给康奎斯特的信中,拉金也印证了我们的判断,在他看来,《这里》是一首"朴素描写的诗"③。

《这里》完成于1961年,记录了拉金从伦敦返回胡尔一段旅程的诗。"我的意思是这首诗在颂扬一个地方,胡尔。胡尔是一个迷人的地区,和任何其他地方都不像。"④ 诗歌本身也证明了这一点。诗歌的题目"这里"本身非常明确地指向一个现实的地点。拉金所做的工作就是对"这里"展开细致入微的描写。

---

① 傅浩编选《叶芝精选集》,北京燕山出版社,2008,第147页。
② 转引自傅浩《叶芝评传》,浙江文艺出版社,1999,第184页。
③ Larkin, Philip. *Selected Letters of Philip Larkin* (1940-1985), London: Faber & Faber Limited, 1992, p. 346.
④ Larkin, Philip. *Further Requirements: Interviews, Broadcasts, Statements and Book Reviews*, London: Faber & Faber Limited, 2001, p. 59.

　　　　转向东，从丰富的工业阴影

　　　　和整夜向北的车流；转向穿过

　　　　太稀疏和长着蓟草不能称之为草场的田地，

　　　　偶尔经过命名粗糙，黎明时

　　　　庇护着工人的小站；转向天空

　　　　和稻草人的孤独，干草堆，野兔和野鸡，

　　　　还有缓缓出现渐宽的河流，

　　　　堆积的金云，点缀海鸥的闪亮淤泥，

　　诗歌始于拉金在火车上对郊野的观察。火车是运动的，正是在运动中，拉金不断变换着视角，纳入那些让自己感兴趣的场景："阴影"、"田地"、"小站"、"天空"、"稻草人"、"野鸡"、"干草堆"、"河流"、"鸥鸟"以及"淤泥"等。这些事实性的存在（不是抽象的类别概念）没有因运动被抛诸过去，而是带着一种孤独的安宁意味被保存在拉金的诗中，在他的精确描写下获得了凝固的效果。

　　　　聚向一座大城的惊奇：

　　　　这里的圆屋顶和雕像，尖塔和起重机簇拥

　　　　在撒着谷物的街边，驳船拥挤的水旁，

　　　　还有来自新住宅区的居民，被

　　　　偷偷摸摸的无轨电车经数英里直接运来，

　　　　拥进玻璃旋转门抵达他们的欲望——

　　　　廉价的套装，红色的厨具，漂亮的鞋子，冰棒，

　　　　电动搅拌机，烤箱，洗衣机，烘干机——①

　　　　削价的人群，城里的但朴实，住在

　　　　只有推销员和亲戚才来的地方

　　　　在停车范围之内，沿街传来

---

① Larkin, Philip. *Complete Poems*, New York: Farrar, Straus and Giroux, 2012, p. 49.

鱼腥味船的牧歌，奴隶博物馆，
文身店，领事馆，头戴围巾讨厌的妻子；
而远在它已抵押的半完工的边缘之外
是快速阴影遮蔽的麦田，涌动高如绿篱，
是隔绝的村庄，孤独净化……

从诗歌的第二节，拉金进入了城市，他使用的手法仍然是直接描写。"圆屋顶"、"雕像"、"尖塔"、"起重机"、"街边"和"驳船"，"来自新住宅区的居民，被/偷偷摸摸的无轨电车经数英里直接运来"等，这些都是视觉景象，似乎很客观，没有什么态度可言，但是，它们的出现本身就与上一节某种程度上的孤独的安静形成了对比，表明城市是聚集人群欲望之地，而这一切都是经由具体的事实性存在显明的。接下来的"廉价的套装，红色的厨具，漂亮的鞋子，冰棒，/电动搅拌机，烤箱，洗衣机，烘干机"一系列商品的密集列举更是强化了城市的质感。不仅仅是视觉，拉金也调动了嗅觉来抓取经验，比如，"沿街传来/鱼腥味船的牧歌"，则是来自真实的胡尔的味道。另外，"鱼腥味船的牧歌"和"奴隶博物馆"的存在也为城市增添了时间深度，给出了一个更广阔的存在背景。

在诗歌的第三节，拉金又把视线投向了郊野。在郊野是"快速阴影遮蔽的麦田，涌动高如绿篱，/是隔绝的村庄"，在这些描写中又回响起诗歌第一节中蕴含的那种孤独安宁意味。而在诗歌的第四节，拉金踩着前面具体坚实的描写铺垫进入了某种沉思之境。

……这里寂静
像热气静止。这里树叶在忽视里变浓，
隐藏的野草开花，被疏忽的水流加快，
充满光亮的空气升起；
而穿过罂粟花淡蓝的模糊区域
那块土地突然终止在身影和卵石的
海滩之外。这里是不设防的存在：

面对太阳，沉默寡言，遥不可及。①

尽管这种沉思颇有迷幻之意，但仍指向"这里"。自然存在物"树叶"、野花、"水流"、"空气"和"罂粟花"等本身的生长和流逝，进入一种自足，孤独，但不失生机的状态。尽管"面对太阳，沉默寡言，遥不可及"，"不设防"，但"这里"还是存在着。斯托科维奇认为《这里》的结尾有超验性，笔者认为这是一个误解。首先，正如上文所言，结尾仍然是指向"这里"的，不是超验的世界。其次，也是最重要的原因，即对"不设防"的理解。"不设防"恰恰证明了"这里"仍然是无法摆脱时间的侵蚀的，与超验世界的绝对永恒是对立的。

从整首诗来看，我们可以获得这样的结论，拉金正是依靠视觉和嗅觉等日常感觉经验的收纳完成了对"这里"（胡尔）的描述。在诗歌的发展过程中，我们可以发现，拉金描述的所有事物不是漫无边际，无意义的，相反，正是依靠这些专注的描写，凸显了"这里"的具体物质形象，使拉金的认识逐步渗透了出来，最终抵达本诗的结尾，打开了诗意舒展的空间。这是依靠人对日常生活的具体经验，而不是超验想象展开诗歌的方式，正是这种方式让拉金的诗歌充满可触摸的物质性，完成了对日常生活经验的"保存"，抵抗了时间的侵蚀，让它们不被遗忘。在拉金成熟时期的诗歌中，这一特征是非常典型的。他的《相册》、《去教堂》、《我记得，我记得》、《布里尼先生》、《降灵节婚礼》、《去海边》、《消逝，消逝》、《大楼》和《周六会展》等都是很好的例证。这些诗集中对于日常生活经验的描摹，不断在描摹中对经验本身进行思考，最终完成了对日常生活经验的"保存"。最为极端的是他的《周六会展》，在物质性的追求上达到了顶点。这首诗出自拉金生前最后一本正式出版的诗集《高窗》，其时他已接近暮年，死亡的迫近对这一诗歌倾向的激发是无与伦比的。诗歌的题目"周六会展"（Show Saturday）就显示了呈现周六会展本身具体细节的意图，而诗歌对会展具体活动细节事无巨细地呈现也证明了这一点。

《周六会展》是拉金1974年的作品。按照莫辛的说法，这首诗源自拉

---

① Larkin, Philip. *Complete Poems*, New York：Farrar, Straus and Giroux, 2012, p.49.

金陪伴情人莫妮卡·琼斯去诺森伯兰郡参加伯灵汉姆会展（Bellingham Show）① 的经历。诗歌的整体结构非常清晰，有两条时间线索，首先是小的时间单位，周六一天会展的开始到结束，其次是更大的时间单位，一年一度会展的举行和结束。《周六会展》充满了具体形象的细节，按照时间的发展被拉金精密地嵌入诗歌。我们举该诗的第三节为例来说明这一问题。

> 摔跤开始了，不久；一大圈人；之后是汽车；
> 之后是树；之后是暗淡的天空。两个年轻人穿着杂技演员的紧身衣
> 饰花的身体紧抱彼此；在草地上摇晃，
> 紧绷着腿，两人扭打。一个摔倒：他们握手。
> 又有两个开始，一个灰白头发：他赢了，不过。他们没有过多争斗
> 当长久静止的拉拽紧抱终止于失衡
> 一个躺倒，没有受伤，而另一个站着
> 理顺他的头发。但那里还有其他能手儿——

　　时间的流逝被"不久"（late）和"之后"（then）标示了出来。而两场摔跤的具体活动也被拉金精准的视觉描写呈现了出来，"杂技演员的紧身衣"、"饰花的身体"、"在草地上摇晃"、"紧绷着腿"、"握手"、"灰白头发"、"一个躺倒"、"没有受伤"和"理顺他的头发"，这些活生生的细节都获得了具体的，甚至可触摸的物质性。整首诗中充满了这样的细节，比如第一节中的"狗（把它们的腿后缩，伸出尾巴）"等；第二节中的"一个帐篷卖粗呢套装，另一个卖夹克"等；第四节中的"发白的大葱像教堂的蜡烛"等；第五节中的"一群年轻人怒吼他们比赛的小马"等；第六节中的人群在展会结束后要回去的家，"高高的只有一条街的石头修的村子"等以及第七节中的"货车上的专名，挂在厨房里的商务日历"等。布斯曾认为此诗过于雍滞，不是一首好诗。恰恰相反，笔者认为这首诗是拉金晚年最好的诗之一，因为它把拉金保存日常生活具体存在的诗歌观念推至了

_____

① 伯灵汉姆会展（Bellingham Show）是英国诺森伯兰郡当地的盛事，每年八月的最后一个周六举行，吸引近万人去观看表演和比赛，至 2015 年，已举办了 172 届。

顶峰，其物质性几乎是拉金所有诗歌中最强的，并且在诗歌的最后，再次申明了自己的保存意图，"让它永存在那里"。按照莫辛的说法，"以祈祷结尾"。① 如果我们了解到这是一首拉金晚年的诗歌，那么就可以意识到他的祈祷所携带的抵抗死亡意愿的强度。

> 回到来临的冬天，就像被解散的展会本身
> 凋谢，返回工作的场所。
> 让它如利润一样隐藏在那里，在
> 销售账单和欺诈之下；人们做事情，
> 没有注意到时间滚动的炉烟
> 如何投下了更大的阴影；他们分享的东西
> 自祖辈每年打入
> 重生的聚会。让它永存在那里。②

简而言之，拉金往往采用经验主义的方式，对日常生活世界展开具体现实的描摹，从而让诗歌充满具体可感的物质性，把自我及自我经验的世界用诗歌凝固下来，以此来抵抗死亡的威胁，而叶芝则不同，他更倾向于用想象来组织诗歌，最终的目的是逃离日常生活，突入他认为具备绝对确定性的超验世界。这是两位诗人之间最重要的区别之一，体现了他们在诗歌中对抗死亡根本观念和方式的差异。

小　结

拉金对抗死亡的方式是通过诗歌写作保存日常生活，让自我及经验世界真实地存在于他的诗歌中。这一点，我们可以从他对"美和真"的认识中得到体察。相较于济慈对超验世界的渴望，对想象力可以抵达超验世界的信心，拉金更专注于此在日常生活世界，对济慈的看法持怀疑态度。拉

---

① Motion, Andrew. *Philip Larkin: A Writer's Life*. London: Faber & Faber Limited, 1993, p.
② Larkin, Philip. *Complete Poems*, New York: Farrar, Straus and Giroux, 2012, p. 93.

金通过对济慈的"美和真"的戏谑性改写，发展出了"美的诗"和"真的诗"两组概念。对于拉金来说，"美的诗"是和想象有关的诗，但是他的想象只能在日常生活世界中展开，而不是指向超验世界，指向超验世界的想象往往被他所列举的真实的日常生活经验所反驳，"真的诗"往往是指向日常生活真实状态的诗。拉金采用诚实和不回避的态度来面对充满矛盾的，有限的，必死的日常生活，最真实的存在。他的诉求就是诚实地保存它们，让它们进入诗歌，以抵抗死亡的侵袭。由此，拉金常常从具体的日常生活经验出发，采用具体描摹的方式，把日常生活经验凝固到诗歌中，使诗歌获得了强烈的具体可感的物质性。这无疑是一种对死亡的抵抗和胜利，因为自我及经验到的日常生活在诗歌中获得了永恒存在的权利。希尼和米沃什对拉金对待死亡消极态度的激烈批评确实是深刻的洞察，但是，这种洞察不能不说仍带有偏见的色彩，并没有完全进入拉金诗歌的真义。我们必须意识到，对于拉金来说，强颜欢笑是不真实的，而写作本身，不管是悲观的还是快乐的，只要基于真实去表达，去保存，就是一种积极的行动。

第四章　抵抗死亡的读者：在阅读中长存

诗歌保存了拉金的经验，同时，拉金也特别重视读者的作用。本质上讲，这一倾向也与死亡有关。拉金期望读者能在诗歌阅读中"复制"他所经验到的一切，对他诗歌的原义做同一性的阐释。这一诗歌诉求塑造了拉金的诗歌。拉金诗歌中常常存在从"我"到"我们"，主体和客体统一，读者与作者融合的过程。这意味着拉金的自我经验世界可以在读者的阅读中得到延续，某种程度上获得了永恒性，避开了死亡的侵蚀。简而言之，读者的同一性阐释让拉金对死亡的抵抗获得了更多有效的支撑。

第一节　读者：抵抗死亡的重要环节

拉金对读者投入了大量关注。在拉金看来，他的诗歌与现代主义诗歌之间的差异之一就在这里，即现代主义诗歌的精英主义倾向，高度的实验性，复杂的技巧，繁复的用典，造成一种远离读者的艰涩难解，只有接受高等教育的精英读者才能读懂。对于拉金来说，这无疑是对普通读者的漠视和侮辱。拉金主张采用传统的形式，尤其是乔治王朝诗歌和哈代诗歌清晰具体的表达方式，这样，普通读者就可以更为顺畅地进入诗歌，体现了他对普通读者的尊重和维护。

> 有时候我想象他们（读者），沉闷的笨嘴笨舌的男人，股票经纪人，售货员……老去的丈夫和尖刻的老婆……服用避孕药眼神冷冰冰淫荡女儿的父亲……吸大麻穿牛仔裤胡子邋遢的儿子。①

---

① 转引自 Tierce, Mike. "Philip Larkin's 'Cut-Price Crowd': The Poet and the Average Reader," *South Atlantic Review*, Vol. 51, No. 4, 1986, pp. 100–101。

但是，傅浩在《英国运动派诗学》中进一步指出，运动派诗人（包括拉金）虽然注重普通读者，但是本身也带有强烈的精英主义色彩，和读者的关系并没有表面上看起来那么平等，"他们之关心读者与后现代主义——读者反映论之重视读者的阅读经验在创造作品的意义的过程中的作用不同，乃是要求读者被动地接受他们所划定的意义，也就是说，他们只要求读者'听懂'他们所告诉的，而不许读者有自己的创造性解释"。① 这一洞见清晰反映了 20 世纪以来西方文学批评理论从专注作者到专注文本，又转向读者的大趋势。那么，为什么拉金在如此重视普通读者的同时，仍然坚持对读者要给予指导，似乎对作者的中心地位不肯让步呢？这看似矛盾的态度实际上和死亡紧密相关。拉金本质上把读者的阅读视为自己保存冲动的延续，这就意味着读者是拉金对抗死亡、拯救自我及经验世界不可或缺的一个环节。

拉金在《快乐原则》中通过对"三个阶段"的分析清晰指明了自己写诗的动因、诗歌（文字装置）和读者三者之间缺一不可的整体关系。

> 就拿写诗来说吧，它包含三个阶段：首先是当一个人对某个情感意念着了迷，并被纠缠得非得做点什么不可的时候。他要做的是第二个阶段，也即建构一个文字装置，它可以在愿意读它的任何人身上复制这个情感意念，不管在任何地点或任何时间。第三个阶段是重现那个情景，也即不同时间和地点的人启动这个装置，自己重新创造诗人写作那首诗时所感受的东西。这些阶段是互相依存和缺一不可的。如果没有起初的感觉，就没有东西可供那个装置去复制，读者也就体验不到什么。如果第二个阶段做得不好，那个装置就不能交货，或只会把很少的货交给很少的人，或在一个短得荒谬的时期之后停止交货。而如果没有第三个阶段，没有成功的阅读，就很难说那首诗实际上存在着。②

① 傅浩：《英国运动派诗学》，译林出版社，1998，第 66 页。
② 菲利普·拉金：《菲利普·拉金诗论小辑》，周伟驰、黄灿然译，《书城》2001 年第 12 期。

首先，诗歌来自真实的情感意念的触发；其次，构建一个读者可以理解的诗歌装置；最后，存在可以启动诗歌装置的读者。我们可以注意到，在第二阶段，诗歌作为一种文字装置必须具备能够使读者"复制"诗人情感意念的功能，而在第三阶段，必须存在可以"复制"重现诗人在诗歌中表达情景的读者，没有第三阶段，"没有成功的阅读，就很难说那首诗实际上存在着"（no successful reading, the poem can hardly be said to exist in a practical sense at all）。显然，读者不是一个无足轻重的角色，而是涉及诗歌实际存在与否的问题。我们姑且不理会拉金使用"no"、"hardly"和"at all"所流露出的断然态度，仅仅集中于"exist"展开讨论。"exist"在 OED（*Oxford English Dictionary*）中有四种解释。

    exist：

    1. To have place in the domain of reality, have objective being.

    2. To have being in a specified place or under specified conditions.

    3. To have life or animation; to live.

    4. To continue in being, maintain an existence.[1]

从具体上下文来看，拉金的意思是诗歌如果没有读者阅读的话，就处于一种不存在的状态。我们很难讲拉金更倾向于哪一个义项，但是诗歌丧失读者就不能被视为一种持续实存，显然也就丧失了活力。不存在带有强烈的死亡意味。联系上文对拉金"保存"冲动的分析，我们能够理解，对于拉金来说，诗歌写作是一种对抗日常生活必死的行动。拉金之所以如此诚实地面对自我及经验到的日常生活世界，在诗歌中保存具体可感的事物，写出颇具物质性的诗歌的原因就在这里。因此，当拉金说出诗歌丧失读者就意味着诗歌不存在时，我们似乎不能不从对抗死亡来考虑他的意图。拉金强调"任何人"（读者）可以"在任何地点或任何时间"从诗歌中"复制"他的"情感意念"，本质上涉及的是关乎他诗歌中保存的自我以及自我

---

[1] Weiner, Edmund, and Simpson, John. *Oxford English Dictionary* 2 Edition V4.0, Oxford: Oxford University Press, 2009.

经验到的世界是否能在一代代读者通过"复制"达到某种意义上延续的问题——日常生活的必死迫使拉金以诗歌来抵抗，诗歌通过读者的阅读"复制"他保存的日常生活经验达到持续存在的整体对抗设想。

在该设想中，如果任何一个环节出现问题，就意味着拉金的失败。这一观念在拉金 1976 年（《快乐原则》发表于 1957 年）接受 BBC 访问时表达得更为清晰。

> 我写作肯定是为了被读到，写出的东西没有人读没什么道理可言……你努力用语言创造什么东西将会在别的没见过你本人，和很可能不生活在相同文化社会中的人中得到复制，别的人将会阅读获取曾迫使你写诗的那些经验。这是某种经由再次创造导致的保存，如果可以那样说的话。①

在这段话中，作者、作品和读者三者之间的关系非常明晰。简而言之，就是作者把"迫使你写诗的那些经验"保存进作品，读者通过"复制"这些经验"导致的保存"。我们在本文第三章曾详细论证过拉金对于"保存"的认识，即对抗死亡。在这里，拉金非常明确地把读者的"复制"与"保存"紧密联系到了一起，那么读者就必然是拉金对抗死亡的依据之一，必不可少的重要环节。拉金曾特别强调"诗人和读者之间根本的关系，和他（诗人）与语言媒介的搏斗一样"②，"艺术家和素材以及艺术家和读者之间"③存在着紧张的关系。之所以如此，和拉金被死亡紧紧纠缠不能说没有关系，毕竟作者与作品和读者的关系涉及抵抗死亡的最终效果。

从上面的论述来看，我们可以发现，对于诗歌与读者的关系，拉金集中于"复制"和"再次创造"上。比如，上面提到的，诗歌要能让"愿意读它的任何人身上复制（reproduce）这个情感意念，不管在任何地点或任

---

① Larkin, Philip. *Further Requirements: Interviews, Broadcasts, Statements and Book Reviews*, London: Faber & Faber Limited, 2001, p. 106.

② Larkin, Philip. *Required Writing: Miscellaneous Pieces 1955 - 1982*, New York: Farrar, Straus and Giroux, 1984, p. 92.

③ Ibid., p. 294.

何时间"，而读者要能"重现那个情景……自己重新创造（re-creating）诗人写作那首诗时所感受的东西"，以及"你努力用语言创造什么东西将会在别的没见过你本人，和很可能不生活在相同文化社会中的人中得到复制，别的人将会阅读获取曾迫使你写诗的那些经验。这是某种经由再次创造导致的保存，如果可以那样说的话"。"复制"和"再次创造"发生于愿意读他的诗的"任何人"身上，在"任何地点或任何时间"上展开，这就意味着拉金诗歌中所保存的日常生活经验通过读者在不同空间和时间中得到了"保存"，某种程度上就获得了对死亡的胜利。

那么拉金是如何理解"复制"和"再次创造"的呢？"复制"（reproduce）和"再次创造"（recreate）在 OED（*Oxford English Dictionary*）中相关的释义如下。

reproduce：

1. To bring again into material existence; to create or form anew; spec. in Biol. to form（a lost limb or organ）afresh; to generate（new individuals）.

2. To produce again by means of combination or change.

3. To create again by a mental effort; to represent clearly to the mind.

recreate：

1. Also re-create; to create anew.

2. To restore to life, revive. [①]

从以上释义来看，"复制"和"再次创造"一方面可以指原样再现；另一方面也有创新的可能。那么，拉金是更倾向于读者严格按照他保存的日常生活经验的原貌进行精确复制，还是允许读者进行创造性发挥呢？拉金的意愿是倾向于前者。这一倾向在他下面的这段话中获得了清晰的显现。

---

① Weiner, Edmund, and Simpson, John. *Oxford English Dictionary* 2 Edition V4.0, Oxford: Oxford University Press, 2009.

我倾向于非常轻柔地牵着读者的手进入诗作，说，这是最初的经验或对象，而现在你瞧，它使我想到这、那和别的，然后渐渐达到精彩的结尾——我是说，这就是那么一种模式。我想，其他人会直接从离地面数码的高处起飞，而指望读者最终会追上他们。①

在这段话中有两点非常值得注意。首先，拉金"牵着"读者的手进入诗作，不断指点读者，这就意味着他并不希望读者脱离他诗作的原意。其次，他指给读者看的是"最初的经验或对象"，即他在诗歌中试图传达的本意，来自他已经具体化的日常生活经验，似乎并不希望读者有其他的或超验的理解。从根本上来讲，拉金的诗歌诉求是让被死亡威胁的日常生活经验得以保存，而读者的阅读是日常生活经验的重现，或者说在场。在场意味着短暂存在的显现和延续，意味着对死亡的胜利。具体来讲，就是读者以诗歌为中介使拉金的自我及经验世界不断复现，进入一种连续永恒的存在。我们当然理解诗歌必须首先能够保存日常生活经验才能确立坚实的立足点，正如我们在第三章中所论述的拉金诗歌的物质性。但我们也必须意识到，仅仅做到这一点是不够的，读者持续不断的阅读也是必要条件，不可或缺的环节。

傅浩指出这种关心读者的方式"与后现代主义——读者反映论之重视读者的阅读经验在创造作品的意义过程中的作用不同，乃是要求读者被动地接受……所划定的意义……只要求读者'听懂'他们所告诉的，而不许读者有自己的创造性解释"。② 这一评论反映了拉金在"复制"和"再次创造"上要求精确的倾向，也是包括拉金在内的运动派诗学精英主义的表现，其弊端在于"读者得到了帮助和知道，但他的想象自由却被剥夺了，阅读乐趣也必然因此大减"③。莫里森也有类似的看法，认为拉金有操控读者的嫌疑。④ 这种对拉金精英主义的批评背后隐藏的是作者和读者之间的权力博

---

① 转引自傅浩《英国运动派诗学》，译林出版社，1998，第 62 页。

② 傅浩：《英国运动派诗学》，译林出版社，1998，第 66 页。

③ 同上书，第 65 页。

④ Morrison, Blake. *The Movement*: *English Poetry and Fiction of the 1950s*, New York: Oxford University Press, 1980, p. 144.

弈，从根本上来讲，是 20 世纪文学批评理论向读者转移的表现，认为读者
有权做出自己的解读。这确实是一个有效的解释，但是，鉴于拉金对于死
亡的恐惧以及强烈的对抗意识，他对读者的"操控"，要求读者精确"复
制"他诗歌中所保存的日常经验的倾向，就有了另外一层含义，即他希望
通过存在于不同时间、不同地点，甚至不同文化传统下的读者的阅读，在
"复制"中延续他所经验到的一切，最终进入永恒。

　　这某种程度上就是一种对抗死亡的"复活"，但我们必须在"复活"之
上打上引号。之所以这样做是为了指明拉金从读者那里获得的"复活"不
是一种超验性质的复活。我们通过上文的分析已经知道，拉金试图保存的
日常生活经验是不回避有限性的，日常生活的具体存在在时间消逝中的死
亡被他诚实的描摹具体化，造成一种颇具物质性的诗歌。由此，他期望读
者"复制"，绝不是为了让读者进入超验存在，而是为了让读者体验和理解
到自身的有限性，并诚实面对。我们对比基督教中的"复活"就可以体察
到这种差异的巨大。"复活"是基督教教义的核心之一。其基本认识是人因
最初的错误，从永恒的伊甸园中被放逐，堕入有限性之中，而这种分裂是
悲剧性的。耶稣基督道成肉身，被钉上十字架，使上帝体验到了人的有限
性并以自己的血洗了人的罪。在钉上十字架之后三天，耶稣基督的复活为
人给出了救赎的可能，即人可以经由对上帝的信仰超越有限性，进入天堂，
永恒的存在。当然，基督教内部对人复活的认识并不完全一致。比如奥利
金（Origen），这个具有强烈柏拉图倾向的神学家，就"认为复活的身体完
全是灵魂的"[1]。奥林匹斯的美多迪乌（Methodius of Olympus）则认为"复
活应被视为是人类构成因素的一种'重新排列'……任何的缺陷和污点都
将被去掉"[2]。彼得·伦巴德（Peter Lombard）也认为"身体将会毫无瑕疵
地复活，像太阳一样发光，因为所有的畸形都已被切除"[3]。这种对人复活
的讨论甚至具体到了不同年龄死去的人复活时的年龄问题。伦巴德就认为
人在 30 岁时身体发育达到顶峰，因此"一个一出生就死掉的男孩将会以他

---

① 阿利斯特·麦格拉斯：《天堂简史》，高民贵、陈晓霞译，北京大学出版社，2006，第
　　32 页。
② 同上书，第 33 页。
③ 同上书，第 34 页。

30 岁可能会有的样子而复活"。关于复活的观念是五花八门的,但共同点在于复活后人是无瑕疵的、永恒的、永远摆脱了有限性,超脱了现实世界的苦辛。这一点和拉金通过读者获得的复制性的"复活"是有本质区别的。拉金的"复活"不是以新的身体进入永恒的天堂,而是保持着有限性的具体存在在读者阅读过程中的复现。这正是我们为拉金的"复活"打上引号的原因。

第二节　理想读者:在阅读中实现主客体统一

通过上面的论证,我们可以理解到读者是拉金抵抗死亡必不可少的一个环节。对于拉金来说,理想的读者就是那些能够精确复制他原义,不做曲解的人。这些读者要能进入他所提倡的"最初的经验或对象",而进入的方式得到了拉金诗艺上的支持。因此,在他的诗歌中,我们常常可以发现从"我"到"我们",让读者接受他的自我,实现主体和客体的统一,读者与作者融合的发展过程。

一　理想读者:抵达原义的人

那么,拉金理想的读者是什么样的读者呢? 按照上面的论述,就是那些能最大限度"复制"他原义的读者。拉金本人经常对学院派的研究者持批评态度,其批评焦点正是他认为有些研究者经常曲解自己的研究对象。比如,在《安德鲁·马维尔变换的面孔》(The Changing Face of Andrew Marvell) 一文中,他指出"可以肯定的是批评家之间的争吵集中于……曲解安德鲁·马维尔的诗行"[1],而在《资助诗歌》(Subsidizing Poetry) 中,他也谈到批评家的死亡方式往往是模式化的,而在学校里和批评家走得过近的诗人往往会深受其害,认为受害的原因就是"诗源于别的诗,而不是个人的非文学的经验"。罗伯特·克劳福德(Robert Crawford) 认为拉金

---

[1] Larkin, Philip. *Required Writing*: *Miscellaneous Pieces 1955 - 1982*, New York: Farrar, Straus and Giroux, 1984, p. 248.

"喜欢……嘲笑自身所处的学术环境"①，显然这一看法不是无来由的。但是，拉金的说法有些极端，对于从事学术研究的学者来讲确实不公，学术研究本来就是倾向于从具体的文学存在中抽象出规律来的，至于这种抽象认识是否有存在的价值，不在于它们是由谁发出的，而是是否准确地说明了文学现象。因此，我们必须意识到，拉金从根本上批评的是曲解，他希望获得的是真正理解他的读者的认可。

首先我们从不理想的读者谈起。拉金曾写过一些直接与读者相关的诗，其中以《小说和大众读者》（Fiction and the Reading Public）和《后代》（Posterity）最为典型。我们可以首先以它们为例来说明拉金具体批评的是哪些读者。《小说和大众读者》，从题目来看，这首诗似乎讨论的是文学与普通大众读者的关系。② 拉金尊重普通读者，致力于与他们建立畅通的联系。这首诗似乎正是反映了拉金的这一倾向。但是，如果我们细致分析的话，就会发现显然不是。

小说和大众读者

> 给我个刺激，读者说，
>
> 给我个乐子；
>
> 我不在乎你是怎么成功的，或者
>
> 选了什么主题。
>
> 选那些你完全了解的
>
> 听起来像是真的生活：
>
> 你的童年，你爸爸挂了，

---

① Waterman, Rory. *Belonging and Estrangement in the Poetry of Philip Larkin*, RS Thomas and Charles Causley, Ashgate Publishing, Ltd., 2014, p.12.

② 吕爱晶认为"诗中的发话者是普通读者的代表。该诗道出了读者的审美乐趣"，以此来说明拉金倾向于社会大众的读者观，进而又论证了这种读者观与拉金"崇尚真挚情感，素朴语言的写作风格"。详见吕爱晶《菲利浦·拉金的"非英雄"思想》，博士学位论文，中山大学，2010年，第165页。笔者认为这种观点合理性不够，难以和诗歌本身流露出的嘲讽语调兼容。和本文一样，麦克·蒂厄斯（Mike Tierce）也曾针对这首诗指出，"拉金承认自己的文学声誉控制在评论家手中"，准确地识别出了诗歌中的发话者。详见 Tierce, Mike. "Philip Larkin's 'Cut-Price Crowd': The Poet and the Average Reader," *South Atlantic Review*, Vol.51, No.4, 1986, pp.104-105.

你怎么和你老婆睡觉。

但那还不够，除非
你让我感觉爽——
不管你正"努力表达"什么
让它能被明白
"什么"上帝编织的情节，
让"一切都圆圆满满"，
我们可以安静躺在我们的床上
不"抑郁"。

因为这买卖我说了算：
我付你工资，
写评论和护封上的废话——
所以别再看着沮丧
现在呈上你的兴奋劲儿
否则就太晚了；
只要让我高兴两代人的时间——
你就是"真正伟大的"。

　　首先，从诗歌中的一些细节来判断，这位读者极有可能是从事文学研究的学者，并不是一般意义上的未受过专业学术训练的普通读者。比如，他认为自己在文学这项事业中处于主导地位，是"说了算"的，所做的工作有"写评论和护封上的废话"。其次，这位读者的身份也许不是最核心的问题，重要的是拉金在这首诗中对他流露出强烈的嘲讽意味。诗中读者的语调是轻浮的，他要求的是"刺激"（thrill）和"乐子"（kick），他要求作家写只要"听起来像是真的生活"，只流于表面的"你的童年，你爸爸挂了，/你怎么和你老婆睡觉"，似乎不愿深究生活本质的意义，对于作家"'努力表达'什么"他采取无所谓的态度，只要让他"感觉爽"，让"一切都圆圆满满""我们可以安静躺在我们的床上/不'抑郁'"即可。我们知道，拉金对于他所书写的内容采取的是一种诚实的态度，是否能"一切都圆圆满满"和读者"不抑郁"并不是他所追求的目标，他真正的目标是希望读者能够理解到生活的真相，不管是积极的也好，消极的也好。因此，读者要求安静地躺在床上不抑郁，无疑是一种满足于浅层需要的自我欺骗，这是拉金不能接受的。拉金对诗中读者不能接受的另一点是该读者认为自己决定着作家要写的内容和掌控者作家最终价值的评判权。他认为自己付作家工资，只要作家能取悦他，他就能决定作家是不是真正伟大。总的看来，拉金对于浅层取悦和以浅层取悦为标准的文学价值判断持一种嘲讽态度，这样的读者无疑是他不认可的。如此，我们也就能理解为什么在写给莫妮卡·琼斯的信中称《小说和大众读者》是"一首我的讽刺诗"① 了。

《后代》是拉金较晚期的作品，收录于诗集《高窗》。对于这首诗，拉金在写给理查德·墨菲（Richard Murphy）的信中曾指出，"如果杰克·巴洛克夫斯基的描述不够公平，那么我表示遗憾。正如你所理解的，这首诗的意图是想象一个讽刺性的处境——某人身后的名声不被人信任，完全不像他自己应该的那样"。② 讽刺，当然有自嘲的味道，但是这首诗更多的是针对杰克·巴洛克夫斯基，他想象中的传记作者的。巴洛克夫斯基之所以遭到嘲讽是因为他所理解的拉金与拉金本身之间存在巨大的分裂，即"完全不像他自己应该的那样"。

后代

杰克·巴洛克夫斯基，我的传记作者，
把这一页缩微拍摄了。坐在
他在肯尼迪装了空调的小屋里
穿着牛仔裤和运动鞋，他已经不用隐藏
对他命运的些许不耐烦了：
"我被这老鬼缠了至少一年了；

---

① Larkin，Philip. *Complete Poems*，New York：Farrar，Straus and Giroux，2012，p. 487.
② Osborne，John. *Larkin*，*Ideology and Critical Violence：A Case of Wrongful Conviction*，Basingstoke：Palgrave Macmillan，2008，p. 211.

我曾想在特拉维夫教书，

可迈拉家的伙计们"——他做了个钱的动作——

"一定要我拿到终身教职。当有了孩子——"

他耸了耸肩。"臭死了，这个研究线索；

只要让我搞定了这杂种，

我就有两三个学期的休假

　

搞抗议剧院的事儿了。"他们两个站起来，

朝着可乐售货机走去。"他怎么样？"

老天啊，我刚告诉你了。哦，你知道这种东西，

从大一新生心理学课本中那种破烂货，

不是什么真刺激或者正流行的什么——

就是一个天生乱七八糟老土的家伙。①

　　按照诗歌中的提示，巴洛克夫斯基是一个非常专业的读者，他就职于大学之中②，从事的是学术研究工作，为拉金做传记。但是，这项工作对于巴洛克夫斯基来说却是一种折磨，"我被这老鬼缠了至少一年了"。他的理想是摆脱这种烦人的研究，去特拉维夫教书，但是妻子迈拉的家人不同意，希望他能拿到终身教职，摆脱经济上的困扰，养孩子，使他难以脱身。这种理想和拉金在《癫蛤蟆》中对工作的态度颇有异曲同工之妙，在那首诗中，拉金把工作比作无法赶走的癫蛤蟆。问题的核心在巴洛克夫斯基对待拉金的态度上。他认为为拉金做传是一个糟糕的研究想法，"臭死了，这个研究线索"，而对于拉金本人，他的态度是厌恶的。"这杂种"，"大一新生心理学课本中那种破烂货"，"不是什么真刺激或者正流行的什么"，"就是一个天生乱七八糟老土的家伙"，一系列否定性的判断显示他对拉金的不理解。这样的不理解显然不符合拉金对自己理想读者的期望，即巴洛克夫斯

---

① Larkin, Philip. *Complete Poems*, New York: Farrar, Straus and Giroux, 2012, p. 86.

② 博内特认为拉金很有可能想象巴洛克夫斯基在位于加州的约翰·肯尼迪大学工作。汉密尔顿也认为巴洛克夫斯基是个美国学术贩子。详情请参阅 Hamilton, Ian. *Keepers of the Flame*: *Literary Estates and the Rise of Biography*, London: Faber & Faber, 2011。

基的判断与拉金对自身的判断存在严重分裂，没有从对拉金的研究中"复制"出拉金的原义。

简而言之，拉金对于这些追逐粗浅和心不在焉的读者并无多少好感，两者的共性无疑是对拉金真正严肃认真的思考都是漠视的、不理解的，难以承担从拉金的诗歌文本中精准还原其意图的责任。

反过来讲，拉金理想的读者是那些能真正精准还原其意图的人。我们以他的《欺骗》（Deceptions）为例来说明这一问题。之所以做出这样的选择，是因为拉金这首诗源于他对亨利·梅休（Henry Mayhew）《伦敦劳工和伦敦的穷人》（*London Labour and the London Poor*）的阅读。我们可以从拉金本人作为读者处理与过去文本的关系的具体表现中揣摩他对自己读者的要求。

拉金引用的是一个少女被骗强奸，最终沦为妓女的故事。故事的大致线索是一个十六岁的多塞特郡女孩儿去到伦敦拜访姑妈，自己夜里去了几次城市的下流地区，被一个假装生了急病的男人骗到附近一座房子中，下药强奸，最终沦为妓女。梅休在访问她时，她已经四十多岁了。她告诉梅休，"你们这些家伙有头衔，有名气和同情心，然而却不能理解像我这样被从人群中逐出的人。我没有感觉，我已经习惯了"。① 这是一段极为痛苦的话，并且某种程度上暗示了读者的重要性：当少女说出自己不被理解的痛苦时，她是作为客体存在的，以梅休为代表的主体"你们"是与之分裂的，而梅休的写作恰恰意味着对少女的"不被理解"的理解，说明主体和客体之间发生了关系，建立了有效的理解路径。这种理解路径的建立本质上和读者阅读诗歌是类似的。基于这种理解，少女的痛苦得以在梅休的作品中得以呈现，恰恰使必然被湮没的少女获得了拯救，或者说心同此理的悲悯。拉金面对梅休这个故事片段，写下这首诗，似乎正是源于这种关系在他内心的激荡。

欺骗

当然我被下了药，昏昏沉沉，直到第二天早晨我才恢复意识。我

① Mayhew，Henry. *London Labour and the London Poor*：*A Cyclopaedia of the Condition and Earnings of Those That Will Work*，*Those That Cannot Work*，*and Those That Will Not*，New York：Cosimo，Inc.，2009，p.241.

吓坏了，发现自己被毁了，好几天我痛不欲生，哭得像个要被杀了或
送回姑妈家的孩子。

——梅休《伦敦劳工和伦敦的穷人》

即使如此遥远，我也能尝到这悲痛，
苦涩锋锐裹着草茎，他让你哽住。
太阳偶尔的足印，轻快短暂的
车轮声的撕咬从屋外沿街传来，
那里新娘般的伦敦拐上了另一条路，
还有光，无法反驳，高远，广阔，
禁止这伤口愈合，把羞耻
从遮掩中逐出。一整天悠闲的日子
你的心打开如装刀子的抽屉。

贫民窟，岁月，已埋葬了你。我不敢
安慰你，就算我能。能说什么呢，
除了受苦是真确的，但在
欲望统治一切之处，阅读就会更无定？
因为你很难在意
你是少受欺骗的，在那张床之外，
比他，蹒跚着爬上气闷的楼梯
闯入孤寂阁楼的满足。①

　　首先，我们来看诗歌的题目和引文部分：《欺骗》应和了他所读到的故
事，一个女孩儿被欺骗强奸沦为妓女的悲惨命运，而引文部分则是女孩儿
的表述，全部是自己在被强奸后痛苦感受的具体呈现。那么，拉金是如何
看待这一发生在 19 世纪的事件呢？在诗歌的第一节，拉金首先把自己的感
受和女孩儿的痛苦联系到了一起，他极为肯定自己是能感到对方的经验，

---

① Larkin, Philip. *Complete Poems*, New York：Farrar, Straus and Giroux, 2012, p. 41.

"即使如此遥远，我也能尝到这悲痛，/苦涩锋锐裹着草茎，他让你哽住"，即便两者之间的时间跨度达到两百年之久。紧接着，拉金跨过时间，进入了对女孩儿遭强奸后外部环境的具体描写，屋外阳光照耀，投下"足印"一样的阴影，车轮声传来，外界似乎和她的遭遇没有什么关系，如"新娘般的伦敦拐上了另一条路"（Where bridal London bows the other way）。"bridal"，意思为"新娘的，婚礼的"，婚礼后的性生活一般导向的是幸福，和女孩儿被强奸构成尖锐的对立，两者的差异就是两条人生道路的差异，女孩儿走向的是沉沦。这个句子无疑是拉金对女孩儿命运充满痛苦同情的理解的表现。"还有光"，如果说光是一种肯定性的力量的话，那对于女孩儿的痛苦来说却是相反的，它是暴露性的，女孩儿只能感到自己被强奸的羞耻感无法隐藏，痛苦在她的心中"打开如装刀子的抽屉"。这一极为具体现实的比喻准确地把握住了女孩真实的感受。

诗歌的第二节，拉金首先写到"贫民窟，岁月，已埋葬了你"（Slums, years, have buried you），"贫民窟"和"岁月"都是复数形式，显示出拉金和女孩儿之间时间巨大跨度，而"埋葬了你"暗示出女孩的痛苦是一种不得不承认无法安慰的痛苦事实。果然，拉金认为自己不敢安慰她，即便能，似乎暗示出安慰都是虚假的、无力的，因为伴随女孩的只有"真确的"（exact）的"受苦"（suffering），这一态度和女孩儿告诉梅休的，"你们这些家伙有头衔，有名气和同情心，然而却不能理解像我这样被从人群中逐出的人。我没有感觉，我已经习惯了"产生了一种令人心碎的共振，拉金似乎和梅休一样，他只能记下而不能安慰她的痛苦。然而，拉金紧接着转入了对欲望的思考。这是一个欲望统治一切之处，欲望导致女孩儿受害，"他"施暴，拉金认为，在受害者和施暴者之间存在着这样的差异，即女孩儿得到了确实的痛苦，是欲望虚无真相的见证者，而那个强奸她的"他"，则是被欲望欺骗的，施暴带来的满足也是虚假的。

拉金在《欺骗》结尾所得出的结论引发了不小的争议。罗森就认为拉金本质上是歧视女性的，理由是"通过召唤这个女孩的话语和悲惨，之后又转向了罪犯的观点，拉金几乎是在利用这一事件。这种行为显现出近乎可怕的冷漠……这首诗表现出的麻木不仁和某种程度上宽容性虐……应视为是有问题的和拉金艺术上的缺陷"①。但是，如果我们整体上来看这首诗，就会发现，拉金对女孩儿是悲悯的，理由是他以读者的身份"复制"了受害者的痛苦，这些痛苦，正如我们在上面的分析中指出的，把这些痛苦复制到了他的身上，并因此把女孩儿所遭受的一切从时间的埋葬中打捞了出来。这无疑是一种充满悲悯同情的结果。拉金的结尾似乎有悖常理，但这似乎是他对性爱一贯虚无态度的延续，和他歧视女性拉不上关系。罗森尽管执着于拉金对女性态度的指责，但她的看法却对我们分析拉金的读者观提供了帮助。罗森认为拉金是在"召唤这个女孩的话语和悲惨"，这和我们讨论的拉金希望读者"复制"他的本意有异曲同工之妙，也反映了拉金对于理想读者的认识，即理想的读者必须是对诗人写作意图有精确理解的人，他们能够在阅读中精准反应作者的意图和表达内容，拉金本人在《欺骗》中恰好扮演了他所期望的理想读者的角色，确立了一个典范。

拉金对自己本意的强调和对曲解的反对与美国文论家赫施（Eric Donald Hirsch）有极强的共性。赫施针对伽达默尔反客观主义的倾向，指出在对文学作品的阐释过程中必须注意原义（meaning）和衍生义（significance）的区别，在他看来，"作品对作者来说的意义（significance，即我们说的衍生义）会发生很大的变化，而作品的含义（meaning，即我们说的原义）却相反地根本不会变……含义存在于作者用一系列符号所要表达的事物中……而意义则是指含义与某个人、某个系统、某个情境或与某个完全任意的事物之间的关系"。② 因此，我们可以把原义视为作者本身赋予自己作品的意义，是恒定的，而衍生义则是读者从不同视角，以不同方法阐释作品所产生的意义，是相对的。赫施特别注重原义，并且认为原义是可复制的，即可以在读者的阐释过程中获取，这也就是为什么在《解释的有效性》（Validity in Interpretation）中指出"所有解释性目标都要求具备这样一个条件，即作者意指的含义不仅是确定的，而且是可复制的"③ 原因。拉金对读者的要求是做一种精确的复制，即在阅读和阐释中尽力抵达作者本人的原

① Rossen, Janice. *Philip Larkin: His Life's Work*, Iowa: University of Iowa Press, 1989, pp. 88-89.
② 赫施:《解释的有效性》，王才勇译，三联书店，1991，第16~18页。
③ 同上书，第36页。

义。从阐释学角度来讲，我们可以把拉金的读者观视为西方当代阐释学发展的反向运动。简而言之，拉金更倾向于传统阐释学对作者原义的追逐，而不是现代阐释学对读者创造性的强调。

西方阐释学总体上的确立始于 19 世纪德国哲学家施莱尔马赫和狄尔泰。施莱尔马赫提出"阐释的科学"，以此来克服作者和阐释者之间时间距离导致的误解，最终达到对作者本意的理解。狄尔泰的阐释学的最终目的和施莱尔马赫类似，按照张隆溪的说法，即"在于达到对过去历史的认识……重要的不是一段文字本身的意义，而是这段文字的作者"①。20 世纪中叶日内瓦学派也认为"批评完全是被动接受由作者给定的东西，作者的自我才是一切的本源，阐释只是努力回到这个本源，而解释者是一片真空，一块透明体，不带丝毫偏见，不加进半点属于自己的杂质，只原原本本把作者的本意复制出来"②。赫施的阐释学观点与施莱尔马赫和狄尔泰是一脉相承的，他本人就曾指出，"我的整个论述在根本上就是企图把狄尔泰的一些解释学原则建立在胡塞尔的认识论和索绪尔的语言学基础上"。③ 简而言之，这些阐释学更注重作者的自我和经验世界，而对阐释者或读者要避免具体历史环境的干扰以还原作者本意。

阐释学发展至海德格尔则用一种新的眼光看待作者和阐释者之间的时间距离以及相关的历史语境问题。海德格尔认为存在是历史性的，阐释也无法脱离历史性。这就决定了阐释者的阐释就不是被动地接受，而是能够积极地去参与创造。伽达默尔延续了海德格尔这一根本认识，同样赋予阐释者以积极的作用，他认为是读者对作品的阅读决定了作品的意义和价值，原义是不存在的，当文本产生之后就是一个自足的存在。与阐释学演变相呼应的是接受美学和读者反应批评的兴起。接受美学注重读者，比如，伊塞尔就从文学作品的两极，作者文本本身和读者对文本的具体化，论证了阐释者本身的创造性价值。如果说伊塞尔在重视读者的同时，还能较好地平衡作者本身的价值和意义的话，那么接受美学在美国的变体，读者反应批评，就把读者的作用放大至常识层面无法接受的地步。比如，费希就认

---

① 张隆溪：《二十世纪西方文论述评》，三联书店，1986，第 180 页。
② 同上书，第 181~182 页。
③ 赫施：《解释的有效性》，王才勇译，三联书店，1991，第 280 页。

为文本的客观性是可疑的，强调文本的意义只是读者经验的产物。赫施的阐释学观点恰恰是与以伽达默尔为代表的学者针锋相对。在他看来，作者的原意是真实存在的，必须加以捍卫，使之避免相对主义的攻击，因此重拾了传统阐释学的观点。

从上面的梳理中，我们可以发现，阐释之所以产生以及围绕阐释之所以发生如此多的争执，很大程度上在于对历史性的态度。承认历史性就意味着承认生活在特定历史环境中的人对阐释对象会产生不同的认识的存在。对于传统阐释学来讲，这些由历史变迁造成的不同认识是需要克服的，阐释最终要跨越历史抵达作者本意的。而对于海德格尔、伽达默尔和伊塞尔等则视历史性为积极因素，是创造的契机。当然，作者在不同时间和背景下创造文本，读者在不同时间阅读文本，本身就是继承和创造的过程，对抗死亡的行动。但是，过度夸张历史性，认为阐释是相对的，不承认文本本身的意义，无疑意味着作者自我及经验世界的死亡，写作本身的失败。在作者、文本和读者三者之间，阐释学上不同的取向，反映了这一过程中侧重点的不同。对于拉金来说，作者更应得到重视，他希望读者对他的阅读是一种同一性的阐释，这似乎正是拉金对历史性的对抗，是对自我及经验世界必死的极端恐惧造成的。

我们在上文曾指出，对于拉金来说，死亡的恐惧不是死后下地狱的恐惧而是死后彻底的虚无。前者对于拉金来说是无效的，因为基督教已经失效，再无天堂和地狱了。比如，在《高窗》中他就指出在他所在的时代"不再有上帝了，或在黑暗中/为地狱流汗"[1]。真正让拉金恐惧的是自我及经验世界的消逝，是死后彻底的虚无，是"大片无鸟的寂静"[2]，"无物，乌有，和无穷无尽"[3]。死亡是彻底的完结，生前自我的积累最终都将归于无效。那么，读者的非同一性的阅读，对他诗歌原义的曲解，或者说创造性的解读，对于拉金来说，无疑就是一种戕害，因此，"新"对于他来说绝不是什么积极因素，"旧"，或者说精准复制他的原意才是对他最好的保卫。这种对同一性阐释的要求，按照阐释学在现代的发展，似乎有一种狂想的

---

[1] Larkin, Philip. *Complete Poems*, New York：Farrar, Straus and Giroux, 2012, p. 80.

[2] Ibid., p. 31.

[3] Ibid., p. 80.

色彩，因为阐释的相对性无可避免。但是，我们必须认识到，恰恰狂想本身进一步印证了拉金与死亡之间紧张的关系，以及这种狂想背后隐藏的不屈抵抗的激情——即便知道死亡的不可避免，仍然在信念中不放弃渴望，这不能不说是一种勇气。

二　抵达原义的方式

为了对抗死亡，拉金必须找到引导读者进入自己诗歌原义的方式。拉金曾指出，他"倾向于非常轻柔地牵着读者的手进入诗作，说，这是最初的经验或对象，而现在你瞧，它使我想到这、那和别的，然后渐渐达到精彩的结尾——我是说，这就是那么一种模式"①。这种模式反映到诗艺上，就是拉金的诗歌中往往存在从"我"到"我们"，让读者接受他的自我，实现主体和客体统一，读者与作者融合的发展过程。

这一模式是可行的。杜夫海纳曾指出审美主体和审美对象之间存在主体和客体的统一现象②，"审美对象……一是和观众的主观性相联系：它要观众去知觉它的鲜明形象；二是与创作者的主观性相联系：它要求创作者为创作它而活动，而创作者则借以表现自己"③，创作者借审美对象的表现也离不开观众，"观众也在审美对象中自外于自己，恍惚要牺牲自己，以迎接它（审美对象）的降临……可是观众就在这样失去自己的同时又找到了自己……发现他自己投身其中的审美对象世界也是'他的'世界"④。结合上面的讨论，我们也可以把这种主体和客体的统一理解成读者和诗人在诗歌中的融合，毕竟审美对象，作为客体，包含着作者的主体意识，也容许读者"牺牲自己"进入。

我们在引言中曾提及斯坦伯格对拉金与读者的研究。斯坦伯格以《一

---

① 转引自傅浩《英国运动派诗学》，译林出版社，1998，第62页。
② 杜夫海纳的主体与客体的统一是其哲学和美学的核心问题。对于杜夫海纳来说，审美对象是不同主体在与世界的复杂互动中形成的，正如文中所指出的"审美对象，作为客体，包含着作者的主体意识"，而对欣赏者（读者）来说，审美对象可以作为和作者交流和对话的平台，从而构成主体和客体的统一，完成读者与作者的融合。关于杜夫海纳这一思想的系统研究，可参考董惠芳《杜夫海纳美学中的主客体统一思想研究》，苏州大学博士学位论文，2010。
③ 杜夫海纳：《美学与哲学》，孙非译，中国社会科学出版社，1985，第57页。
④ 杜夫海纳：《审美经验现象学》，韩树站译，文化艺术出版社，1996，第23页。

位年轻女士相册上的诗行》为例展开论证，认为拉金可以在他的诗歌中构成叙述者与读者之间的同盟关系，并且这种同盟关系与拉金的孤独意识紧密相关。具体来讲就是，诗歌始于"我（拉金）"，以"我"对相册的观察思考让读者"被带上一段短暂之旅，起先是反感叙述者的观察者……之后变成了摄影术的思考者"①，"随着诗歌推进，在第四节……读者更加靠近叙述者了，因为他们是分析者……读者能利用叙述者对摄影术的概括思考他自己的事例"②。在第七节中，拉金指涉到了读者的存在——"在没有任何预告的情况下，'我'变成了'我们（we 和 us）'"，"我们哭了/不仅仅因为被驱逐，更因为/它让我们自由地哭。/我们知道过去的/不会拜访我们/替我们的悲伤辩护，不管我们怎样狂吼……"③ 斯坦伯格认为"我"和"我们"的变化非常关键，"在他沉思摄影术的本质时他已经把读者卷入了，之后，叙述者认出了伴随他的读者"④，两者结成联盟共同对消逝的过去感到悲伤，并以读者对叙述者的理解来抵消存在诗歌中的孤独意识。这个判断极其精妙，但是，有三点需要指出。

第一，拉金这首诗中的"我"就是拉金本人，这一点我们可以从他的书信以及诗歌本身中得到验证，并且有相当多他的诗歌中的"我"可以视为拉金本人。过往相当一部分研究把拉金本人和诗歌中的叙述者区分开，是为了抵制对拉金诗歌所谓的恶意批评。事实上，拉金的诗歌具备相当的私人性，其中大部分的叙述者是可以等同为拉金的。这种区分的合理性并没有想象中那么强。

第二，斯坦伯格认为拉金构建叙述者和读者的同盟关系是为了抵抗孤独，这一判断有其合理性，但是，根据我们前面的论证，理解到拉金对死亡的关注和这首诗对时间流逝（趋向于死亡）的涉及以及与艺术本身的关系的思考，如果我们从抵抗死亡的角度来观察他的构建过程可能更为合理。

---

① Steinberg, Gillian. *Philip Larkin and His Audiences*, Basingstoke：Palgrave Macmillan, 2010, p. 18.
② Ibid.
③ Larkin, Philip. *Complete Poems*, New York：Farrar, Straus and Giroux, 2012, pp. 27-28.
④ Steinberg, Gillian. *Philip Larkin and His Audiences*, Basingstoke：Palgrave Macmillan, 2010, p. 18.

第三，诗歌中叙述者与读者之间的同盟关系实际上可以理解成作者和读者通过诗歌完成两者的融合，并且这种融合赋予了抵抗死亡的可能性，简单来讲，就是诗歌本身作为审美对象是诗人主体的赋形，形式本身容纳和呈现了主体的自我和经验世界，而当诗歌进入读者的视野，被阅读和评价时，就会发生读者主体和诗人主体之间的辩驳，而当读者主体完全理解并进入诗人主体所创造的形式中去时，两个主体之间的分裂就会形成某种程度上的融合。这种融合使诗人的主体意识在不同时间和地点不断呈现，某种程度上就是抵抗死亡的胜利。

我们可以用《去海边》（To the Sea）来进一步说明他是如何牵着读者的手，让他们抵达他所试图保存的日常生活经验，或者更准确地说，他用怎样的诗歌组织方式让读者能够精确复制他的本意，帮助他们实现主体和客体的统一、读者与作者的融合的。《去海边》完成于 1969 年，是拉金生前最后出版的诗集《高窗》的卷首诗。在 1981 年接受海芬顿访问时指出，"我的父亲是在我妈妈 61 岁时去世的，她活到了 91 岁。我们过去夏天经常会度个一周的假。我们在索斯沃尔德的时候《去海边》这首诗出现了，我意识到我已经好多年没有到海边度假了，还想起了我年轻时候度过的每一个这样的假期"。[①] 亲人的逝去，海边度假时他们的空缺，拉金这首晚年的诗歌恰恰呼应了他对抗死亡的使命。

诗歌大致可以分为两个部分：第一部分是从诗歌开始到第三节的第四行，"……第一次相识"，主要是回忆过去海边的人与事；第二部分是从诗歌第三节的第五行，"现在感到陌生"，直到诗歌的结尾，主要描写现在海边的人与事，以及拉金的思考。我们先看第一部分。

> 迈过这海岸之上把公路
> 和水泥走道分开的低矮的墙
> 突然想起很久前熟知的事物——
> 那海边的小小快乐。

---

① Larkin, Philip. *Required Writing: Miscellaneous Pieces 1955–1982*, New York: Farrar, Straus and Giroux, 1984, p. 61.

一切都拥集在低低的海平线之下：
陡然起降的海滩、蓝色的海水、浴巾、红色的浴帽，
那安静的小浪爬上温暖的黄沙
重复着新的溃散，而更远处
一艘白色的汽船困于那个下午——

仍在继续，所有这一切，仍在继续！
躺下，吃东西，听着那海浪
（耳朵贴着晶体管收音机，在那天空之下
声音可真够乏味），或者温柔地上上下下
牵着三心二意的孩子，穿着镶白边的衣服
想抓住无边的空气，或者推着
那死板的老人让他们感受
最后一个夏天，显然还在发生
半是年度的欢乐，半是仪式，

就像那时，乐于独处，
我在沙滩上找寻"著名板球手"卡片，
或者，更久远，我的父母，同样
乏味海滨嘈杂声音的倾听者，第一次相识。

　　诗歌始于一个非常具体的动作描写，作为个体的"我""迈过这海岸之上把公路/和水泥走道分开的低矮的墙/突然想起很久前熟知的事物——/那海边的小小快乐"，然而正是这个动作描写打开了指向过去的回忆空间。拉金"迈过"（To step over）的不仅仅是现实中具体的墙，而是跨越的分开（divedes）今昔的墙。这道"低矮的墙"（the low wall）、"这海岸"（the shore）和"那海边的小小快乐"（The miniature gaiety of seasides），都被定冠词"the"严格地限定了，让读者意识到拉金所提及的都是他在特定地点和特定时间所特有的经验，并且这些经验是被他从遗忘中打捞出来的。于是，读者可以顺着拉金的明确指引再次经历。"一切都拥集在低低的海平线

之下"（Everyting crowds under the low horizon），"陡然起降的海滩、蓝色的海水、浴巾、红色的浴帽"，"那安静的小浪"（The small hushed wave）和"温暖的黄沙"（the warm yellow sand），都被拉金限定在那个下午（in the afternoon）。尽管时间流逝，那里的一切"仍在继续，所有这一切，仍在继续"，拉金表现出强烈的信心，他相信自己所经验的事物能够继续存在（still going on）（也有消逝的意思）。紧接着，拉金继续列举过去的细节，"躺下，吃东西"，"那海浪"（the surf），"在那天空之下/声音可真够乏味"（Under the sky/that sound tame enough），上上下下的"三心二意的孩子"（the uncertain children），等等，尤其是"那死板的老人"，尽管面临着死亡，也要来感受"最后一个夏天"，即便是死亡也不能阻止他们从惯例中获取欢乐。拉金继续追溯到了他本人的经验以及父母初次相遇相恋的旧事，而这些也被拉金用具体的细节支撑了起来，"我在沙滩上找寻'著名板球手'卡片"，而父母则是"海滨嘈杂声音的倾听者"（listeners to the same seaside quack）。所有这些都被拉金，正如我们在上一章中所讨论的，以一种高度物质性的细节性存在清晰容纳在了他的回忆性的诗歌中，也被"我"具体呈现在读者面前。

> 现在感到陌生，我注视着这无云的场景：
> 这光滑的卵石上一样清澈的水，
> 这远处游泳的人微弱的抗议声
> 沿海边传来，然后是这不值钱的雪茄，
> 巧克力纸，茶叶，还有，在岩石之间，
>
> 这正生锈的汤罐头盒，直到这最早
> 几家人开始艰难返回汽车。
> 那白色的汽船消逝了。就像在玻璃上呼气
> 阳光变成了乳白色。如果那无瑕的天气
> 最糟糕的是我们触不到，
> 那么按习惯做这些事情最好，
> 来到水边笨拙地脱掉衣服

一年一次；以玩闹的方式

教他们的孩子；也要帮助老人，因为本该如此。

　　诗歌第二部分始于一种陌生感，非常清晰地把读者的注意力拉回到现在。拉金显然意识到了死亡造成的空缺，父母已经不在，过去的人与事尽管在回忆中能够某种程度上打捞，但根本上还是消逝了。这是一种极度深情又极度悲伤的感受。拉金接下来仍然是对视野中的人与事展开描写。"一样清澈的水"（the same clear water），"这不值钱的雪茄"（the cheap cigars），"巧克力纸"（the chocolate-papers），"阳光"（the sunlight）同样被拉金用定冠词"the"限定了起来。这些限定显然是以拉金自己的目光所及来一一历数的表现，是特定的人在特定地点特别的经验。但是，诗歌的进一步发展则卷入了读者。"如果那无瑕的天气/最糟糕的是我们触不到"，"我们"出现了。正如上面的讨论，这意味着拉金明确意识到他和读者站在一起，他把对海边的思考调拨到了与读者同一频道上，要求读者与他分享自己的思考。这种思考是普遍的，作者和读者的思考在拉金看来应该是无差别的。过去的日子我们再也触不到了，它们会消逝，会死亡，但我们最好的选择仍然是依照惯例，做以前做的事情，脱掉衣服，照顾孩子和老人，即一种尽管只能有限抚慰我们，但属于我们本分的责任。如果我们从抵抗死亡的角度来看待的话，就会发现，拉金在诗歌中与读者取得最后的共鸣，确实是他有意为之，符合他牵着读者手引向他的本意的诗歌取向。这首诗清晰的结构，具体人与事的限定和呈现，最后读者与作者共同意识到消逝与死亡下必然选择毫无疑问印证了拉金与读者共同对抗死亡的意图，也印证了诗歌中读者和作者的融合。

　　与《一位年轻女士相册上的诗行》和《去海边》类似的诗歌还有不少。比如，《去教堂》首先是从"我"进入教堂开始，经过不断的观察思索，最终进入了"我们"普遍心灵饥饿的判断，"它是建在严肃土壤上的严肃屋子，/它那兼容的空气里聚合着我们的一切热望，/热望是被承认的，虽然给说成命运"。[①]《救护车》从"我"对救护车以及周围环境的冷静观察描

---

① 王佐良编《英国诗选》，上海译文出版社，2011，第 668 页。

写开始，最终把"我们"带入了对死亡的思考，"我们全要去的地方"，①带有强烈的普遍性。《多克里和儿子》则是从"我"对母校的访问开始，辗转腾挪，最终把我们带入"生活首先是厌倦，然后是恐惧。/不管我们是否用过，它消逝，/留下避开我们选择的什么东西，/和岁月，之后仅是岁月的终结"②这样恐怖性的结局。《降灵节婚礼》从"我"坐火车开始，进而发现到婚礼的举行，展开思考，最终"我们"出现，"那是我们的目的地……/出现了/一种感觉，像是从看不见的地方/射出了密集的箭，落下来变成了雨"。③《无知》从"我"对一切一无所知，无可确定，进入"我们开始死去/不明所以"，涉及了自我与死亡的关系。《一座阿伦戴尔墓》从"我"对阿伦戴尔墓的观察开始，最终得到"我们的直觉几近正确：/使我们存活的，是爱"这样的结论。这就意味着，这种从"我"到"我们"，引导读者和诗人通过诗歌达成融合的模式在拉金的诗歌中绝不是特例，而是一种核心特征，并与抵抗死亡息息相关。

小　结

诗歌保存了拉金的经验，对于他来说，这只是抵抗死亡的环节之一。同时，拉金也特别重视读者的作用。拉金期望读者能在诗歌阅读中"复制"他的原义，所经验到的一切，做同一性的阐释。这种同一性阐释从本质上是西方现代阐释学思想发展的反向运动，是向传统阐释学追求作者本意诉求的回归。拉金对读者的这种期望根本上是为了让凝固于诗歌中的自我经验得到延续，某种程度上获得了永恒性，避开了死亡的侵蚀。另外，拉金也特别使用了一种引导读者进入他诗歌原义的诗艺，以造成读者和作者的融合。具体来讲，就是拉金在诗歌中不断地提示引导读者，从"我"进入"我们"，使自我和读者能形成理解的共鸣，完成主体和客体的统一。由此，我们就可以理解为什么拉金在希望获得普通读者认同的同时还带有强烈的

---

① Larkin, Philip. *Complete Poems*, New York：Farrar, Straus and Giroux, 2012, p. 63.

② Ibid., pp. 66-67.

③ 王佐良编《英国诗选》，上海译文出版社，2011，第 674 页。

操控意识和精英主义倾向，即他抵抗死亡的渴望迫使他"操控读者"去接近其原义，以使凝固于诗歌中的自我经验在时间和空间上获得延续和扩展。因此，在拉金心目中，最理想的读者无疑是那些对他作品做出最接近其本意的人。当然，对拉金"操控"读者和精英主义的批评也是合理的，在这些判断背后隐藏的是作者和读者之间权力的博弈，是读者权利的正常伸张，也是阅读过程中的事实。期望读者做出绝对的同一性阐释当然是不可能的，但对于拉金来说，这种观念某种程度上是有效的，反映了拉金在对抗死亡上所释放出的巨大勇气。他为此所写出的优秀诗歌无疑是最有力的证据。

结　语

综合全文论证，我们可以得到以下结论。

第一，受 20 世纪诸种绝对价值和宏大理论失效的影响，拉金的死亡观是一种绝对的死亡观，并且从根本上塑造了拉金的写作。具体表现为，死亡是拉金诗歌写作的核心主题，推动他寻找自己独特诗歌声音的核心动力，这一特征从拉金的早期诗歌写作开始就已经显现，并贯穿了他一生。这一点我们主要可以从他对叶芝的模仿中发现——尽管叶芝在形式和技巧上，比如副歌和象征手法的使用，影响了拉金的早期写作，但从对死亡的根本态度上，两者还是存在着巨大的差异的，即拉金更倾向于世界是必死的，超验秩序是无法从根本上对抗的，而叶芝则更倾向于以超验秩序实现对死亡的否定。拉金从根本上是不相信借助超验秩序复活的可能的。这一认识倾向一直延续到拉金的晚年，死亡越来越强烈地影响着拉金，使他表现出越来越浓的恐惧和幻灭。没有复活，这种绝对的死亡无疑对拉金自我及经验世界构成了威胁，即作为能够进行思考、感受和有意志的主体，死亡会取消主体意识和主体存在所经验和创造的一切。死亡最终导致的是彻底的空无。这是拉金最为恐惧的一点，并为拉金的诗歌打上了极为鲜明的个人印记。

这种绝对的死亡对于拉金来说当然难以抵抗。基督教对于他来说已经失效，仅仅是建构的产物，因此，永恒救赎的天堂无疑是虚假的和欺骗性的，不会为生命带来转移的可能。这就意味宗教对于死亡本质上并无效果；医学也是无效的。作为负责人类肉体治疗和修复的场所，医院无法从根本上对抗死亡，只是人之将死做最后挣扎却无效的庇护所；自然本身不断重生的特征往往赋予人一种秩序感和复活的可能，但对于拉金来说，自然中的重生往往也是欺骗性的，并不是死去的事物的轮转再现，人与自然之间那种表面的差异在死亡面前也是无效的——死亡是普遍的；情爱本身是一种创生性的力量，但是对于拉金来说，也是虚无的。无论对于爱情、性和婚姻，拉金往往表现出一种强烈的无力感，它们在死亡面前常常是空幻的。拉金对死亡的认识和艾略特形成鲜明的对比。对于艾略特来说，尤其是成为基督徒的艾略特，死中蕴含着生的可能，简单来讲就是，艾略特可以通过基督教有效地对抗死亡。拉金与艾略特在这一点上决然相反。这种根本性的对立造成拉金停留在日常生活世界，而艾略特则急于从日常生活世界逃离，指向基督教所承诺的彼岸世界。

第二，为了对抗死亡，拉金选择了诗歌，视诗歌为某种程度上永恒的保证。拉金对抗死亡的方式是保存自我和自我在日常生活世界中的经验，把它们凝固到他的诗歌之中。有限的日常生活必须被诗人诚实地记录，这是拉金根本性的态度，只有这样才能最大限度地发挥诗歌对抗死亡的力量。我们可以从拉金对济慈"美和真"的戏谑性改写中发现他的这一认识倾向。济慈的"美和真"来源于想象力，并且是超验永恒的。"美即是真，真即是美"可以等值互换，一旦美和真产生差异，那就意味着它们仍然没有摆脱有限性。拉金和济慈的认识不同，他的"美和真"是反超验的。拉金的"美的诗"也和想象有关，但是他想象力不能抵达超验世界，只能在日常生活世界中展开，指向超验世界的想象往往被他所阻抑反驳。拉金的"真的诗"则是指向日常生活真实状态的诗，即不回避日常生活中的矛盾和有限性的诗，反映日常生活最真实的存在，不指向超验世界的诗。这也是为何拉金强调"美就是美，真就是真"，美和真之间的差异性的原因。因此，我们意识到在拉金的诗歌中"真"的不一定是美的，而美的也不一定是真的，彼此往往会互相反驳。这无疑是对日常生活中自我真实经验的尊重，拉金不回避矛盾诚实的写作态度与此是有关的。

拉金的保存冲动塑造出一种物质性的诗歌。物质性指的是自我及日常生活经验在诗歌中具体而微的存在和呈现。这些存在和呈现捍卫了日常生活的权利，是必死的有限日常生活在诗歌中的凝固，甚至可以让我们把它们当作具体事物本身来触摸，体察到渗透于其中的种种复杂的关系，打开我们的认知和情感，支撑住被死亡威胁和侵蚀的自我及日常生活世界的经验。尽管拉金时时发出消极的声音，但不能不说他的写作就是一种勇敢的抵抗。拉金在诗歌中获取物质性的方式主要靠从包围自己的日常生活具体经验细节的描摹。这就决定了拉金在诗歌中充满了对具体真实存在的观察、倾听、触碰而不是通过超验的想象展开写作。这一点我们通过拉金的《这里》和叶芝的《驶向拜占庭》两首诗的对比得到了清晰的论证。前者通过具体的描摹指向此在一个真实的暴露在时间和死亡之中的城市胡尔，而后者通过想象指向带有强烈超验性和象征性永恒的拜占庭。这恰恰证明了拉金以诗歌的物质性对抗死亡的行动是积极的，因为日常生活的真实存在被保存在了诗歌之中。

　　第三，读者是拉金保存冲动的延续，也是对抗死亡不可或缺的环节。拉金重视读者的作用，在他看来，读者在阅读过程中应该精确复制作者的本意，所要做的应该是一种同一性的阐释，如此，在诗歌中保存下来的自我及经验世界才能得到进一步的延续，获得抵抗死亡的可能。读者外在于作品，忽视作品或者曲解作品，就意味着作者及其经验世界的彻底死亡。为了弥合这一分裂，在作者、作品和读者之间建立畅通的桥梁，让读者能够更有效地复制作者的原义，内在于作品，拉金在他的诗歌中构筑了从"我"到"我们"，主体和客体的统一，作者到读者的融合，让读者伴随他，卷入诗歌，与他构成理解上共鸣，共同进入对存在本身深邃的理解。拉金对读者复制原义的要求，是一种同一性阐释诉求。从阐释学角度来讲，似乎是西方当代阐释学发展的反向运动，是向传统阐释学追求作者本意诉求的回归。拉金读者观中蕴含的阐释学思想是对极端相对主义的反驳，从根本上来讲是他对自我和经验世界的保护，对死亡的抵抗。这意味着他诗歌中所保存的一切可以在不同时间、地点和文化传统中得到延续，避免死亡的侵蚀引发的寂灭。由此，我们可以知道，拉金操控读者是为了让读者最大限度地复制他的本意，而他最理想的读者无疑是那些不曲解他本意，能精确理解他意图的人。这种观察角度为过往对拉金读者观的认识——不管是反现代主义的精英主义倾向，还是拉金本身的精英主义倾向，添加了新的解释层面，与它们构成相辅相成的关系。

　　第四，拉金选择和写作诗歌的目的就是为了保存自我以及自我所经验到的世界以抵抗死亡的压迫，而拉金对读者的重视，希望读者对他的诗歌做出同一性的阐释，更是保存的延续，也是对死亡的对抗。在对《快乐原则》的分析中，我们发现，拉金写诗的"三个阶段"，写诗的动因、诗歌（文字装置）和读者，三者之间是缺一不可的整体关系，从根本上决定着拉金对抗死亡的成败。这似乎表明在死亡笼罩的日常生活世界中，作者、作品以及读者在拉金的文学观念中构成了这样彼此关联的整体——为了对抗被死亡威胁的作者的自我和经验世界，作者构筑自己的作品，把自我和经验世界凝固于作品之中，并为读者构建理解的通道，供他们复制作者和作者的经验世界，最终完成读者与作者的融合，以获得超出时间和空间的永恒性。一个意味深长的例证是莫辛在《菲利普·拉金：一个作家的一生》前言中的记述，"他还把优秀图书馆员耐心细致的工作习惯从办公室带回了家中。很早之前他就这么做了。他保存了大量来信，分门别类把它们放进鞋盒，写上通信人名字的首字母。他保存所有值得纪念的东西——比如，父母的果酱秘方，还有在牛津被授予学位时父母发给他的电报。在他住过的不同公寓的橱柜里，最后在没有窗户的杂物间——胡尔他最后一所房子的楼梯最高处，他把自己的一生保存得井井有条"。① 这一段记述几乎就是上述整体关系在现实中的神秘显现：拉金储物的阁楼就是他的诗歌——保存杂物，内部充满了各种各样的具体的事实性细节，清晰有序，等待着读者在阅读中发现内部的秘密，而莫辛对这个阁楼的记述和解读，似乎恰恰是一个理想读者的典范，让后来的学者能以他的工作为基础不断探索拉金及其诗歌内部的秘密。

总的来看，拉金是一个力图让死亡在日常生活中造成的"缺席"重新"在场"的，切近大部分读者真实感受的诗人。他恐惧死亡，但在恐惧的同时，仍然深爱着围绕他的一切。这就是他总是专注于在诗歌中凝固具体而细微的日常生活经验，填补虚无的深层动机，也是他的诗歌具备强烈物质性，充满具体情感和认知的根本原因。阿克罗伊德认为他是一个地方性的小诗人。这一判断有其合理性，因为拉金所书写的都是包围他的英国的日常生活经验。但是，我们不能因此就认为拉金是一个缺乏普遍性的诗人，他所书写的，任何一个害怕死亡、热爱生活的读者都会感同身受，为之感动。这似乎也印证了这样一种写作的道理，即作家的书写越特殊具体，就越能获得更为广阔有效的普遍性，反之，则往往陷入空洞抽象之中。

---

① Motion, Andrew. *Philip Larkin: A Writer's Life*, London: Faber & Faber Limited, 1993, p. xvii.

　　另外，尽管就诗歌的保存，主体和客体的统一，读者和作者的融合或者说读者的同一性阐释效果，我们都可以做出相对性的评价，拉金的看法某种程度上来讲也是信念性的，但是，毫无疑问他某种程度上的确实现了自己的诉求。自从拉金逝世以来，围绕他不断产生的赞美和指责，以及广泛分布于世界各地热心的研究者和读者的存在，证明了这一点——他的诗歌确实战胜了死亡，不断在我们的阅读中让他和他所经验的世界在时空之中不断复活，延续了下来。1982 年，拉金在写给自己朋友查尔斯·考斯利（Charles Causley）的诗歌《亲爱的查尔斯，我的缪斯，睡了或死了》（Dear Charles, My Muse, asleep or dead）中写道：

　　　　哦，查尔斯，安心！因为你
　　　　用你所做的一切和所写的一切
　　　　结下了持久的友谊；我们依靠
　　　　你的真实和感觉肯定可以防御
　　　　和反抗时髦儿和疯狂，
　　　　虚弱和彻底的邪恶。①

　　我们某种程度上也可以视这些诗句为对拉金的评价，因为他用自己的诗歌与死亡做出了英勇的搏斗。这是一种光荣的自觉选择，对死亡造成的虚无的反驳。希尼和米沃什曾激烈反对拉金的诗歌，认为他的诗歌过于消极暗淡。这种说法有其合理性，因为拉金视死亡为绝对，上帝、医院、自然和爱情，乃至工作和社交，都无法从根本上抵抗死亡的威胁，人无法从死亡中复活。但是，我们也必须意识到，拉金是基于自己对死亡的真实认识在表达，在诗歌中保存自我及经验世界，为读者的同一性阐释，读者与作者之间的融合确立了坚实的基础。这无疑是一种积极的行动，正如他自己所言，"人们认为我非常消极，我想是的，但写一首诗的冲动绝不是消极的。这个世上最消极的诗也是非常肯定的"。②

---

① Larkin, Philip. *Complete Poems*, New York: Farrar, Straus and Giroux, 2012, p. 120.
② Larkin, Philip. *Further Requirements: Interviews, Broadcasts, Statements and Book Reviews*, London: Faber & Faber Limited, 2001, p. 31.

参考文献

英　文

Ackroyd, Peter, *T. S. Eliot: A Life*, New York: Simon and Schuster, 1984.

—. "Poet Hands on Misery to Man," *Rev. of Philip Larkin: A Writer's Life*, Times 1 1993.

Alvarez, A., *Beyond All This Fiddle: Essays 1955–1967*, New York: Random House, 1969.

Booth, James. *Philip Larkin: Writer*, Upper Saddle River: Prentice-hall, 1992.

—. *New Larkins For Old: Critical Essays*, Basingstoke: Palgrave Macmillan, 1999.

—. *Philip Larkin: The Poet's Plight*, Basingstoke: Palgrave Macmillan, 2005.

—. *Philip Larkin: Life, Art and Love.* London: Bloomsbury, 2014.

Bradford, Richard. *First Boredom, Then Fear: The Life of Philip Larkin*, London: Peter Owen Limited, 2005.

—. *The Odd Couple: The Curious Friendship Between Kingsley Amis and Philip Larkin*, London: Biteback Publishing, 2012.

Brennan, Maeve, *The Philip Larkin I Knew*, Manchester: Manchester University Press, 1997.

Bristow, Joseph, "The Obscenity of Philip Larkin," *Critical Inquiry*, Vol. 21, No. 1, 1994.

Brooks, Cleanth, *The Well Wrought Urn: Studies in the Structure of Poetry*,

Boston: Houghton Mifflin Harcourt, 1947.

Chatterjee, Sisir Kumar, *Philip Larkin*, Atlantic Publishers & Dist, 2014.

Conquest, Robert, *New Lines*, London: Macmillan & Co, Ltd., 1956.

Coote, Stephen, *John Keats: A Life*, London: Hodder & Stouughton, 1995.

Covey, Neil, *Philip Larkin, Hardy, and Audience* (D) . Indiana University, 1991.

Craik, Roger, "Animals and birds in Philip Larkin's Poetry," *Papers on Language and Literature*, 38. 4 (2002) .

Dufrenne, Mike, *The Phenomenology of Aesthetic Experience*, Evanston: Northwestern University Press, 1973.

Eliot, Thomas Stearns, *Collected Poems 1909 - 1962*, London: Faber & Faber, 2009.

Filkins, Peter, "The Collected Larkin: 'But Why Put It into Words?'," *The Iowa Review*, Vol. 20, No. 2, 1990.

Gilroy, John, *Reading Philip Larkin: Selected Poems*, Raleigh: Lulu. com, 2012.

Hamilton, Ian, *Robert Lowell: a Biography*, London: Faber & Faber, 2011.

—. *Keepers of the Flame: Literary Estates and the Rise of Biography*, London: Faber & Faber, 2011.

Hasson, Salem K., *Philip Larkin and His Contemporaries: An Air of Authenticity*, Basngstoke: Macmillan Press, 1988.

Heaney, Seamus, *Finders Keepers: Selected Prose 1971 - 2001*, New York: Farrar, Straus and Giroux, 2003.

Highmore, Ben, *Everyday Life and Cultural Theory: An Introduction*, London: Routledge, 2002.

Hirsch, Eric Donald, *Validity in Interpretation*, New Haven: Yale University Press, 1977.

Indulekha, C., "The Bachelor Voice in Larkin's Poetry," *International Journal of Innovative Research and Development*, 2014.

Jardine, Lisa, "Saxon Violence," *The Guardian*, 1992.

Jeffares, Norman A., *A Commentary on the Collected Poems of W. B. Yeats*, Stanford: Stanford University Press, 1968.

Kateryna A. Rudnytzky Schray, " 'To Seek This Place for What It Was': Church Going in Larkin's Poetry," *South Atlantic Review*, Vol. 67, No. 2, 2002.

Keats, John, *The Complete Poems of John Keats*. New York: Random House Inc, 1994.

Larkin, Philip, *Collected Poems*, London: The Marvell Press and Faber & Faber Limited, 1988.

—. *Collected Poems*, New York: Farrar, Straus and Giroux, 2003.

—. *Complete Poems*, New York: Farrar, Straus and Giroux, 2012.

—. *Required Writing: Miscellaneous Pieces 1955 – 1982*, New York: Farrar, Straus and Giroux, 1984.

—. *Further Requirements: Interviews, Broadcasts, Statements and Book Reviews*, London: Faber & Faber Limited, 2001.

—. *Jazz Writings: Essays and Reviews 1940 – 1984*, New York: Continuum International Publishing Group Ltd, 2004.

—. *Selected Letters of Philip Larkin (1940 – 1985)*, London: Faber & Faber Limited, 1992.

—. *Letters to Monica*, London: Faber & Faber Limited, 2010.

Lodge, David, "Philip Larkin: The Metonymic Muse," *Philip Larkin: The Man and His Work*, Palgrave Macmillan UK, 1989.

Lowell, Robert, *The Letters of Robert Lowell*, London: Macmillan, 2007.

Marsh, Nicholas, *Philip Larkin: The Poems*, Basingstoke: Palgrave Macmillan, 2007.

Mayhew, Henry, *London Labour and the London Poor: A Cyclopaedia of the Condition and Earnings of Those That Will Work, Those That Cannot Work, and Those That Will Not*, New York: Cosimo, Inc. , 2009.

Miłosz, Czesław, *New and Collected Poems (1931 – 2001)*, New York: HarperCollins Publisher, 2005.

Morrison, Blake, *The Movement: English Poetry and Fiction of the 1950s*, Oxford: Oxford University Press, 1980.

Motion, Andrew, *Philip Larkin*, London: Methuen, 1982.

—. *Philip Larkin: A Writer's Life*, London: Faber & Faber Limited, 1993.

O'Neill, Michael, and Madeleine Callaghan. *Twentieth-Century British and Irish Poetry: Hardy to Mahon*, Hoboken: Wiley-Blackwell, 2011.

Osborne, John, *Larkin, Ideology and Critical Violence: A Case of Wrongful Conviction*, Basingstoke: Palgrave Macmillan, 2008.

Palmer, Richard, *Such Deliberate Disguises: The Art of Philip Larkin*, London: A & C Black, 2008.

Paulin, Tom, *Letter to Times Literary Supplement*, (November, 1992).

—. *The Secret Life of Poems: A Poetry Primer*, London: Faber & Faber, 2011.

Persoon, James, Watson, Robert R.. *Encyclopedia of British Poetry*. New York: Infobase Learning, 2015.

Phillips, Adam. "What Larkin Knew." *The Three Penny Review*, no. 112, 2008.

Punter, David, *Philip Larkin: Selected Poems*, York: Longman, 1991.

Rajamouly, K., *The Poetry of Philip Larkin: A Critical Study*, New Delhi: Prestige, 2007.

Rajan, Tilottama, *Dark Interpreter: The Discourse of Romanticism*, Ithaca: Cornell University Press, 1980.

Roberts, Neil, *Narrative and Voice in Postwar Poetry*, London: Routledge, 2014.

Rossen, Janice, *Philip Larkin: His Life's Work*, Iowa: University of Iowa Press, 1989.

Rorty, Richard, *Contingency, Irony, and Solidarity*, Cambridge: Cambridge University Press, 1989.

Ruchika, Dr., "An Analytical Study of the Philip Larkin's Selected Poetries," *Global Journal of Human-Social Science Research*, 12. 12-E (2012).

Sanders, Andrew, *The Short Oxford History of English Literature*, Oxford: Clarendon Press, 1994.

Schneider, Elisabeth Wintersteen, *T. S. Eliot: The Pattern in the Carpet*, Oakland: University of California Press, 1975.

Steinberg, Gillian, *Philip Larkin and His Audiences*, Basingstoke: Palgrave Macmillan, 2010.

Stojkovic, Tijana, *Post-Romantic Beauty and Truth—The Poetry of Philip Larkin* (D). Dalhousie University, Halifax, Nova Scotia September, 1999.

Stojković, Tijana, *Unnoticed in the Casual Light of Day: Philip Larkin and the Plain Style*, New York: Routledge, 2006.

Tierce, Mike. "Philip Larkin's 'Cut-Price Crowd': The Poet and the Average Reader." *South Atlantic Review*, Vol. 51, No. 4, 1986.

Timms, David. *Philip Larkin.* Edinburgh: Oliver & Boyd, 1973.

Tomlinson, Charles. "The Middlebrow Muse." *Review of New Lines*, ed. Conquest, Essays in Criticism 7 (April, 1957).

Trilling, Lionel, *Preface to the Experience of Literature*, London: The Wylie Agency (UK), 1979.

Wain, John, "English Poetry: The Immediate Situation", *The Sewanee Review*, Vol. 65, No. 3 (Jul. -Sep., 1957).

Walcott, Derek, *What the Twilight Says: Essays*, London: Faber & Faber, 1998.

Waterman, Rory, *Belonging and Estrangement in the Poetry of Philip Larkin, RS Thomas and Charles Causley*, London: Routledge, 2016.

Weiner, Edmund, Simpson, John, *Oxford English Dictionary 2 Edition V4. 0*, Oxford: Oxford University Press, 2009.

Yeats, W. B., *The Collected Poems of W. B. Yeats*, London: Macmillan, 1934.

—. *The Collected Poems of W. B. Yeats*, London: Macmmillan, 1982.

中 文

阿利斯特·麦格拉斯:《天堂简史》,高民贵、陈晓霞译,北京大学出版社，2006。

埃·弗罗姆：《爱的艺术》，康革尔译，华夏出版社，1987。

安德鲁·桑德斯：《牛津简明英国文学史》，古启楠等译，人民文学出版社，2000。

北京大学哲学系外国哲学史教研室：《古希腊罗马哲学》，三联书店，1957。

本·海默尔：《日常生活与文化理论导论》，王志宏译，商务印书馆，2008。

彼得·阿克罗伊德：《艾略特传》，刘长缨、张筱强译，国际文化出版公司，1989。

波德里亚：《消费社会》，刘成富、全志钢译，南京大学出版社，2000。

柏拉图：《斐多篇》，杨绛译，辽宁人民出版社，1999。

陈凤玲：《论菲利普·拉金诗歌中的时间意识》，硕士学位论文，浙江大学，2010。

陈晞：《城市漫游者的伦理衍变：论菲利普·拉金的诗歌》，华中师范大学博士论文，2011。

戴维·洛奇：《现代派、反现代派与后现代派》，王家湘译，《外国文学》1986年第4期。

但丁：《神曲》，朱维基译，河北人民出版社，1996。

杜夫海纳：《美学与哲学》，孙非译，中国社会科学出版社，1985。

杜夫海纳：《审美经验现象学》，韩树站译，文化艺术出版社，1996。

董惠芳：《杜夫海纳美学中的主客体统一思想研究》，苏州大学博士论文，2010。

菲力浦·拉金：《菲力浦·拉金诗八首》，王佐良译，《外国文学》1987年第1期。

菲利普·拉金：《菲利普·拉金诗论小辑》，周伟驰、黄灿然译，《书城》2001年第12期。

菲利普·拉金：《菲利普·拉金诗选》，桑克译，河北教育出版社，2003。

菲利普·拉金：《爵士笔记》，张学治、周晓东、孙小玲译，凤凰出版传媒集团，江苏人民出版社，2009。

傅浩：《英国运动派诗学》，译林出版社，1998。

傅浩：《叶芝评传》，浙江文艺出版社，1999。

傅修延：《济慈评传》，人民出版社，2008。

哈罗德·布鲁姆等：《读诗的艺术》，王敖译，南京大学出版社，2010。

济慈：《济慈诗选》，屠岸译，人民文学出版社，1997。

济慈：《济慈书信集》，傅修延编译，东方出版社，2002。

海德格尔：《存在与时间》，陈嘉映、王庆节译，生活·读书·新知三联书店，1987。

赫施：《解释的有效性》，王才勇译，生活·读书·新知三联书店，1991。

赫伯特·曼纽什：《怀疑论美学》，古城里译，辽宁人民出版社，1990。

胡塞尔：《欧洲科学危机和超验现象学》，张庆熊译，上海译文出版社，1988。

凯文·J. 麦甘迪，乔恩·D. 列文森：《复活概念的由来及其演变》，傅晓微译，四川文艺出版社，2014。

克林斯·布鲁克斯：《精致的瓮》，姜小卫、陈永国、王楠、郭乙瑶译，上海人民出版社，2008。

克莱顿·罗伯茨、戴维·罗伯茨、道格拉斯·R. 比松：《英国史》，潘兴明等译，商务印书馆，2013。

莱奥内尔·特里林：《文学体验导引》，余婉卉、张箭飞译，译林出版社，2011。

雷德鹏：《论休谟想象学说的内在张力》，《现代哲学》2006 年第 3 期。

冷霜：《他在英国大地上》，《中国图书商报》2003 年 8 月 29 日。

李俊清：《艾略特与〈荒原〉》，人民文学出版社，2007。

理查德·罗蒂：《偶然、反讽与团结》，徐文瑞译，商务印书馆，2003。

刘立群：《〈荒原〉中死亡与复活的主题》，硕士学位论文，吉林大学，2004。

吕爱晶：《菲利浦·拉金诗歌中的两性伦理思想》，湖南科技大学硕士论文，2007。

吕爱晶：《菲利浦·拉金的"非英雄"思想》，博士学位论文，中山大学，2010。

吕爱晶：《寻找英国的花园——菲利浦·拉金诗歌中的生态意识》，《外国语文》2010 年第 4 期。

舒丹丹：《菲利普·拉金：从个人出发，从日常出发》，《星星诗刊（上半月刊）》2008 年第 1 期。

舒丹丹：《菲利普·拉金诗选》，《星星诗刊（上半月刊）》2008 年第 1 期。

叔本华：《叔本华美学随笔》，韦启昌译，上海人民出版社，2004。

孙艳燕：《世俗化与当代英国基督宗教》，社会科学文献出版社，2013。

T.S. 艾略特：《T.S. 艾略特诗选》，张子清、赵毅衡、查良铮等译，四川文艺出版社，1988。

T.S. 艾略特：《艾略特诗学文集》，王恩衷编译，国际文化出版公司，1989。

T.S. 艾略特：《艾略特文集·诗歌》，汤永宽、裘小龙等译，上海译文出版社，2012。

王佐良：《英国诗史》，译林出版社，1997。

王佐良：《英国诗选》，上海译文出版社，2011。

西默斯·希内：《希尼诗文集》，吴德安等译，作家出版社，2000。

肖云华：《菲利普·拉金：英国性转向与个人焦虑》，《世界文学评论》2008 年第 2 期。

肖云华：《双重身份：两个拉金之争的理论探索》，《作家》2010 年第 8 期。

休谟：《人类理解研究》，关文运译，商务印书馆，1997。

休谟：《人性论》，关文运译，商务印书馆，1983。

叶芝：《幻象》，西蒙译，作家出版社，2006。

叶芝：《叶芝精选集》，傅浩编选，北京燕山出版社，2008。

袁可嘉：《从现代主义到后现代主义——20 世纪英美诗主潮追踪》，《外国文学评论》1990 年第 2 期。

张隆溪：《二十世纪西方文论述评》，生活·读书·新知三联书店，1986。

赵敦华：《现代西方哲学新编》，北京大学出版社，2001。

卓新平：《基督教小辞典》，上海辞书出版社，2008。

后 记

　　这本书源于两年前完成的博士论文。在出版之前，我犹豫过，甚至有过放弃出版的想法。之所以如此，是因为太多的遗憾需要弥补。但是，人必须承认自身是一个过程，不管是好的还是坏的，每一个阶段都必须诚实地面对和接受，如此才能前行。此外，这本书是我的一段生活的构成部分。拉金说："保存的冲动是一切艺术的根本。"这本书虽不属于艺术，但在整理过程中，与诸多师长、朋友和家人的共同经历却瞬间在我内心复活，让我激动。因此，对我来说，能够有机会出版这本书，回顾过去，无疑是一件幸福的事。最后，这本书是一本学术著作，代表我一个阶段对拉金诗歌的看法。这些看法并不完美，存在着诸多问题，我期望能获得更多的批评指正。

刘巨文

2019 年 7 月于广西桂林

图书在版编目(CIP)数据

抵抗死亡：菲利普·拉金诗歌研究 / 刘巨文著. --
北京：社会科学文献出版社，2019.12
ISBN 978-7-5201-5651-6

Ⅰ.①抵… Ⅱ.①刘… Ⅲ.①菲利普·拉金(
Philip Larkin,1922-1985)-诗歌研究 Ⅳ.①I561.072

中国版本图书馆 CIP 数据核字(2019)第 218722 号

抵抗死亡
————菲利普·拉金诗歌研究

著　　者 / 刘巨文

出 版 人 / 谢寿光
组稿编辑 / 宋月华　刘　丹
责任编辑 / 刘　丹

出　　版 / 社会科学文献出版社·人文分社 (010) 59367215
　　　　　　地址：北京市北三环中路甲 29 号院华龙大厦　邮编：100029
　　　　　　网址：www.ssap.com.cn
发　　行 / 市场营销中心 (010) 59367081　59367083
印　　装 / 三河市龙林印务有限公司

规　　格 / 开　本：787mm × 1092mm　1/16
　　　　　　印　张：12　字　数：186 千字
版　　次 / 2019 年 12 月第 1 版　2019 年 12 月第 1 次印刷
书　　号 / ISBN 978-7-5201-5651-6
定　　价 / 89.00 元